徐冶这個人呢

本书编写组 一 编著

光明日报出版社

不失其所

如如不動

徐冶同志生平

　　中国共产党的优秀党员、光明日报摄影美术部主任、高级记者、摄影家徐冶同志，因工作劳累，突发急病医治无效，于2015年11月16日在北京逝世，享年55岁。

　　徐冶同志1960年11月生于云南省昆明市。1977年，徐冶同志开始在云南省富民县当知青，两年后考入云南师范大学历史系学习。大学毕业后，徐冶同志于1983年8月进入中共云南省委民族工作部工作，后调入云南省社会科学院工作。1992年11月，徐冶同志调入光明日报云南记者站工作，后历任光明日报云南记者站副站长、站长。2002年10月，徐冶同志开始担任光明日报摄影美术部主任。

　　徐冶同志在云南工作期间，对我国西南的历史地理和少数民族历史进行了长期深入研究，撰写了大量的调研报告和研究材料。在西南丝绸之路的专题研究中，徐冶同志同云南、四川、香港等地青年专家学者对西南丝绸之路进行了全程考察，行程六千多公里、跨十六个地州。他完成的《南方陆上丝绸路》个人专著，中央人民广播电台、云南日报等媒体作了专题报道，并给予高度评价。

　　徐冶同志从事新闻工作后，投入了满腔热情，他的足迹遍及云南100多个县市，几乎走遍了大西南的西藏、四川、贵州和广西诸省。在工作中，他始终严格要求自己，勤奋敬业，对工作精益求精，在长期的新闻采编工作中积累和成长，逐步成为业务精湛、经验丰富的资深新闻工作者，新闻报道成果丰硕，在报社和业内赢得了高度赞誉。他在担任驻站记者、记者站负责人期间，始终能够坚持正确舆论导向，不畏艰险、克服困难，深入基层一线，报道先进事迹、讴歌模范人物。他采写发表了一大批有深度、有影响的好作品，其中许多作品的创作甚至冒着生命危险。担任摄影美术部主任以来，徐冶同志以身作则，带领部门同志深入开展"走、转、改"活动，不断改进和创新报社的摄影美术报道，积极弘扬社会主义核心价值观，取得了一大批优秀成果。尤其是在新闻摄影方面，徐冶同志曾经主持和参与了"滇藏文化带考察""长江上游生态行""中国文化江河""家乡的名山"等大型采访活动，成为国内较早进行人文地理探索和报道的摄影家。徐冶同志对民族团结工作深怀感情，由他主持开办的"中华民族大家庭巡礼"版，为宣传民族团结刊发了大量优秀新闻作品，为民族团结工作作出了贡献。

摄影美术部也因此被国家民委授予"第五届全国民族团结进步模范集体"。近年来,摄影美术部创办的"光影天地""人文地理""图像笔记""美术视界"等"光明文化周末·艺萃"版面,受到了广大读者的广泛好评。

徐冶同志为人真诚友善,胸襟宽广,乐于助人。他尊重和爱护老同志,同时对年轻人成长十分关心,给予了耐心、细致的指导和点拨。他注重广揽人才,不断充实报社的摄影美术人才队伍。在部门里,他要求大家多读书、多钻研业务。在他的带领下,摄影美术部涌现出了不少有社会影响的业务骨干,报社摄影美术报道水平不断提升。徐冶同志在报社和业界都有很高威信,深受大家的尊敬和爱戴。徐冶同志笔耕不辍,勤于阅读和写作,先后出版了《神秘的金三角》《壮丽三江》《诞生王国的福地》《边走边看边拍》(云南、贵州、西藏、青海系列摄影图典)《边地手记》《横断山的眼睛——镜头下的西南边地人家》《远去的田野》《图像笔记》《家乡的名山》等多部著作。

徐冶同志一生忠于党、忠于人民,为党的事业奉献力量三十余载,是一名有突出贡献的党的优秀新闻工作者。

徐冶同志永垂不朽!

人文地理摄影家徐冶同志逝世

　　本报北京11月19日电（记者蒋新军）遗作如诉，遗言如闻，遗像如生。徐冶同志送别仪式，今天上午在北京八宝山革命公墓举行，同事亲友三百多人从四面八方冒雨赶来。

　　徐冶同志是中国共产党优秀党员，光明日报摄影美术部主任、高级记者、摄影家，因工作劳累，突发急病，抢救无效，于2015年11月16日在北京逝世，终年55岁。

　　仿佛是专门为人文地理研究和摄影而来，徐冶同志于1960年11月降生于云南省昆明市，1977年开始在云南省富民县当知青，两年后考入云南师范大学历史系学习。大学毕业后，于1983年8月进入云南省委民族工作部工作，后调入云南省社会科学院。1992年11月，调入光明日报驻云南记者站，历任记者、副站长、站长。2002年10月，开始担任光明日报摄影美术部主任。

徐冶同志在云南工作期间，对我国西南地区的历史地理和少数民族历史进行了长期深入研究。从事新闻工作后，他投入满腔热情，足迹遍及西南边地。担任驻站记者、记者站负责人期间，他始终坚持正确舆论导向，不畏艰险，深入基层一线进行采访报道。担任摄影美术部主任以来，徐冶同志以身作则，不断改进和创新报社的摄影美术报道，积极弘扬社会主义核心价值观，主持和参与了"滇藏文化带考察""长江上游生态行""中华民族大家庭巡礼""中国文化江河""家乡的名山"等大型采访活动，成为国内较早进行人文地理探索和报道的摄影家。近年来，摄影美术部主办的《光明文化周末·艺萃》周刊，受到各界读者的广泛好评。徐冶同志笔耕不辍，先后出版了《神秘的金三角》《壮丽三江》《诞生王国的福地》《边走边看边拍》《边地手记》《横断山的眼睛》《远去的田野》《图像笔记》《家乡的名山》等多部著作。

"天和地离得很远，雨丝把他们紧相连；山和山隔着江河，云海把他们连成一片；你和我离得很远，一想你就坐在面前。"这首徐冶同志喜欢的哈尼族民歌，亦是此刻怀念他的人们的心声。

《光明日报》2015年11月20日

远去的田野，远去的徐冶（代序一）

孙明泉

他走了，急匆匆地走了，生命永远定格在55岁，抛下相濡以沫的妻子和留学海外的儿子，带着大家的埋怨和不舍，狠心地走了……

临走前的那两天他还在重庆山区采访，与古剑山艺术村的画家们品茗笑谈。当天早上还在微信圈发了图并幽默地留言：出早工，呼鲜气！可回京的当晚，因工作劳累，突发心疾，凌晨辞世。同事、同学、朋友，以及微信圈里众多相识或不曾谋面的人，都不愿相信这个事实：徐大爷不聊微信了？周末还在一起采访的光明日报重庆站站长张国圣撕心裂肺地呼喊：你去了哪里？你到底要让我们到哪里去送你？！

这位被同事和朋友称为"徐大爷"的人，就是光明日报摄影美术部主任、高级记者、人文地理摄影家徐冶。

55年前的这个季节，徐冶出生于云南昆明市，云南师大历史系毕业后，先后在云南省委民族工作部和云南省社科院工作过，1992年调入光明日报云南记者站，2002年调报社总部任摄影美术部主任，从事新闻工作的二十多年里，先后发表了一大批有深度、有影响的好作品。他曾主持和参与了"滇藏文化带考察""长江上游生态行""中国文化江河"、"家乡的名山"等大型采访活动，成为国内较早进行人文地理探索和报道的摄影家。

当认识到"徐大爷真的走了"后，人们纷纷从杭州，从上海，从宁波，从合肥，从南昌，从重庆，从哈尔滨，从沈阳，从大连，从太原，从石家庄，从全国数十个城市陆续来京，为的是最后再送他一程。其中，浙江站原站长、前辈叶辉，夜半时分流泪著长文《含笑送徐冶》——即便是如此永别的时刻，依然笑骂他"熊一样笨重"："你因为胖，平时不愿爬山，但为了拍到理想的图片，你不但爬山，而且还上树，当你移动着熊一样笨重的身躯在树干上艰难攀爬时，我真担心你的安全！"

他是"熊一样"地"笨重"了点，但从没影响他到山区到乡村采访。他曾深入长江源头，在人迹罕至的荒原，车陷泥潭，不得不弃车步行，结果在茫茫荒原上迷路，差一点成为"摄影界的彭加木"；他在中缅边境采访时，曾与缅甸游击队近距离遭遇；为了取得第一手的图片，他甚至潜入特别区域拍摄毒品交易，险些被发现；他曾在云南走金平、入屏边、访河口，深入大围山，踏遍了云贵川多个自然保护区，拍下了大量的人文地理和珍稀动植物的图片。浙江站的严红枫说徐大爷本身就是"珍稀动物"：因为他"集才华横溢、人文情怀、江湖侠义、农民朴实、真诚善良、幽默智慧这些优秀品质于一身。在现在浮躁、功利、势利的社会，能拥有这些优秀品质的已经很少了，更何况是综合拥有！自然是珍稀动物"。

他还有许多鲜为人知的经历，比如，他曾"冒充"过医生，并"大言不惭"地自称是"推动文明进步"的人！那是多年以前，他在云南勐腊一个叫上会边的寨子里，看到当地的村主任年岁不大，却佝个腰。徐冶说，我帮你治！村主任不信，同行的人更不信，从没听说徐冶会治病。但他真的说到做到了。原来，他发现整个山寨里没有一张床，大家都是地上席子一铺围着火塘睡，徐冶认为这是村主任得风湿的原因，并设法为村主任做了一张木床。十年后，徐冶重访上会边山寨，高兴地给当年同行的友人打电话："老金，村主任好了，腿也不疼，腰也不疼了！"临了，他还不忘"自夸"一下："我们推动了文明进步，因为上会边现在家家都用上了床！"

在主持光明日报摄美部的十余年里，他带着同事们共同创办的《光影天地》《人文地理》《图像笔记》《美术视界》等"光明文化周末·艺萃"版面，深得同行的赞誉和读者的好评。以至于已经退休了的部门同事高腾也埋怨他："徐冶，你这是唱的哪一出啊，带着年轻人把《艺萃》办得风生水起，突然，你的生命戛然而止，以这种方式和我们永别？！"

多位同事不愿接受却又不得不接受徐大爷辞世的事实，躲进了诗的世界，把对徐冶的追忆写进作品。北京站的杜弋鹏含泪提笔："晨挟噩耗恸南北，落叶疾风不韵冬"；安徽站的李陈续《问天》："你有／无边的法力／可以／随心所欲无禁无止／何必要／夺走我们的挚爱？"就在今天一大早，他还特意把徐冶的名字嵌进挽联："徐来春风彩云南暖意拂面，兄弟姐妹同颂菩萨心地；冶金烁石光明顶德行辉映，东南西北皆赞大家情怀！"

无论人们多么心痛，多么不舍，徐大爷还是走了。好友李明埋怨他：你是《走在西南的边地》，还是爬上了《家乡的名山》，抑或追寻那《远去的田野》——事实上，除了上文提到的著述外，徐冶独著或主编的图书还有《神秘的金三角》《壮丽丽江》《诞生王国的福地》《边走边看边拍摄》《横断山的眼睛》《图像笔记》等。每每新书出版后，业界都会有人来索要，单位里许多他并不认识的年轻人，也常常以粉丝的名义来索书——光明网的张璋就是其一："五月还跟在郭冠东后窜到徐大爷办公室蹭签名，明明不认识，却笑呵呵地应了冠东那句'这是您的粉丝'，在书上签下'张璋小友指正'，有如邻家大伯般慈祥"。其他年岁差不多的同事不好意思以"粉丝"的名义来讨书，但各有各的招。获知徐冶辞世的讯息时，《文摘报》原总编马宝珠的第一反应，竟是跑到办公室隔壁的光明日报出版社：有那本《远去的田野》吗？给两本！

"徐大爷出远门了……这一次，不晓得他又拎着相机去拍什么好看的东西了，我猜大约是去山中了，'如如不动，最是他欣赏的境界。要是看到田野，他又要撒腿追着拍了，然后爬上草垛快活地喊：地都是我的！'"——上海站的颜维琦是单位知名的"美女书法家"，获知徐大爷辞世的讯息后，含着泪工工整整地抄了一遍《金刚经》。无独有偶，另一位网名"蝉十七lris"的单位同事，也不约而同地抄了一遍《金刚经》。

一直称徐冶为"亲大爷"、"萌大叔"的同事"小笑侠"不断地在微信圈里发文：《对不住，徐大爷不和你们聊微信了》《今天，年轻人想徐大爷了》。曾经共事过的谌强撰长文《徐冶：将无数美好定格》，曾在陕西站任职的白建钢制作了微信《哭徐冶》，辽宁站的毕玉才制作了微信《徐冶，你只是换个地方拍照》，四川站的危兆盖本来是满腹经纶，此时只是痴痴地问："冬天到了，徐大爷那顶黑皮帽，还能戴在哪里？"

…………

11月19日上午的京城，微雨凄冷，天或有情！数百人的队伍络绎不绝地赶到八宝山竹厅，最后送徐冶一程。从云南红土地带着泥土芳香走来的徐冶又走了，不日后他将回到故土，再看一眼家乡的山水，便出发去天堂，继续他的摄影与探索。

作者系徐冶同事，光明日报融媒体中心专职副主任

按动快门为劳动者喝彩（代序二）

王小琪

握笔写文章，拍照走四方。这是徐冶同志平素喜欢说的话，也是他一生所钟爱的工作和生活。在30多年的摄影生涯中，他总是不知疲倦地行进在远方的路上，将自己手中的镜头对准劳动中的人民以及他们生存的那片土地。在他眼里，山乡田野，万物生长，是真正的人生场景。

还在很多年以前，他就几乎走遍了祖国西南的各个省区，云南的129个县市（区），他去过120个。"时代得有记录，西部要有声音。"一种神圣的使命感催他不断远行。他常常夜宿边寨山村，尽管那里连"去个厕所都要上坡下坎，清早拍村民出工干活也要爬高上低"。他喜欢乡间早晨特有的气息和动静，"鸡叫狗叫，山村又一天"。天还没亮，他就兴奋地拿起相机出发了。

他曾经说过，行走在高原田野，摄影镜头跟着民歌就能发现无限的美丽，劳作的场景会让图片串起乡土芬芳，按动快门也就是为山民的劳动而喝彩。他的作品多以劳动为题材或直接以"劳动"命名，如《劳动归来米茶香》《劳动的美是圣洁的》《春播红土地》《晒谷场上的银河天际》《谷种由此代代相传》《笑脸跟着艰辛走》《骑着毛驴去放牧》《拉萨的第一批三轮车夫》等。即使是遇到一个难得的机会走出国门，他依然会把镜头对准劳动者和乡野生活。在出访突尼斯、坦桑尼亚和埃塞俄比亚期间，他拍摄了《撑杆出海的海豚湾渔民》《放牧在东非大裂谷》《丰收盛满车》《埃塞俄比亚沙拉湖的渔民分配鲜鱼》《乡间学堂》等一系列反映异国劳动人民生活的作品。

作为光明日报摄影美术部主任，本来他是最有条件出现在各种令摄影者向往的场合、拍下各种历史性画面的人，可他却把这样的机会留给了同事，自己仍然像早年在昆明时那样，三天两头地往乡下跑。他说："人的活动半径扩展着思维的空间，而我的步履所至大多在边寨山村，蛰居一隅的生活让人安于坐井观天的局限。"

他喜欢田野，眷恋乡村，更热爱那里的人民。他最新的一本摄影著作就定名为《远去的田野》。他欣赏卡帕的原则"不拍没有农民的田野"，并努力付诸实践。在他的镜头中，"人潮与庄稼共沐春光下，仿佛注入了新的精气神"。在观看年轻记者走基层拍回的照片时，我经常听到他问："人呢？人在哪里？"他很喜欢毛泽东《七律·到韶山》中的诗句"喜看稻菽千重浪，遍地英雄下夕烟"。在他看来，在"稻菽千重浪"的壮阔画面上，是一定要有英雄的劳动者在其中的。"踏访田野，看农户秋收，似遍地英雄下夕烟"，这是他经常的采访实践，也是他源自内心的深切感受。

他拍摄的照片内蕴丰富，有文化，有历史，有诗意，有哲思，有情怀，有神韵。如果用一句话来概括他摄影的特点，我想那应该属于心灵的投影。他说过，在家门口的路上，有的人用脚走过，有的人用心在走；在完成一幅作品时，路途的跋涉是必要的，但心路的跋涉更为重要，更为辉煌；心靠近了，镜头才能接近，作品才出得来。

我在中华读书报社工作的时候，曾经跟着他和他的朋友范建华先生走过一趟云南。在中缅边境的一家书店采访时，看到他的几本摄影著作摆放在书架上，不禁心生敬佩。那时，他拿着那台简单的佳能 G11，走到哪儿拍到哪儿。同去的一些人也拿着一样的相机，看到他拍下的照片好，便赶紧往回跑，跑到他站过的位置，找到他拍过的角度，可风已不是那阵风，云已不是那片云，人也不是那个表情了。

跟他一起出去的人，身体如果不够强健，通常会觉得很累。他不喜欢走马观花，看那些浮在表面的东西，有时会不顾情面地把人家的安排推翻，另起炉灶。即使是行走在城市的大街上，他也会抓住机会穿越繁华，往高楼背后的小巷里一钻，看到做手工艺品的、演小戏的、卖蔬果豆粉的和铁匠铺子裁缝店等民生百态，他和他的相机便立时忙碌起来。

他多次提出，百姓平实的生活最值得关注，也最难拍摄，没有事件作背景，没有问题作考量，凭的是摄影师眼光的发现，凭的是摄影师艺术的表现，平淡中见真功夫，一景一物既源于生活又高于生活。他经常提醒摄影美术部的同志，每到一地一定要融入当地百姓的生活，面对采访对象要不断地对自己说，近些，近些，再近些。"拍得不好，因为你离得不近"，这句名言带给他诸多启示。他认为，这指的不是一个地理上的距离，也不是镜头和拍摄者之间的距离，而是文化认同的距离。

他心里总是装着受访群众。有一次，他看到一篇摄影报道中写着"当地人说"，就嘱咐记者把人家的名字加上，"当地人是谁？人家不能白给我们作介绍啊。"我不止一次地听到他对年轻同志说，采访的时候给谁拍了照片，一定要把人家的姓名地址记下来，遇到不会写字的老年人就把他们的身份证拍下来，回来后按照上面的姓名地址尽快把照片给人家寄去。有时过完春节返回山寨，他还会带上一袋面粉给从未见过饺子的山民。

他是一个非常纯粹的人，不为名缰利锁所羁，不为权力地位所惑，也不喜欢聚光灯下的生活。一个以提问为职业的人，却不习惯面对记者的问题；一个镜头常伴左右的人，却会紧张于记者的拍摄。面对电视台的采访，他说："坐在这里并不轻松，对着镜头、灯光、话筒。的确，当我走在乡间，坐在农民家中，就自然轻松多了。"

在朋友们眼中，他是一个爱开玩笑的人。看到年轻人用网络语言写出的时尚搞笑文字，他也不会觉得轻浅，反倒时常予以鼓励和转发。而细品他的文字，就会发现他严肃和严谨的一面。从只有几十字的图片说明，到上千字的文章或报道，他都会写得凝练、精致，充满人文情怀、学术意蕴和生活气息。参加工作以来，在相机很少离手的情况下，他竟然奇迹般地记满了300多个采访本，这些采访本中的一部分现在就收藏在他昆明家中的箱子内。

对于摄影，他始终处在且行且思考的过程之中。到贵州采访时，他说，拍摄贵州不单纯是要走过表面上的山岭距离，而应该从社会意义中去体验和感受这块土地与人的关系，不用安排，无须导演，一切都是活生生的。到西藏采访时，他说，串起一户户普通人家和一张张鲜明面孔，等于穿行在西藏的历史和现实间，尤其是知晓了人们遇到什么事情后会痛苦或高兴，那么就捉摸到了高原的脉跳。到青海采访时，他说，这里山水相依，村寨相遥，每一个题材都有其个性，新的专题有待串联，更需要以时代的眼光去打量和发现，在不断的探索中展示一个青海的新面孔。

"树长高就要掉叶子！"他曾经引用哈尼族老人的这句话来说明摄影人取得成就是要付出代价的。在艰难的采访途中，他几经生死考验。采访西南丝绸之路时车轮飞出差点翻车；独龙江之行随马帮过栈道险些掉落怒江；寻访"马可·波罗足迹"时接连遭遇地震和车祸；还曾经昏倒在海拔近4000米的高原上。车翻了，找人帮着抬过来继续前行；人昏迷了，醒过来吐出一口气继续跋涉。

但是，这一次，他却没有再醒来。在从重庆采访回来的当晚，他永远地睡了。是的，他太累了。从此以后，不会再听到他亲切的话语，不会再听到他爽朗的笑声。他走的时候没有留下什么话，他所要对我们说的一切都在他的作品之中了。

作者系徐冶同事，光明日报摄影美术部副主任

目录

 徐冶作品选

 悼念徐冶

目录

3 亲朋好友心中的徐冶

目录

4 镜头中的徐冶

后　记

徐冶作品选

摄影作品·文字作品

不是人人都懂的自得其乐

　　"楼上竹筒满，楼下牛铃响，一间草房不漏雨，婆娘娃娃在一起，一天三顿白米饭，阿佤水酒天天干。"这首顺口溜是20世纪80年代在云南西盟佤族自治县听到的，自足的心态调适着人与山地的关系。劳作的路上，有只鸟相伴，这种乐趣只有山里人能享受。

串村进寨难辨是谁家

在西双版纳密林中的勐腊县，景谷的傣家竹楼，四周翠竹掩映，寨
边溪水长流。"盘田种好粮、积蓄盖新房，"依着傣族一贯的生活准则，
1990年来，全寨80多户人家几乎家家盖了新房，通风去热的干栏式模样照
旧，只是楼的木柱从几十棵增到上百棵，"诸葛亮帽子"式的房顶也从稻
草换成了红瓦、石棉瓦和铁皮瓦，过去空敞的屋中摆进了缝纫机、组合柜
和电视机。门户之间仍用竹篱笆相隔，没有什么门牌号，一家小院连着一
家小院，初次进寨容易迷路。

吹不走的是家乡

　　哈尼族民歌这样唱："山和山离得虽然远，云海把它们连成一片。天和地离得虽然远，雨水把它们紧相连。"在哀牢山云海中世代居住着哈尼族山民，他们在独特的生态系统中创造发明了别具特色的梯田文化，那山寨的气息在雾聚雾散中孕育出一个文化群落。

即将快乐

　　新疆维吾尔自治区的阿拉尔市，其名意为"沙洲"，虽是一座农垦新城，却保持着浓郁的边疆民族特色，尤以传统饮食著称南疆。我们拍摄完巴扎集市后，在兵团同事的带领下来到一家有名的路边餐馆。在这里，我眼见热火朝天的烹饪场景，忍不住又拿起相机，把大厨手艺与孩童眼神快收镜头，西红柿、大辣椒、白口缸相衬其间，这幅捕获取的瞬间意象一道美味的"开胃菜"，启验了"快乐从胃开始！"

丝绸之路多巧匠

　　眨眼能够进行交流。新疆喀什自古就是丝绸之路中西文化交流的重镇，能工巧匠的店铺数不胜数，传统手艺代代相传。外来的手艺人，如四川人都难找到自己的活计。穿行其间，铁匠注目行客，眼睛在打量对方的同时，神来之作便就定格。

定居农人的立足选择

怒江大峡谷是一条民族迁徙的走廊，傈僳族到此止住了脚步，山上建千只脚房屋，江边开小水田种稻。傈僳话保持着峡谷上下通用的功能，许多民族以此为交往工具，认为会说傈僳话就等于多长了一个舌头。开田种秧则是沿江农家人的立足选择，"一晴一雨路干湿，半淡半浓山重叠"。福贡怒江边的人们就这样开始了每年的春作。

飞红夺金

　　日落时分，彩霞灿烂。坦桑尼亚的桑给巴尔海滨一派热闹景观，人们纳凉海岸、戏水江边。在一个叫"风吹月牙"的餐馆前，我趁着等待晚餐的时机，把镜头对准水面上叠罗汉、扎猛头的人们。细看观察大多为青少年，见我对他们有兴趣拍摄，几个小家伙跳水的劲头更足，跳一次，爬上岸看我相机的图样后又兴奋地再跳。最初我把背景对在水面上，后来发现逆光的天空红霞泛起，船与帆静态水面。此刻，几个少年又兴高采烈地跃向大海，我也激动地按下快门，定格了这幅飞天的场景。

　　"桑给巴尔"为阿拉伯语中"黑人海岸"的意思，图片中黑人小伙的身影更印证了地名主人的威风与豪气。此间的拍摄我都用佳能G11相机，一直调在绿色（全自动）档位。

狂欢从一条鱼开始

　　河里捕鱼，游戏水中，岸边看客观看热闹。孟连的边民种稻谷，割橡胶，捕鱼虾，上山下河，过节都与劳作相连，劳动也带着向往。每逢神鱼节，人们有选择地把中奖号置于鱼腹，摸到者持鱼领赏。如此万人的喜悦从一条鱼渐入高潮。欢乐场地幻化成了自然景观。

劳动的美是圣洁的

秋收的迪庆高原，一年的辛苦晒在青稞架上，劳作的午餐放在篾箩里。看着这油画一样的场景，更感到劳动是光荣的，劳动是神圣的。我每次看到这幅照片，总会浮现法国画家米勒的《拾穗者》，画框中充满乡村生活的诗意，人物间各司其位。这是《在格桑花盛开的地方》"图说川滇藏结合部景观"的组照之一。

盘锦金滩舞秋阳

　　在秋后的大地上，辽宁盘锦更显广阔舒朗，这个素有"渤海金滩"之称的地方，金黄的是稻田、乌黑的是油田，还有海岸线数百万亩的苇田。来到红海滩畔，无边无际的苇田直通夕阳，仿佛与油田机井连天对话。为了平衡红日与苇田的清晰光影，我以芦苇和碱蓬草作主体聚焦，再以红日布局构图，完成了这幅眼见为实、未经加工的盘锦秋红。

　　夕阳下，一片片淡粉色的芦苇与深红的碱蓬草相间铺到海边。海上落日的奇恒光晕给原本平常的景象带来了一丝趣味。摄影师精确地将地平线放置在黄金分割点上，使苇田、海面、天空的比例各得其所，仔细看甚至三者的颜色都惊人的一致，真是"秋水共长天一色"的美景。

秘境稻城

　　在四川省甘孜州稻城县的桑堆乡，面对外来的行者，当地儿童好奇打量，热情地问："你们从哪里来？""路那边！""你们去哪里？""山那边！"在家门口的路上，有的人用脚走过，有的人用心在走。不管怎样，旅途的辛苦与快乐在过程中体验，心灵的纯净与宽容在行走中升华。停车交流，让人想起诗人勒内·夏尔的诗句：如果生命中没有陌生人，我们该怎样生活？

　　画面中首先映入眼帘的是带有高原红面庞的孩子，一个两个三个四个，略显害羞地躲在围栏后面。而画面之外的石头围墙又把观者的视线引向后方的民居，在前水后山的包围中静静矗立，仿佛一座待人探寻的庙宇。蓝天白云下，映着远山近居的水面，静谧、安详，有如现代版的山野油画。

山头上的脸活灵活现

　　面容是一个民族的灵魂，"不取于相，如如不动"。哈尼族在群山中耕作梯田，犹如山神的脸谱，优美而庄严，被称为"雕塑群山的子民"。这是我1990年在西双版纳州勐腊县"社教"时的作品，曾写过《走串边地山寨人家》，由周良沛收入其主编的《散文中的云南》，配图版则发表在台湾《大地》地理杂志上。

有事干哪怕山高风急

　　山风扯衣，景物传神，美在流动。爬上乌蒙山上的大山包，白云下的放牧人自在而坐，我们的到来打断了他的工作，小伙儿显得有点不好意思地说，牲口有山管着吃草，我只管编排手里的活计。坐守山门自在的他，也已成了风景的主角。

远近百里如见佛光

　　松赞林寺又称归化寺，对其远近拍摄各有气势。冬天起个大早搞创作，不用三脚架就把相机放在吉普车的引擎盖上，手冷就憋足气，随着晨光的照耀连按快门，"远近百里如见佛光"。

徐冶

社科界：迎接挑战

经费短缺、专业压缩、人才不足——社科界陷入窘境

穿墙开店的鞭炮放了。

科研大楼也给搬空了。

学术的殿堂变成了创收的场所。这是一家地方社会科学院不久前采取的新举措。

以研究社会作为对象的专家学者，如今遇到许多说不清道不明的困惑，他们面临的是时代提出的新课题：社会科学将何去何从？

记者刚开始就此问题进行采访，就得知近一段时间来，社科界有一场不大不小的争议。北京一位学术权威提出"社会科学不是生产力"的论断，广东省社科界马上进行反驳；上海一位教授提出"社科人才结构性过剩"，随即在山东省社科界引发争论。南北学者的焦点同在社会科学的地位、性质和作用。

因为时代的变革，评判事物的标准发生着变化，社科界的适应能力经受着一场考验。在市场经济中，人们的价值取向更注重实在的利益，科技人员得重奖、"下海"谋取的利益无不给社科界以强烈冲击。

而一些远离现实社会的学科专业，不仅遭受冷遇，还有被取消的可能。一位研究历史地名学的专家，一辈子心血研究的成果始终未能出版，他伤感地对记者说："学术搞不了，我也就无事可干了！"

据今年各地高校传出的信息，某些人文方面的专业已压减了招生人数，市场上暂时显示不出经济效益的一些专业将被取消或停办，这些举措给培

养社科后继人才带来影响，出现了"门庭冷落车马稀"的景象。一位大学历史系主任对招收研究生的困难感受尤深，他说前几年生源选择在20比1左右，现在招一人就一人报考，导师反而成了被学生挑选的对象。

我国从1985年试行博士后流动站，278个几乎全是在自然科学领域，42个一级学科中仅有北京大学的社会学属社会科学，到1992年7月，才开始在社会科学领域开展博士后工作试点。没有高质量的人才做储备，就很难造就高层次的专家学者。

一位从事科研管理的处长对记者说，目前社科单位行政化管理的机制使科研缺乏活力，科研内容雷同，研究手段单调，人力投入浪费，造成大量低水平低效率的重复研究。科研任务的弹性指标给滥竽充数者没有有效的处理途径，公平竞争机制也难一时建立起来，致使一些青年科研人员为前途担忧。

困惑中带出的是浮躁。社科院所的领导一般都是学科领域有造诣的带头人，可如今要服众有威信，光有学术算什么，创收搞福利才算本事。上行下效，每逢进院时光，会议室里各自的 BP 机响个不停，学术质量也就可想而知。

北京大学中文系刘铁梁副教授告诉记者，由我国民俗学唯一的硕士、博士学位授予点导师钟敬文教授主持的中国民俗学会，其分会遍及全国各地，可每年的经费仅7000元，会刊10年只出了7期，年会也只能几年开一次。他十分惋惜地说："为了了解中国农村变革中的民俗文化，学会近年来组织了两次对浙江大规模的民俗田野调查，可都是由日本文部省出的钱，成果自然也在日本印刷。"

由于经费短缺，科研工作陷入有多少钱办多少事的窘境，许多院所只好按人头分配科研经费。一个地方省的社会科学院，每位高职人员每年700元，每位中职人员每年400元，据说这在全国地方社科院里还居中上水平。

在这困惑和浮躁的氛围里，也有一些学者不畏窘境，自强不息，在科研的道路上孜孜以求。从事社会科学研究，的确要有"板凳须坐十年冷"的志趣，这项清贫的事业容不得急功近利。中国社会科学院世界宗教研究所38岁的研究员卓新平对记者说："社会科学较之自然科学的生存能力相对强一些，学科领域只要有人就可以有领先的地位，而人的毅力是世间最具生命力的。做学问需要一种自我牺牲、自我坚持的气度，有所失才有所得。"云南省社会科学院郭净副研究员也认为，社会科学工作者最本质的要求，不是去争取经商或从政的权利，而是以学者身份参与社会变革的权利，在社会分工体系中，学者本以发表作品、提供精神产品为业，借助文字和图像的力量，透过大众传播媒介去引导大众，提升他们的文化品位，提出社会良性运行的发展方向。

"心态有失平衡，困惑与浮躁，但愿这是一个短暂的痛苦历程，"一位学者如是说："也许目前的景况才刚刚开始。"

一个健康的国家和民族不能没有精神动力和理论营养
——社科研究大有可为

一个健康的民族和国家不能没有精神动力、智力支持和思想理论的营养，否则，那是不可想象的。中国社会科学院科研局黄浩涛副局长对记者说："社会的变革给科研的选题带来机遇，对知识价值的认可有多种途径来实现，从某种程度上讲当前的社科研究进入了一个大有作为的新阶段。"

据最新的统计数字表明，从1979年至1990年底，我国召开的重要的全国性及国际性社会科学学术会议就有5200多个，其数量之多、规模之大、内容之广泛、争鸣之热烈均为前所未见。作为全国最高学术研究机构的中国社会科学院，在"六五"和"七五"期间，共完成专著2226部，论文36495篇，调查报告4425篇（份），普及读物692种，译著2120部，各类工具书473种，推出了一批发前人所未发的学术成果。这一切无疑给新的发展打下了良好的基础。

学者学术背景的不同，为经济建设这个中心和社会进步服务的切入点就各不一样。近年来，各地社科界雨后春笋般地建立了许多咨询开发研究机构，聚集了不少多学科专家学者，他们放下架子，走出书斋，直接面向经济建设主战场，既拓展了学科专业，科研经费也有了保证。比如从对海南省"小政府大服务"的战略设计，到再造大连"北方香港"的新思路，各路专家学人携手联合攻关，有如美国的"兰德"公司，提出了许多重要的思想、策略，推动了经济、社会的发展，受到当地政府和群众的热烈欢迎。有些地方甚至出现了"抢学者"的现象。人民大学经济系魏杰教授目前同时进行着六七个项目，经费有几十万元之多，他认为不能为研究理论而研究，而是让理论研究为经济建设服务，理论联系实际又成功地指导了实践，智力便商品化、市场化了。魏杰教授不久前与亚洲第一大的玉溪卷烟厂厂长合著的四本经济专著，刚刚出版就售完了。

许多地方社会科学院也一改闭门造车的手工作坊习气，对研究课题公开招标，把竞争机制引入社会科学工作，拉近了与社会的距离，开发了许多社会急切需要的研究课题，如《广州如何进一步扩大开放》《云南与东南亚》等招标课题的完成，给当地政府的决策提供了富有启发性的参考材料。

北京大学周星副教授对记者说："不可否认，社会科学中有一些学科是无法进入市场的，其成果也不是立竿见影的东西，这就需要国家给予必要的扶持和照顾，特别是物质条件得有可操作的政策措施。风物长宜放眼量，泱泱大国得有代表中华民族讲话的历史学家、哲学家和文学家。"这位刚从日本归来的学者，还向记者介绍了他在日本的一个发现，专家学者除了自身做学问外，还花精力专门为国民撰写高质量的普及读物，拥有了一大批业余爱好者，有的是财团要员和大企业家，就连深奥的日本考古学也有家庭妇女爱好者，这为提高日本的整个民众素质起了重要作用，他认为，日本学者的做法很值得中国学者学习、借鉴。

记者采访社会学家费孝通教授时，正巧遇见北京大学社会学人类学研究所所长潘乃穀研究员和马戎教授，他们带着几名青年博士在费老主持下商议《中华民族凝聚力的形成与发展》国家社科"八五"重点课题，这个富有深远意义的课题蕴含着这样一个思路，下个世纪到来前的中国人确实需要一个正常的心态，懂得人和人共存共荣的关系，需要出现几个懂得当孔子的人。这种高瞻远瞩的超前研究，给社科界树立了一个典范。

在中国社会科学院科研局副局长黄浩涛谈了院里近期一些具体改革做

法后，告诉记者："社会科学要迈出步子，也要进一步解放思想，实事求是，并且大力提倡和鼓励研究人员深入实际，深入群众，为深化改革、扩大开放服务。要清醒地看到，改革不仅要作为课题研究，它还是社会科学进一步发展和繁荣的根本出路。"中国的社会科学研究大有希望，中国的社会科学工作者一定能在改革中大展宏图。

原稿发表于《光明日报》1993年6月10日一版头条

徐冶

山和山的爱

——照片后面的故事

　　初夏时节，我又一次到云南边寨采访，一位老人这样对我说："男人是山，女人也是山，是山泉水把它们紧紧相连，山上才长出了树。"由此，我的镜头在山里寻找。的确，云南的山有高峻的，也有厚实的，山多高，水多高，每一座山都充满着生命的活力，每一座山都流淌着爱情的山泉。

　　山里人的爱就是普普通通的生活。当我为这些年长的夫妻拍摄合影时，他们幸福地微笑着，追忆起相爱的美好时光。

（一）

　　"快乐是最好的药！"和士秀这位乡土医生如是说。他今年73岁，老伴闵朝星71岁，是丽江县白沙镇的一对纳西族老人。在小镇西边，一处平房门面有汉文和纳西东巴文写的"玉龙雪山本草诊所"，两人的大半辈子便在这里度过。

　　拍了照，我参观后院的3亩药园，和士秀快人快语："爬玉龙山三步就踏得几味药，这园里的100多种草药都是山中采的。"每天和先生切脉开方，老伴配药碾粉，默契的配合让慕名而来的人都满意而归。

　　和士秀和闵朝星是1941年结的婚。"生了娃娃以后，人又多识得几味药。"回顾半个世纪的生活，和士秀自豪地赞许老伴。在当了两个孩子的父亲后，和士秀远去南京读过书，一口纳西味的英语就是当时学回来的。

　　现在，和士秀的英语派上用场了，每天英语讲得比纳西话还多。玉龙雪山本草诊所被写进了许多国家的旅游书中，外国人到丽江大多要来这里坐坐看看，有病无病也来感受一番。这里成了丽江的一个人文景点，这对纳西族老人给人的却不仅仅是一味药。

（二）

4月30日，我来到怒江大峡谷边的福贡县一块比村。在傈僳族老人秀德的家里，随着一杯一杯的杵酒下肚，情感得以交流。秀德今年70岁，老伴育玛珍62岁。老两口过去都在县商业部门工作，如今退休回到村寨生活。

谈起过来的日子，有艰辛也有苦难。但幸福的事总令人难忘。秀德和育玛珍的婚事是在1949年10月举行的，杀了一头肥猪，按傈僳族传统摆了上百个簸箕饭招待宾客。结婚前，秀德在山寨算见过世面的人，他每年几乎都要翻越高黎贡山去缅甸、印度，在伊洛瓦底江畔淘金子。结婚后，育玛珍在开明的公公支持下，到云南民族学院学习，当时学院发棉衣，她专门要了一套男式的，托人带给家中的秀德。1952年3月，育玛珍参加西南各民族参观团到了首都北京，受过毛主席和周总理的接见。在北京时，周总理还送给每人一床红毛毯、一套黑呢衣服和一双黄色皮鞋，红毛毯至今还保存着。

秀德家的前几代都是单传，到他开始形势大变：有4个儿子和2个姑娘，有的当了干部，有的成了医生，有嫁给汉族的，也有娶了纳西族的，儿女们又给老人生了6个孙子，构成了一个多民族的大家庭。

（三）

约翰和昆秀英这对独龙族夫妻是在教堂认识的，相互间用翻译《圣经》的老傈僳文写过情书。讲起这段往事，老两口情不自禁地握着手，亲密地坐在条凳上，让我从各种角度按动快门。看着这般情景，让人想到一首独龙族民歌："我们在树林里唱过的歌，被虫子写在树叶上了；要想反悔哟，阿妹去问问那写字的虫子。我们在江边发过的誓，被沙虫刻在石头上了；要想反悔哟，阿哥去问问那刻字的沙虫。"

约翰今年65岁，昆秀英58岁，1955年在全国独龙族唯一的聚居区独龙江结婚，后来大多时间生活在贡山独龙族怒族自治县县城丹打。50年代初，他曾到缅甸学过日汪文，回来后根据独龙话与日汪话的语音差别，对日汪文作了增删，用来拼写独龙话。在云南省民语委的帮助指导下，1983年8月一套用拉丁字母拼写的独龙语拼音方案诞生了，这成了我国目前最晚的文字。

问及目前推广普及的情况，约翰无奈地说："当初试行教学时，来的人特别多，教室里专门换了大灯泡。可现在灯泡越来越小，人也越来越少。"由于经费困难，独龙文的推广工作几乎停顿下来了。围在火塘边，我们吃着洋芋交谈。昆秀英在一旁介绍，约翰不出去教人识字，每天就忙着2亩地上的洋芋、包谷和青稞。过了一会，约翰用母语打断了她的话，昆秀英笑了，原来老两口说这个记者还真能吃洋芋。

（四）

雨水太多，冲断了公路。我们进前新村只得从巍宝山绕道步行，趁着太阳落山之前跟着背柴放羊的山民来到村里。依着村民的指点，我们找到了南诏的开国领袖细奴逻种地和居住过的地方，也就是些埂子、墙脚土坯和山地。

"细奴逻是我们的老祖宗！"吹完老祖宗的故事，再讲起半个世纪前举办的婚事，字城忠和字文兴这对彝族老夫妻的眼睛这才发亮了，那是他俩一辈子最风光的事。"杀了三头大肥猪，全村子的人都来了。吃了70多桌！"字城忠抽着草烟回忆说。字文兴从厨房走了出来，她一边解下小围裙，一边舞了个动作说："那天喝酒吃饭以后，村里人是打歌打到太阳出！"

字城忠为独子，家里供他到学堂读书。"我的学历是第八册！"听他讲了两遍才知"第八册"即小学4年级。字文兴自很小的时候父母便去世了，一直就在字城忠家生活，两人青梅竹马，玩山打柴，形影不离，只是字姑娘从没得进过学堂。结婚时，字文兴从婆婆手中接过的玉耳坠、银手镯至今仍戴于耳垂和手腕。68岁的字城忠老人牙齿几乎全掉了，小他一岁的老伴却满口好牙，她认为这是早去的父母给的保佑。

结婚没多久，字城忠告别新婚妻子，加入到修筑滇藏公路的队伍，一干就是9个月，没有休息过一天。回家时仅得了24元，如数交给老父亲后，家里用10元钱买了一头黄牛。过了几年，字城忠又去修南涧到耿马的公路，由解放军领着干，每月的工钱为12元，干了7个月回家时带了一套行李，买了一匹骡子、一匹马和一头母牛。字城忠的两次修路经历，使他有机会到过丽江和耿马，从此就再没有离开过家乡。现在出门最远就是到县城，2块钱坐一趟中巴车，4块钱打个来回，逛街天无非去图个热闹，顺手买点肉来吃。

凭着"第八册"的学历，字城忠在人民公社期间当了7年的会计，曾管过3000多人。尽管每个工计10分工分，最多得三角三分钱，但要做9个账本，每晚都要干到深夜。字文兴则是村里的妇女队长，什么重活累活都要带头去干。夫妻俩还是村里的老党员，事事要起模范作用。除了做好公家的事，两口子还拉扯大了3个儿子和2个姑娘。1962年用100多元盖的土墙小平房，老俩口一直住到现在。今年农闲时节，大儿子盖新瓦房，花去了3万多元，光下石脚就3000多。"过上好日子不容易啊！"字城忠深有感触地说。

字家的收入还是依着传统的种养殖业，水田种粮，山地栽烟，养猪喂鸡，日子也过得去，仅有的一匹骡子多用来驮柴和拉包谷。字城忠一直没有喝酒的习惯，他说喝酒头昏爱误事。但他抽烟，草烟五六元一斤，能吃一个月，纸烟五六元一包，抽一天就完了。他说到底是抽不起更好的烟。

一个小山村出得一代君王，他的伟名霸业令子民们讲了一代又一代，可现实平淡操劳的生活似乎又与老祖宗没有太多的必然联系，每个人一辈子最幸福的事数得出来没有多少，摆宴的婚事当属第一。

原稿发表于《光明日报》1995年7月21日第2版《驻地记者在基层》栏目

徐冶

山外还有山

——《家乡的名山》

　　我自小生活在山的王国里，居家之地虽然离市中心至多两三公里，但每天出门则要走过农田过小河，看得见城边的西山，也就是横躺在昆明滇池之滨的"睡美人"。山就这样天天与当地居民朝夕相处，但凡有集体活动时，去山中举行也成了人们的首选。的确，西山树多，寺庙多，登高可俯瞰五百里滇池，进寺能观花吃茶玩游戏，坐闹相宜，如家的后花园让人自由欢畅。在华亭寺大门楼外，挂有一联："绕寺千章，松苍竹翠；出门一笑，海阔天空。"而在太华寺，桂花之季，树下品茶吃零食，好生自在。大殿上的草书匾额"如如不动"，当时不知其意，又不好意思问人，这反而将好奇之心藏于记忆。总之，山于我是年少远足旅行的好玩之处，更是长学问的课堂，心目中的一方文化高地。孩童时的烙印由此影响着我对山的认识，往往看山的自然美景仅仅是个借口和由头，山中的人文色彩才是关注和难忘的重点。长此以往，山在我的眼里有了温情的人性，而更多的是给我山旅收获，在"七十二峰深处"游骋无穷。

　　"从前有座山，山上有座庙，庙里面有个老和尚，他在讲故事，他讲的故事是，从前有座山……"这是自小听到的顺口溜，发明者真聪明，因为山中的故事的确永远讲不完。山里的故事在于有庙，浓缩文化于殿堂，以及派生的书院、学堂，尤其是围绕着山而展开的民俗事项，既传承着祖辈的文脉，又激活着当代的创造，爬越群山有如翻阅列传。

　　山是有灵性的，人们生活其中，给山活力朝气，而山中生长的万物充满奇迹，除动物、矿物之外，森林中的茶叶如普洱、药材如虫草、花卉如杜鹃和食粮如土豆等诸多植物，无不源源不断供给人类以营养，人的性格中注入了山的基因，山与人相融。山人一面，看的是山，实则观人，走完一座山，还望一群人，生活由此光鲜长亮，文化的生态滋养着一代又一代的山里人。由此，一座山有一座山的景致，一架山有一架山的调子。看山多了，山与山之间有了可圈可比的地方，但对山的认知则是整体的，既有举镜远摄离天三尺三之感，又有皴法点染入画显肌理之亲。

山给人以美的视角与提升。北宋画家郭熙曾说："山有三远，自山下而仰山巅，谓之高远。自山前而窥山后，谓之深远。自近山而望远山，谓之平远。"在《芥子园画传》中，对三远都有专门的论述与技法。山给历代艺术家以题材、以灵感，并以成就，就是当今的画家和摄影家，靠山吃山的作品不在少数，而面对美景，作者的心境与造化也左右着怎样的取舍。明代大家沈周的题画诗道出其中精妙，他写道："看云疑是青山动，谁道云忙山自闲。我看云山亦忘我，闲来洗砚写云山。"

山是地理的坐标，族群的旗帜，也为人生的驿站。过往人们关注山口关隘，山的意义多在于阻隔和守卫，一夫当关，万夫难过。实则，山关险隘之地，还为休养生息的宝地，各方人等汇聚，带着跋涉疲惫身心、长途供给告缺，留足停顿，对其感情将是何等依赖，往往这样的地方行客混杂、族群交融，反而诞生别样的山地文化，山容山貌有了新模样，如云飞万峰，在岩石间停留做窝，给自己的生命创造出一个安顿的场所，流动中以静制急，似慢而精进。"如如不动"，这是《金刚经》第三十二品中的句子，"如如"本为万法之一，以其安住平静而屹立，这也似乎在说做人有了定力，居于山则有了前行的根据地。

一部山志，就是一部鲜活的百姓生活史。山行为乐，图文相记。《光明日报·人文地理》版长期关注山川风物民俗，曾采编过"城市之眼"（10大城市之湖）、"巡游歌声里"和"中国文化江河"。这里集纳的"家乡的名山"，为2014年8月首开专栏以来刊发的19座山的作品，依着"看得见山，看得见水，记得住乡愁"的理念，增补了部分图文内容。有人说，一个人一生也许只能认真地走看一座山、舍给一座山。那么，当众山同时展现，只愿读者随书引领，走马观山，充当一座山的主人或过客。这是远山的呼唤，更是家乡的期盼。

2015年7月21日

本文系作者为光明日报出版社出版的光明日报

摄影美术作品丛书《家乡的名山》写的代序

2

悼念徐冶

张碧涌

徐冶留下的精神财富

今天的座谈会开得很好。听了大家的发言，我几次感动落泪。徐冶的形象在我心中更加丰满。

22年前，我跟徐冶结识。那是1993年5月，光明日报社成立了第一期重点报道组，7名成员里有两个"菜鸟"：一个是云南站的新记者徐冶；另一个是编辑部新来的大学生，就是我。那时我们都住在报社。记得有一个星期天的中午，徐冶出去买吃的回来，在大门口见到我，兴高采烈地说，他采写的那篇《社科界：迎接挑战》在头版头条刊出后，影响很大，北大一位叫王东的教授看了报道，专门骑车来报社找他，谈了很多想法。这是徐冶从社科界转行到新闻界之后写的第一篇重头稿件。

此后我和他接触较少。2010年我到记者部工作后，办公室就在徐冶隔壁，中间只隔着一层玻璃，一说话彼此都能听见。有时候他听我给一些记者站打电话商量报道的事，就主动过来，问我要不要摄美部帮忙。他说："我在记者站呆了10年，知道大家的不易。"

那几年我下班的时候，路过摄美部办公室，经常看到徐冶一个人站在那里，静静地看墙上的《艺萃》版大样。如今在报社，能把自己做的版面挂在墙上，反复琢磨的人，实在是太少了。我当时就有一种感觉：他是真的爱这份事业。

2014年12月，我准备去台湾访问，请摄美部的同志创作了一些书画作品。临出发时，他专门来找我，拿了十个大信封，里面装着刊有《家乡的名山》版的报纸。他在每个信封上都工工整整地写着：《雪窦山：滋润新奉

缅怀座谈会会场

化》。他说："奉化溪口是蒋公故里，我们去采访的时候听说，每年还有蒋公后人来雪窦山凭吊。你去台湾，可以送给相关人士看，他们肯定有兴趣。"我打趣说："好，我一定帮你把《艺萃》的广告做到对岸去！"

功夫不负苦心人，现在，《艺萃》受到了方方面面的一致好评。我曾经听一位读者讲，他就是看着《艺萃》喜欢上光明日报的。我想，这不仅是因为版面艺术水准高，更主要的是在徐冶的主持下，《艺萃》始终坚持向上向善的价值取向，内容充满正能量，《班主任的全家福》专栏，我在审改大样时好几次流了泪。重庆一位班主任的稿件发表后，所在学校还专门把当期的光明日报收入校史馆。

徐冶走后的这些天，我脑海中经常浮现出这样一种幻象：他一个人坐在长凳上，小心翼翼地擦拭一块牌匾，牌匾是深色的，边上系着红绸子，上面写着两个大字——"艺萃"。

我代表编委会和机关党委谈几点意见：

要结合报社正在开展的"三严三实"专题教育，认真总结徐冶同志的事迹，深入学习他不断追求高尚人格、高超业务水平的精神，学习他实实在在做人、做事、做"官"的精神。

1、继续挖掘徐冶同志的事迹。徐冶留下了珍贵的精神财富，我们不能让这份财富随着时间的推移而流失。这次座谈会的资料，包括其他的文字、照片资料，都要收集好、整理好、运用好。

2、传承好徐冶同志开创的事业。把《艺萃》的牌子擦得更亮，把他正在做的、还没有做完的事情继续做好。为了搞好"身边正能量"手机摄影大赛，他专门换了手机，学会了使用微信。现在大赛进入收官阶段，我们一定要全力以赴，把活动办出影响、办出水平，以实际行动告慰他的英灵。

3、学习徐冶同志培育新人的自觉意识。徐冶不仅留下了很多作品，更重要的是带出了一支高素质的专业队伍。摄美部今年新进来两名大学生，徐冶就像抢时间一般，前一段分别带他俩去基层"走转改"，手把手地"传帮带"。在媒体转型的时代，光明日报的未来在哪里？就在今天的青年同志身上。报社要把培育优秀青年人才作为一件大事来抓，这方面要有紧迫感。

摄美部的微信公众号叫"有个艺萃"。多年以后，我们都会记得：有个艺萃，有个徐冶。

作者为光明日报社编委、机关党委书记

范建华

徐冶追思会小结

　　今天参加我们在这里举行的徐冶追思会的有他生前的亲朋好友一百余人。有他的爱妻罗静纯，他的爱子徐思唱，有他的胞弟徐小雷、徐航，有他小学、大学的同学，有他曾经工作过的云南省委民族工作部、云南省社科院、光明日报的同事，有中央驻滇新闻单位和云南新闻界的朋友，有他的影友、同仁和各行各业的好朋友。

　　刚才大家从不同角度追思了徐冶短暂而不平凡的一生，讲述了大家与徐冶的深情厚谊，寄托了对他浓浓的哀思。

云南追思会会场

这里我代表筹备追思会的王清华、和丽峰、钟云跃、陈莹、欧燕生、徐晋燕、罗明生、中献杰、吴业坽等朋友向大家表示感谢！

徐冶走了，我们大家却依然是他永远的朋友，依然是他父母的子侄，依然是罗静纯、徐思唱、徐小雷、徐航的亲人。

徐冶是个优秀的民族学、人类学学者，是个永远追求完美的人文地理摄影艺术家，是个长期坚持走在基层，走在边地，走在少数民族地区的优秀的新闻工作者，是个能给人们带来欢乐的好朋友。好人徐冶永远活在我们心中！

作者系徐冶好友，云南省社科联主席

薛昌词

用心悼念徐冶

　　早上起来看到兄弟发来徐冶遗体告别仪式的几张照片，有人告诉我，告别仪式人来的很多，足见徐冶在报社的认可度很高，这说明光明日报有希望，人心公道，良知还在，令我聊以安慰！最大的遗憾是身在万里之外，只能用心悼念他！

　　我和徐冶真正交往是他调北京后，以前只是印象很好。我来北京后，知道摄美部比较乱，不团结，在部主任急需物色新人时，向袁志发总编辑推荐了徐冶。为了让袁总有考察、了解的机会，那年把发行会放在云南开，就是那次直接深入的接触，袁总下决心调徐冶回报社任职。实践证明，徐冶不负众望，能力、水平、智慧充分发挥。在报社朝夕相处，心对心交流，才深知他是一个智慧人，心地大度善良，人格纯正，能与他讲真话，在当今社会，能讲真话的人多么可贵。鲁迅先生说，人生得一知己足矣！愿这位知己好友在天堂像人间一样快乐！

作者系徐冶同事，光明日报原编委、机关党委书记

朱运宽

徐冶为我们留下了什么？

2004年2月，徐冶（左）、朱运宽（右）
在云南弥勒县红万乡采访

2015年11月16日，我参加云南省政协特聘艺术家赴腾冲采风，中午车行至南华午餐，大家正议论巴黎遭遇恐怖袭击的事，突然刘建明说徐冶走了，大家一时还不明白是不是徐冶回北京了？当噩耗证实，这时南华蓝天白云，此噩耗不啻为晴天霹雳，与徐冶交往的滴滴往事和他的音容笑貌一一浮现。席间，我们破例要了酒，我为祭奠徐冶连干三杯，耿云生、陈安定、刘建明、陆江涛、杨克林等摄影家也为祭奠徐冶喝了酒。第二天一早，当我得知徐晋燕、欧燕生当天赶赴北京，我当即放弃腾冲采风，只身从远离昆明500多公里的保山坐班车赶到昆明。在路上，接到云南省作家协会主席黄尧的电话，他说云南文学圈对徐冶突然去世深感震惊、痛惜，知道我要赶去北京，要我代表云南省作家协会和他本人，送别徐冶。第三天从昆明乘机飞到北京，赶上了送徐冶最后一程。11月19日早，北京八宝山和我们的心情一样，真是凄风苦雨，我是一个土生土长的昆明人，压根没想到我会来八宝山，更没想到第一次来八宝山是送比我还小10岁的徐冶。

在徐冶离世的10多天中，我参加了八宝山送别、昆明金宝山接灵及昆明追思会，每次的活动都有数百亲友、同事参加。在昆明的悼念、追思活动大都是自发行为，我聆听了一个个对徐冶的追思发言，亲身感受每一个接触过徐冶的人对他的突然离世无不感到深深痛惜，耳闻目睹徐冶受到那么多人的尊敬、怀念。徐冶是一个"大写"的人。虽然徐冶离我们远去，可他的形象在我心中却越来越清晰、越来越高大……我也从震惊、悲痛沉淀为回顾徐冶所走过的道路，思索徐冶的做人做事、他的精神，为我们留下哪些不是逝去而是属于未来的东西。

徐冶是大时代、多样化文化生态和环境的幸运儿

徐冶曾说："俗话'屁股决定脑袋'，我自己的生活阅历、我的知识营养、我对世界的认识，都是西部给我的，从小我就生活在西部。一个地方决定了你的思维方式，人类学中讲，一个人的活动半径决定你的思维空间。"徐冶是我国恢复高考后，于1979年从插队农村考入云南师范大学历史系的小知青。10多天前，我遇到徐冶的历史系77级学长、云南中国近代史研究会会长吴宝璋，他说听到徐冶去世一整天都怅然若失，徐冶在云南师大时喜欢找老知青玩，经常到他们宿舍聊天，同样学历史、又都当过知青，他们之间有说不完的话。吴宝璋说，"徐冶是一个非常优秀的学弟，他当时很有思想，很有独到的见解，30多年前就谈到'南方丝绸之路'的事，后来他就去实地踏勘，几年后便与人合作出版了专著"。

徐冶从云南师范大学历史系毕业后，在云南省委民族工作部、省社科院工作了近10年。云南被称为"秘境"、"人类社会发展的'活化石'"，是人类学家、考古学家、历史学家向往的"净土"、"圣地"。早在上世纪40年代初，西南联大时期，倡导"微型社会学"的费孝通在云南呈贡建立了"燕京大学—云南大学实地研究工作站"，在禄村、易村、玉村采取田野工作的方法进行调查研究，这是费老《江村经济》研究在云南的延续（见《田野工作与文化自觉》，群言出版社）。

新中国成立后，开展堪称旷世伟业的中国民族大调查，其中拍摄了一批濒临消失的云南少数民族文化的《民族志影片》。1962年，当周总理在看

完反映我国少数民族兄弟在解放前夕仍保留有较多原始公社形态的《佤族》《彝族》和《黎族》等科教纪录电影后，说："在原始社会史的研究方面，我们应该而且应可以对人类做出较大的贡献"，"这个工作很有意义，拍这样的片子是对世界的贡献"（《光明日报》1978年2月25日，转引自刘达成著《民族学的实践与探索》）。

粉碎"四人帮"后，我国的文化建设百废待举，云南省社科院在上世纪80年代初招进了一批改革招生制度后毕业的大学生，省社科院领导延续"田野工作"的传统，让民族学研究所的王清华等大学生们分别选择一个民族、一个村寨，一年吃住在山寨进行田野调查，奠定了他们的学术基础，这批青年出了很多成果。当时是思想大解放、观念大变革的风云激荡的年代，特别值得一提的是，在当时省社科院副院长杜玉亭的倡导下，成立了"云南现代化问题青年研究会"，成员以社科院、大专院校、文化界、党政机关的青年学者为主，研究会的宗旨是跨学科、跨文化的交流，突破"术业有专攻"的禁锢，明确提出"当今知识爆炸的年代，只有跨学科的交流与合作才能找到新的切入点和突破口"，这种"跨界"的观念，在当时是有"超前意识"的。青研会在省图书馆举办讲座，参加电视辩论赛，召开学术研讨会，1991年，青研会受到中国青年联合会的表彰。当时，云南青研会十分活跃的人物欧阳坚曾当过中共中央宣传部副部长、现为甘肃省委副书记；雷晓明曾当过昆明市副市长；更多的人成为各自行业的翘楚。省社科院的一批青年学者，也拍摄或作为主创人员参与拍摄了《生的狂欢》（省社科院民族影视摄制组）、《普吉和她的情人们》（邓启耀等）、《山洞里的村庄》（郝跃骏等）、《巴卡老寨》（谭乐水）、《最后的马帮》（郝跃骏）等一批在国内外有影响的人类学影视纪录片。省社科院是"思想的熔炉"、"头脑风暴的思想库"，各种思想、思潮在这里激荡、碰撞、交汇，徐冶正是在这方山水、这方沃土成长起来的。1987年，徐冶与段鼎周、王清华等师友共同出版了处女作品《南方陆上丝绸路》，后来，他主持编辑省社科院的《云南社科动态》，参与编著了《云南与东南亚》等著作。

文化自觉：“记者的敏锐、学者的功力、作家的文笔、摄影家的图片”的“跨界”人才

1984年9月，我刚从云南师范大学中文系干部进修班毕业，时任光明日报记者部主任兼云南记者站站长的王茂修在昆明公开招聘驻云南记者，我和陈可是这次应聘的佼佼者，云南省文联为了挽留我，把30多岁的我提拔为文艺理论研究室副主任，这在当时是很年轻的副处级干部了。新官上任，总要干点事情，当时作家黄尧、于坚我们三人研究决定在1985年即联合国确定的“世界青年年”举办一次“昆明地区青年文学创作讨论会”得到主持省文联工作的晓雪老师的支持，会开得很好，决定编一本论文集，我正是在编论文集时认识了徐冶，我也有幸成为徐冶三个“第一”的见证者。

徐冶的第一篇文学论文

徐冶、王清华来送论文时，徐冶知道我是老三届知青，见到我即自称“小知青”。他和王清华合作撰写的论文为《试论西南文化的特点》，后收入理论室编辑的《迎接云南青年文学的自觉时期——昆明青年文学评论选》（云南人民出版社出版）一书中。当时世界兴起一股文化“寻根热”，他们的这篇论文，从西南地区的深厚的历史文化积淀、30多种民族丰富的文化、独特的区位和立体的地质地貌、气候来阐述西南文化的特点和优势；论文也指出：“西南文化至今没能长成令人瞩目的参天大树，没有出现惊天动地的文化巨星，一个很重要的原因，就是自己束缚自己，没能正视和看清西南文化这种无奇不有、源远流长的历史文化杂交所潜在着的优势。”他们当时虽然年轻，却视野开阔、历史功底深厚，论文高屋建瓴，论点有理有据。时隔30年，我又找出来重读了一遍，观点仍经得起检验，不失为一篇好文章。

徐冶的第一本“田野调查”书

徐冶有非常自觉的文本意识，一门心思地要出作品。1993年，为迎接第四次世界妇女大会，云南大学组织撰写“20世纪中国民族家庭实录”丛书，丛书每个民族一本，要求以一户有代表性的家庭作实录对象，徐冶认了生活在“东方大峡谷”——怒江的傈僳族。当时从昆明到怒江州福贡县

坐班车要三四天，被称为"进去了就不想出来，出来了就不想进去"的地方。1958年9月，在拍摄《独龙族》电影纪录片时，一位名叫陈延长的前辈就是在独龙江爬原始"天梯"时坠江牺牲了。1987年4月，徐冶第一次进怒江，一次过塌方的山道时，若没有同行的香港摄影家谢世勋赶来相救，他自己也险些掉进滚滚怒江，但他还是知难而进。因为当时我参加拍摄电视专题片《高原女人》，刚去过怒江，他向我了解情况，我介绍了几个月前我们拍摄福贡县妇联主任和玉花一家的情况，她的母亲在1952年曾参加民族参观团，到北京受到毛主席、周总理的接见，周总理还代表中央政府给她们送了毛毯、皮鞋，徐冶也觉得这家人很有故事和价值。（见《怒江峡谷人家 傈僳族》后记，62页）他到福贡县找到和玉花一家，从调查到写作，两次进怒江，和玉花和她哥哥来昆明时，又多次采访，断断续续花了近3年时间，完成了《怒江峡谷人家 傈僳族》一书，这是记录一个傈僳族家庭的人类学文本，是徐冶"田野工作"的一次实践。他记录了在现代化进程中，父亲秀德、母亲育玛珍与子女和玉祥、和玉花两代傈僳人在社会急遽变革的不同生活方式、思维习惯、婚姻方式，其中在田野调查中收集的傈僳族谚语、古歌，为此书增色不少。徐冶在这书引言中写道："穿行于云南边地的一座座山寨，这种自觉行动已成为了我近年来的一项重要生活内容。"这种"自觉行动"来源于"文化自觉"，这正是费孝通呼唤、倡导的"文化自觉"。而作品一旦以著作的形式出现，那就从自己的书斋、胶片里将思想、图片变成了一份记录变革时期濒临消逝的民族文化的文本。

《山茶》杂志最早是云南省社科院的民族杂志，创刊于上世纪50年代，1990年代改版为《山茶——少数民族民俗实录》，图文并茂，成为最早走"人文地理"路子的杂志；1998年改为全彩，定名为《山茶——人文地理杂志》，2000年，更名为《华夏人文地理》。《山茶》杂志领中国人文地理图文杂志风气之先，杂志的宗旨是关注世纪之交活生生的社会人文事实、人和自然的关系、风土民情的现状，杂志坚持"第一手亲见亲闻"的理念，形成了有云南印记的"记者的敏锐、学者的内功、作家的文笔、摄影家的图片"的办刊风格和海内外作者群。《山茶》杂志的策划、编辑人员有邓启耀、范建华、于坚、徐冶、拉木·嘎吐萨、王清华、张学忠、谭乐水等一批文化精英，在上世纪八九十年代及本世纪初，堪称出现了"《山茶》人文地理现象"，徐冶多次说当时中国大陆及台湾的《大地》、香港的《中国旅游》等人文地理杂志，几乎每一期都有云南的内容。诗人于坚认为，现在全国人文地理杂志越来越多，证明当年这一批理想主义者的声音已被广为接受。

中国著名策展人、编辑那日松当时还在《摄影之友》管事，2002年8月，他派了女记者吴欣来昆明采访，徐晋燕召集我们在云南新闻图片社开了一个座谈会，后来在《摄影之友》用了8个页面发表了《你要做人文地理摄影师吗？——昆明人文地理摄影座谈》的记录。我找到了这个座谈内容，座谈会上徐冶说："人文地理最适合深度报道，这和人类学要求的田野调查有着天然的联系。在拍摄中，要求摄影人做深入采访，与被拍摄者有近距离的接触、情感的交流。"他以杨延康为例，起初他拍了很多宗教的主题，后来认识到拍的仅是宗教的形式，而重要的应该是信仰宗教的人是怎样生活的。徐冶说："领悟到这一层次必须长时间深入到那个族群里去，这不是短暂的旅游团队能达到的。高明的编辑一眼就能看出你是几天拍的，或是几年拍的。"我至今清楚地记得，当时，徐冶因为要去参加一个新闻发布会，他发了个言，放下了200块钱，说是今晚请大家的晚饭钱，就走了。这就是徐冶的为人。

徐冶的第一篇报道摄影人的文章

1995年4月2日，徐冶以《昆明文化人爱摄影》为题在《光明日报》对我、郭净、李旭作了报道，称我们"一手握笔写字做学问，一手拿相机拍照走四方"，这一生动的表述，也成了我20年来自我介绍的口头禅，我会自以为荣地说，徐冶对我的评价：一手如何，一手如何；其实，这也是他自己走过的路和自身的一个写照；他把这个生动的形容分享在我们身上。文中徐冶涉笔成趣，写了一句："这批人有一个共同的特点：不抽烟。烟钱都投入了共同的热爱：摄影。"《中国摄影报》于4月14日对此文作了转载。

徐冶在光明日报云南记者站是个很出色的记者，云南曲靖市的摄影家沈良启与徐冶有一段文缘，他们都在不同时段采访过云南富源县雨汪乡乡村教师、中共"十五大"代表缪志和，沈良启说徐冶采写的《亦喜亦悲的历程》在曲靖市影响很大。徐冶"点子"多，又不计名利，出版社都愿意请他当策划、编辑，他与欧燕生、普艺策划、编辑、出版了《云南摄影图典》《贵州摄影图典》《云南节庆任我拍》等5本"边走边摄"中华图典。2000年7月，著名演员杨丽坤去世时，我一直在跟踪采访、拍摄，徐冶和云南民族出版社的李安泰、欧燕生、普艺等策划为我出本杨丽坤的传记，徐冶还策划用一个类似生日音乐卡来包装，只要一打开书，便会听到杨丽坤主演的《五朵金花》《阿诗玛》的主题曲，这是多妙的创意，可因为我写作上遇到的一些难以解决的问题而搁浅，这真是我的一件终身憾事，也愧对徐冶和民族出版社。

创想自为：驰骋想象，随心所欲不逾矩

摄美部学习型、开拓型、创新型、服务型的复合领导

"自在"与"自为"是相对的哲学名词，"自为"是从"自在"（"潜在"）到"发展"的飞跃。徐冶到了光明日报这个知识密集、人才密集的中央大报既是机遇，也是挑战。由于徐冶云南的经历为他打下了坚实的基础，徐冶准备好了。所以他从记者站到摄美部负责可以说是无缝对接，观念和思想是上了几层楼，他发挥聪明才智的空间更大，更加如鱼得水。徐冶立足光明日报摄美部平台，放眼全国，集部门领导、版面主编、选题策划、摄影文字记者于一身，是个开拓型、创新型的复合领军人物。他主持和参与了"滇藏文化带考察"、"长江上游生态行"、"中华民族大家庭巡礼"、"中国文化江河"、"城市湖泊"、"家乡的名山"等大型采访活动，徐冶的同事说他建立和开创了光明日报摄影美术方面的徐冶时代（见徐航《追忆哥哥徐冶》），评价很高，也很准确。

2003年9月，徐冶在摄美部策划、推出中国艺术各门类代表人物的系列报道，像关注全国的艺术家一样，徐冶也关注杨丽萍的创作。8月，《云南映象》克服重重困难在昆明公演，徐冶以敏锐新闻视觉和艺术感受，认为《云南映象》是一个舞台精品，他即向我组稿。2003年11月2日，光明日报以整版的篇幅登出了《舞之灵：杨丽萍》的图文，我在文章中写道：原生

态歌舞集——"一种新的舞蹈样式诞生了，舞蹈将在新的意义上被重新界说、诠释。杨丽萍在探索、在实践……"。这是当时光明日报继吴冠中之后以整版篇幅评介的又一位艺术家。2013、2014年，当杨丽萍的新作《孔雀》《十面埋伏》一一问世后，徐冶及时向我约稿，在《艺萃》的显著版面刊登。

徐冶曾在云南这个多民族边疆省份工作的经历，使他对民族题材特别敏感和驾轻就熟，从2008年1月至2009年11月，国家民委、光明日报主办的"中华民族大家庭巡礼"活动，由摄美部在《光明日报》每周第四版推出一个全新的彩色专版，每版整版介绍一个民族，由一篇2000字文字和10余幅图片组成，每期挑最适合的作家撰写文字、摄影家拍摄图片，专版以每周一期的节奏推出，压力不小。徐冶精心把这件大事办好，因我在省文联理论研究室工作了20多年，为了选最好的作家撰文，他还打电话就云南少数民族的文字作者听取过我的意见。我们去北京时，到报社拜访他，他兴致勃勃地把中央领导同志对此专版给予充分肯定的批示复印件拿给我们看。这样大容量、高密度、全景式地展示中国56个民族的风采，最后编成蔚为大观的《中华民族大家庭巡礼》一书，摄美部也因此被国家民委授予"第五届全国民族团结进步模范集体"。徐冶是个"独乐乐不如众乐乐"的人，他别出心裁，按光明日报的版式，以仿烫金的方法，复制了文字、摄影作者的作品，赠给每个作者作纪念。我是佤族的图片摄影者，当我收到熟悉的徐冶字迹的信封内装的这件纪念品时，真是一股暖流涌上心。

为顺应"读图时代"和"摄影爆炸"的大语境，2013年《光明日报》的美术摄影版面从每周一版增加到四版，定名为《光明文化周末·艺萃》，开辟了《光影天地》《人文地理》《美术视界》《图像笔记》等版面，深受摄影、美术界和广大读者欢迎。我答应徐冶为《图像笔记》写30篇稿件，可我生性散淡，退休后闲云野鹤般地到云南各地或东南亚拍照，在家一拿起书、一放电影碟，便迷�忡忡地看下去，近年来在《艺萃》上发表的5篇图文，几乎都是徐冶组稿、催稿"逼"出来的。每一篇的题目，徐冶、于园媛等都字斟句酌、别具匠心地作了修改，我想这种"待遇"我不是唯一，他们与广大作者良好、和谐的关系由我可见一斑。

人格自信：有学养、作品、人格的底气，因而能做到"各美其美，美人之美"

徐冶从光明日报云南记者站调到总社摄美部后，没有一下子从边地小地方调到中央权威大报部门负责人的小家子气和昆明文化界所反思、摈弃的"峡谷意识"、"坝子意识"。他的同事称徐冶为报社的"爱将"是有道理的，他的确有大家风范、大将风度。他有学养、作品、人格的底气，非常自信，因而能做到"各美其美，美人之美"。他有好书、好信息、甚至媒体圈内的好关系也会在朋友中分享，是一个大气人。2009年8月，在大理第八届中国摄影艺术节上，他将我推荐给《文明》杂志辛晓琪主编，以后，辛主编赠阅的每一期《文明》杂志如约而至；以后，我成了《文明》杂志的作者。

我是《艺萃》的忠实读者，我看《艺萃》的风格是"和而不同"，鼓励创新，让有追求、有价值的不同风格、不同流派的摄影、美术都在《艺萃》上"百花齐放"。徐冶的文化性格是"和"，他大肚能容，生活中从没见他跟谁红过脸。他当摄美部主任，是美人之美，高兴着作者的高兴，发了好文章、有好的评价和互动反馈意见，他比作者本人还高兴。2014年8月31日，我的《旧年画报他乡遇》在《图像笔记》栏目发表，这是我在缅甸土瓦扫街拍摄时发现一个缅甸普通老百姓家中珍藏了38本20多年前的英文版《中国画报》的真实故事，他发短信给我说此文是"最大文字量"；国家外文局的副局长陆彩荣看了文章后，认为"写得好，对外宣很有说服力"。他又第一时间将此意见发短信转告我。他亲自给作者寄样报、寄书籍、寄订报单，这时，他不是部门领导、主编，而是为他人做嫁衣的服务型、奉献型编辑。

徐冶向来还是非常注意自己的身体的，几年前，徐冶和几个摄影人来我家看照片，我买了最好的芒果招待大家，我们吃得很开心，徐冶说，自己太胖了，不敢吃。后来，看芒果很好，勉强吃了一个。

摄影的纪实美学特征决定了摄影人必须"身到"、"眼到"、"心到"，因而摄影行业是最"三贴近"的队伍；新闻事业的"走、转、改"更是要深入生活。没有人能统计徐冶在30多年时间里跑过国内外多少地方，没有人能统计徐冶拍摄了多少图片、写了多少文字。在短信和电话中，我知道他去了重庆、辽宁、西安、黑龙江的威虎山，去了非洲，他"读万卷书，行万里路，交四处友，组八方稿"。看着他在《光明文化周末·艺萃》上发表的作品，就知道他最近去了哪里。在云南，他看到沈安波为母亲编的《张兰芬绘画作品集》遗作，马上打电话组稿，让张兰芬这位80多年前在国立杭州西湖艺专曾与赵无极、吴冠中、王朝文等同过学的默默无闻的中学美术老师的作品及介绍，登上了《光明日报》。在元阳梯田，马克斌送了一本自己近年来在欧洲拍摄的摄影集，徐冶又选了图片配文字发表。他正是在频繁的参加全国的摄影活动中广交朋友、发现作品、发现人才。我最近半个月中，去了一次北京、一次上海，深感大城市赶飞机的紧张和耗时，而徐冶长年在全国奔忙，下了飞机又是紧张地创作拍摄、看当地图片，回京后又忙碌地安排编辑、划版、审稿，其工作的快节奏、超负荷可想而知。难忘为徐冶接灵回昆明时，在首都机场的那一幕，徐冶的同事、摄美部副主任王小琪含着眼泪对徐冶的遗像喃喃地说："徐主任，您今后不要光是想着别人，不要太操劳、不要太累……"

2015年12月12日，徐冶去世不到一个月，我去昆明近郊看一个台湾摄影家联展，回城时搭别人的车，不料其中一人竟与徐冶的弟弟徐航同过事，她说，徐冶在当光明日报云南记者站站长时，就常常说自己压力很大。我说，那徐冶到了北京后，压力更大。更离奇的是，另一位同车的人姓张，从17岁起就开始研究中医，我们还没谈到徐冶的详细情况，他只看了我手机上徐冶的那张遗像，就一口说通过面诊徐冶心脏有问题，说他"心太累"。

徐冶，你完全是累倒的，累倒在你一生所钟爱、所献身的新闻岗位上。

徐冶离我们渐行渐远，但他的精神，将永远陪伴我们边走边摄边写书……

作者系徐冶好友，原云南省文联《云南文艺评论》主编

云南省摄影家协会副主席兼秘书长

王清华

徐冶二三事

2015年11月16日清晨7时许，接到朋友罗明生的电话，说徐冶去世了。顿时，我的眼前一片空白，头上如有惊雷在响。此后的两天，我头脑空空，心情惨惨，呆滞地翻看微信上大量追思、怀念及悼念徐冶的文字和图片。我想我应该说点什么，但又觉得无话可说。我只觉得整个世界空空荡荡、抑郁寡欢、一点意思也没有。我知道我不是若有所失，而是我真的失去了最可宝贵的东西，我失去了我一生中最好的朋友。

我和徐冶认识30多年了，和他在一起，感觉如沐春风，感觉事业突进，感觉朋友满天下。

一、初识徐冶

1979年考大学之前，我和徐冶有一个共同的老师，他是昆明冶炼厂宣传部的段鼎周，此人学识渊博，为人宽厚，辅导我的政治课和徐冶的历史课。当时徐冶在富民乡下当知青，我在昆明冶炼厂当工人，尽管都跟段老师补习功课，但我俩并不认识也没有见过面。在辅导我的过程中，段老师经常提起徐冶，言谈中倍加赞赏，给我留下了深刻的印象，冥冥之中仿佛早和徐冶熟悉，只是没有谋面而已。

1979年，徐冶和我都考上了大学，他在昆明师范学院，我在云南大学，学的都是历史，段老师为此十分欣慰，在我面前常夸徐冶，说他的前程不可限量。但我们还是没有谋面。原因在我，一是我不善于结交，二是我走读，家又住在昆明郊区的马街。

1983年大学毕业，我分配进入云南省社会科学院民族学研究所，徐冶分配到云南省委民族工作部《民族工作》编辑部。一天，我们全所人到省民委开会，我觉得大概会遇到徐冶。到了会场，我第一眼就看到了徐冶，尽管我们从未谋面但我还是认出了他，他身材高挑，眉清目秀，玉树临风的潇洒样子早在我的脑海中。而他也正看着我，在揣摩着我并走向我。我走上前说："你是徐冶！"他说："你是王清华！"我们的手紧紧握在了一起。这一握，我们成为了终生的朋友。

二、策划云南

我发现徐冶是个"点子大王"、策划大师。

我和徐冶认识后，经常一起去段鼎周老师家，所谈的多为学术问题。一天，在段老师的指导下，"西南古道研究"引起了我们的极大兴趣。

西南古道所途经的大西南高原，从地理上看是亚洲大陆腹地与印巴次大陆及中南半岛的结合部；从人类历史和文化上看，则是中印文化以及东南亚文化交流的咽喉地带。这是一个地理环境和文化环境均极为复杂的地区，它是人类的重要发祥地之一，又是古代几大族群迁徙流转之地。西南古道这一最早连接两大古代文明发源地——印度、中国的交通线穿越此间，不仅使本土文化的交流和融会加剧，而且带来和传播着中原和印度的文化，使得这一地区的文化更加丰富多彩，呈现极端多样化的景观。西南古道实际上成为了东西方文化及南北文化交流的中间环节，起到了历史文化的地理枢纽作用。研究这条古道，意义十分重大，不仅为了历史，更是为了未来。在中国改革开放的上世纪80年代初，将为云南的发展提供历史经验和文化依据，为对外开放提供借鉴。

在这项关于西南古道的策划中，极为重要的事情是，徐冶提出课题名称为"南方丝绸之路研究"。这一提议可谓石破天惊。

丝绸自古以来一直被认为是东方文明的象征。古代中国的一切对外交通线，都被誉为"丝绸之路"。中国西北部沙漠中的丝绸之路早已闻名遐迩，中国南方海上丝绸之路也已为人所知，但在中国西南的这条隐藏在崇山峻岭和原始森林中的丝绸之路，长久以来却鲜为人知。其实，这条丝绸之路是中国最早的对外交通线，它的形成至少比西北丝绸之路早两个世纪。在公元前4世纪时，它已将中国和印度这两个文明古国连接在一起。两千多年来一直悄无声息地沟通着异域和邻邦之间经济、文化及人们的心灵。

策划结束，我们进行了分工，经过艰辛的努力，1987年，"南方丝绸之路"研究完成，以《南方陆上丝绸路》为名在云南民族出版社出版，这是中国第一本关于南方古道的学术研究专著，是第一次以丝绸之路命名南方古道的专著。它的出版在学术界引起了轰动和人们的极大关注。1988年，在《中国报道》杂志社的资助下，我们对"南方丝绸之路"进行了全程实地考察，这是一次艰辛而漫长的旅程，多少次，险象环生，多少次，半途而废……考察成果在《中国报道》分别用世界语和中文连载三年，并以《西南丝绸之路考察记》为名在云南大学出版社出版。该书的出版掀起了一股西南丝绸之路热，中央人民广播电台、云南日报等媒体作了专题报道，给予了较高的评价，南方丝绸之路也名扬四海，不少人士纷至沓来，意在探索这条鲜为人知的古道的底蕴与奥秘。

今天，在国家"一带一路"发展战略的大框架中，南方丝绸之路成为了中国南（海上丝绸之路）北（西北丝绸之路）的结合点，成为云南对东南亚、南亚开放的国际大通道，而云南也成为了中国面向东南亚、南亚的辐射中心。20多年前徐冶提出的南方丝绸之路已然和今天中国走向世界的国家发展战略联系在一起，成为中华民族伟大复兴"中国梦"的一部分。这真是一项富于远见卓识的策划、创意和研究。

"南方丝绸之路"现在已广为人知，它是徐冶提出和命名的。这个名称的提出，显现了徐冶的创意能力，这是他策划云南的开始。

1988年，徐冶调到云南省社会科学院工作，他的策划云南的能力得到展开，先后策划了云南省重大课题《亚洲大陆桥研究》、国家社会科学基金项目《云南跨国界经济现象研究》，以及创建影视人类学及实验性拍摄影视人类学影片《澜沧江》《来自湄公河的考察报告》，为云南的文化形象塑造、云南的学术研究，特别是为云南对东南亚、南亚开放研究做出了积极的贡献，显示了他卓越的策划和研究能力。

1992年，徐冶调到光明日报云南记者站工作，他的策划云南，弘扬民族文化的事业更得到了大力的扩展。"形象云南"成为他的新天地，策划了一系列在云南文化界有影响的项目，其最醒目者有大型系列丛书《镜头下的云南》《从喜马拉雅到太平洋——澜沧江文化研究》《云南摄影图典》《贵州摄影图典》《云南节庆任我拍》等，同时他撰写出版了《神秘的金三角》《壮丽三江》《诞生王国的福地》《边走边看边拍》《边地手记》《横断山的眼睛——镜头下的西南边地人家》《远去的田野》等著作。后来他到了北京，担任光明日报摄影美术部主任，站到了更高更大视野更宽的平台上，但仍在关注着云南文化的发展，仍在策划云南，并将云南融入更大的历史时空中。在云南策划并主持"滇藏文化带考察"的基础上，参加了"长江上游生态行"采访考察活动，策划了"中华民族大家庭巡礼"专版，主持开展了"中国文化江河"、"家乡的名山"等大型采访活动，为弘扬民族文化，增进民族团结做出了国家层面的贡献，于此可见他的策划已上了一个新台阶，而他所领导的摄影美术部被国家民委授予"第五届全国民族团结进步模范集体"。他领导创办的"光影天地"、"人文地理"、"图像笔记"、"美术视界"等"光明文化周末·艺萃"版，受到社会的好评，影响日益深远。

徐冶是个策划大师，在与他的交往中我的学术水平得到了突飞猛进的提高，他是我的良师益友啊！

三、汇流入海

我渐渐发现，徐冶还是个社会活动家。

我自小生活在昆明郊区的马街，环境封闭接触人少，大学毕业进入研究所后又不坐班，就更是缩在家中很少出门。在认识徐冶之前，我在昆明几乎没有朋友，可以说徐冶就是我在昆明的第一个朋友。

徐冶是我家的常客，他不仅常来，而且也将他的朋友带来。

徐晋燕就是他带到我家的朋友。认识徐晋燕，我就认识了整个云南摄影界，这对我后来与云南摄影家合作出版图文并茂的人文地理及民族学方面的成果创造了人脉条件。

杨春阳，曾任中央人民广播电台云南站的记者。当徐冶将他带到我家来，我俩真是相见恨晚，因为徐冶在我们认识前，在杨的面前说了我大量的溢美之词，在我面前又说了杨的许多神奇故事。认识了杨春阳，我开始认识了云南的媒体朋友。

范建华，现云南省社会科学界联合会主席，徐冶带他来我家时，他在云南省曲靖市文管所工作。徐冶告诉我，这是个领袖型的人物，敢作敢为，前途不可限量。后来范建华果然一路升迁。范建华神通广大，认识了范建华就认识了党政部门、文化部门，以及社会科学界的朋友。

和丽峰，纳西族人，少年得志，20多岁就当处长，云南少数民族语言学的后起之秀。徐冶带他来，真让我喜出望外。我是从事民族学研究的，朋友的民族语言学，是我民族学研究最深层次助力，事实证明，在我以后的民族学研究中，我们相得益彰，并结下了深厚的友谊。

欧燕生，白族人，云南民族出版社编辑、摄影家，与他的相识，我认识了云南出版界的朋友。

杨宇明，云南省林业科学院著名的植物学专家。与他的相识，我认识了自然科学界的朋友，使我的研究眼界大为拓展。

唐兵，天文学家。认识他，我的视野扩张到更大的空间。

叶文，西南林业大学旅游学院著名地理学家，云南国家公园的创建者。认识他，等于认识了中国的旅游业。

李前，教育家。云南优秀的创意大师，认识他，等于认识了云南的教育界。

罗明生，蒙学教育家。认识他，才知道多少人为中国的传统教育呕心沥血，默默奉献。

陈芸、普艺、周碧涛、吴娅玲，四大美女，认识她们，等于认识了云南所有的富于创造性的知识女性。

当然，徐冶领到我家来的朋友还有很多，篇幅所限，不能一一列举。

我惯于缩在家中，为了"引蛇出洞"见识"山外有山"，徐冶带我拜访了许多老专家，分管文化的领导干部，企业家，他的知青朋友、同学，他的家人……

朋友们的支持、帮助、交流和友谊成为了我事业、生活的强大动力。

朋友们聚在一起一说，原来大家都是经徐冶的引荐才认识的。可以说，徐冶是一个社会活动家，他的朋友五花八门，各行各业，都是社会精英（包括草根精英），在徐冶的穿针引线下，汇集成云南的文化力量，为策划云南，发展云南文化而努力奋斗。

四、超凡脱俗

自从认识徐冶后，我觉得他的行为不同凡响，总觉得他是超凡脱俗的人。记得上个世纪80年代中，十世班禅大师来云南考察，年纪轻轻的徐冶就被省委民族工作部派去德钦接待大师并和大师一起泡温泉；90年代初，作为记者的徐冶一次陪许多贵宾去香格里拉的松赞林寺，在拜活佛时，活佛拉徐冶并坐接受人们的跪拜。

我总觉得徐冶不是一般人，作为社会科学研究者、中央新闻单位驻滇的记者，他的足迹遍及云南的山山水水。每到一地他总是受到当地干部群众的真心欢迎，这一是因为他的"大肚弥勒佛"的形象可人，二是因为这些地方他多次来过，人们非常熟悉他。但其根本的原因，则是他自己说的"人心都是肉长的，要以心换心"。真心实意地对人，这是他的为人准则。

徐冶确实有一副菩萨心肠。

有一件事情我至今想起来就感动。上世纪90年代初，徐冶和省外办的金诚被派到云南边境的勐腊县驻村帮扶，他们住的哈尼族人家从来没有走出山门，对外面的世界十分好奇，很想知道外地人吃的是什么。于是徐冶和金诚就到镇上买来面粉、白菜和肉，包饺子给老乡们吃。在驻村的一个月中，他俩变着法子做各种各样的饭菜给当地哈尼族群众吃。我想，当地的老百姓一定以为遇到了活菩萨。徐冶他们这么做，使当地少数民族群众感到了外地人的善意和政府的关怀。在徐冶的为人中，还有一件事情常令我沉思和感动，那就是每当逢年过节，他都要去拜望早已退休的老学者、老专家、老艺术家、老农民。他曾多次带我去看望著名教授方宁贵、著名学者林超民、著名作家周良沛、著名花灯表演艺术家袁留安、当知青时的老房东张大爷。记得每当徐冶到来，90高龄的周良沛变得孩子一般，口中语无伦次，到处找东西来给徐冶吃。而知青房东张大爷则只会拉着徐冶的手不会说话。就在徐冶去世的前10多天，当他听说云南大学老教授木琴先生去世，就约我和和丽峰一起去木先生家看望其家人。

在"徐冶追思会"上，各行各业的朋友发言追述徐冶对他们的支持、帮助、关心和关怀，当光明日报的雒三桂讲徐冶对报社年轻人的关心帮助以及对事业的奉献时，我想起了徐冶对于青少年的关怀和与文化企业家罗明生的友谊。上世纪80年代罗明生创办了"云南博览读书社"，这个书社在昆明的所有大街上树立读报栏免费提供市民读报。在读报栏上写着这样一条标语"读光明日报，走光明大道"。罗明生之所以在读报栏上标出这个口号，是因为身为光明日报记者的徐冶长期以来对罗明生免费读报善举的支持、鼓励和帮助。罗明生一直担忧儿童的教育，几年前他毅然办了个蒙童学校，招收儿童进行中国传统的蒙学教育。在当下中国，这是一件困难重重的事情。为此，徐冶常常四处奔波，为其排忧解难，常到学校看望学生，并亲自撰文登载在《光明日报》进行宣传，鼓励蒙学教育。

在我和徐冶相处的过程中，我发现他的目标很明确，就是弘扬文化，特别是少数民族文化。在"策划云南"和"汇集精英"的作为中，他没有自己，一切为人。随着时光的流逝，他英俊潇洒的形象慢慢变成了慈眉善目的形象。真的，他的所作所为那么的与众不同，我一直怀疑他就是一位菩萨。

我和徐冶相处30多年，他的事业、他的生活、他的为人，点点滴滴，犹如星空，不可尽述；何况现在往事一时涌向心头，更不知说何为好，只得挂一漏万，略表寸心而已。

往事已矣，斯人已去，一路好走！

2015年12月28日

作者系徐冶好友，云南省社会科学院民族学研究所所长

欧燕生

三十余载的兄弟之情

——缅怀徐冶

梦一般的游了半个月，我在问自己；徐冶兄弟你真的离我们远去了吗？但愿这是一场梦，一场让人虚惊的梦。梦醒了，残酷的事实告诉我，你确实去了另一个世界。

万峰湖的夜晚显得格外宁静，远望着湖面上渔家的灯火，不由地想起与徐冶的那些往事。

我和徐冶相识已有32年，记得是1983年8月他大学毕业后分配到云南省委民族工作部下属的《民族工作》杂志社担任记者，同时还要负责杂志的编辑工作。我也是同年被调到云南民族出版社《民族文化》杂志任图片编辑，我们的相识注定了两人之间的缘分，几十年的深交如同亲兄弟。也就是从那时起，我们经常一同到少数民族地区采访、拍照。

1986年9月，徐冶和我同时接到任务，有幸参加了十世班禅大师在云南视察期间的接待工作组，工作组的成员来自不同的单位，分工也有所不同，我们的任务是用手中的相机记录班禅大师在云南视察时的影像资料，徐冶除拍照外还要完成文字部分的报道任务，可见他的工作量要大多了。工作组在昆明集中学习了有关民族宗教政策方面的一系列注意事项后，全体人员到达迪庆州等待十世班禅大师从四川藏区进云南藏区视察工作。金秋的中甸（现香格里拉县）到处是迷人的景色和淳朴的民风，徐冶激动地说："趁班禅大师还没有到之前，我们抓紧多拍些照片。"连续几天他都行走在草原、田野和藏家，每次拍摄回来后，总是乐哈哈对我们说："今天太值了，又拍到了些好照片。"记得当时徐冶用的是一台国产海鸥 DF 相机，相机的底盖还用一块胶布粘着，他看我很好奇，就对我说："相机底盖有点松，怕漏光，只好用胶布粘上了。"当时在组里也成为了一个笑话。徐冶就是用这台看似破旧的相机，在随后近20天的时间里，拍下了数百张十世班禅大师的珍贵照片。

别看徐冶平时大大咧咧、嘻嘻哈哈的，考虑事情却是十分周到、认真，每次到藏区采访，他都要提前洗好几十张班禅大师的照片随身带上，采访前首先将大师的照片送到藏民手中，这一来，就与藏民的距离拉的很亲近，想怎么拍就怎么拍。2000年徐冶、和丽峰我们一同从迪庆到四川藏区，一路上拍照徐冶都使出了这一绝招。

徐冶从《民族工作》杂志调到云南省社会科学院工作后的几年中，做了大量的田野调查工作，为他日后的成就奠定了坚实的基础。

1992年11月，徐冶调入光明日报云南记者站工作，担任记者、副站长、站长，也就是从那时起我俩在一起时间就更加频繁了。有时，他去州、市采访都要约上我，我去拍摄少数民族活动都要叫上他，真是他中有我、我中有他的一对亲兄弟。

徐冶不但能拍能写，也是一位策划高手，2000年，他建议我们云南民族出版社出版一套有关人文地理的图文丛书，经出版社论证后，由徐冶总策划并牵头启动此项目，最后定为云南建设民族文化大省精品工程，中国西部人文地理大系。镜头下的云南系列丛书共8本，其中一本《诞生王国的福地》由徐冶本人任作者。丛书出版后，产生了很好的反响，这是云南出版界第一套以图文并茂形式出版的人文地理系列丛书。2001年，徐冶策划并主编了聚焦中华图典大系；边走边看边拍《云南摄影实用图典》《贵州摄影实用图典》《青海摄影实用图典》《西藏摄影实用图典》《云南节庆任我拍》5本系列丛书，在编辑过程中还亲自到贵州、青海、西藏找作者组织稿件。2003年，徐冶又与我们共同策划了从世界屋脊到太平洋：澜沧江——湄公河全景记实《畅游民族走廊》《探访东方大河》《跨越中南半岛》《纵览两岸今昔》4本图文系列丛书。由徐冶上要策划的这几套图文丛书先后都获得图书奖及云南建设民族文化大省精品工程奖。

2002年10月，徐冶调回北京光明日报社，担任摄影美术部主任，说实话，我从心里真的不希望他离开云南，远离我们，但北京更需要他，那里的天地更大，他可以更好地发挥自己的才华，想到这些，我也就舒坦多了。

徐冶调北京后，每年都要回云南几次，每次回来我们都像往年一样，一起外出拍照，朋友共同聚在一起欢歌笑语，没有丝毫的距离感，他仍然是我们当中最可亲的一员。

2015年11月16日凌晨，接到罗明生打来的电话说徐冶因突发心脏病去世的消息，我根本不相信这是真事，紧接着苗家生老师从沈阳打电话来告知这一噩耗，我才不能不面对眼前的事实了，悲痛的我无法表达当时的心情。

回想一个月前我们还一同到巍山参加摄影展，10月6日几个好友还在昆明聚会，没想到这竟是最后的晚餐！我们约好还有很多事要做，你却失约了。你走了，走得那么匆忙，愿你在另一个世界找到更好的归宿，来生我们还做好兄弟！

2015年12月于万峰湖

作者系徐冶好友，云南民族出版社编审

车巍

追忆徐冶

有的人与你经常见面，可能你对他并无特别印象，有的人与你就是一面之缘，你会觉得与他早一见如故，可以无话不谈，相见恨晚，终身难忘。徐冶显然属于后者。

我与徐冶是昆明第一中学的同级同学，虽是同庚同乡同学的"三同"者，但相识后真正见面把握就是两次而已，但却给我留下了终生难忘的美好回忆。今年5月初因为一个稿件的缘故，经中学同班同学陈文介绍与徐冶认识，一见面马上被他的亲和朴实，豁达大度，博学机智，幽默率真深深打动吸引，很快把他引为知己同调。记得那是5月7日一个初夏的中午，我约他一同去云南驻京办午餐，初次见面，我总想多点一些家乡菜，他乐呵呵地说，你看我这么胖了，一碗小锅米线足矣。一顿饭吃的简简单单，但天南地北，家乡天下，从当年中学时代的趣闻，到与云南讲武堂西南联大的渊源，再到时下流行的网络文化，马上找到了许许多多共同感兴趣的话题。真有"古今多少事，都付笑谈中"，无话不谈的难得畅快。记得当他提到中学时代我们都熟知的趣事趣人，语言之生动，甚至用了我们男生少儿时代惯用的昆明"丑话"（即脏话），令我捧腹喷饭。饭后他又热情地邀我再次回到他书香四溢的办公室茶叙。当他听说我的取名与出生时父亲在巍山出差有关，他立即高兴地翻出一本他多年前研究巍山的专著《诞生王国的福地》，并挥笔题字"学兄与巍山有缘，送之看玩"，令人顿生春风送暖的愉悦之情。同时，向我签赠了《远去的田野》，留言"录汉代瓦当句：游来为乐"。他还兴致勃勃地带我参观了他部门的办公室，高兴地向我展示他颇引以为自豪的同事和下属的成就和作品；提到部门一位画家的画作，很是得意，当时就想送我一幅其为星云大师所作画像，因为画家不在没法签名，我说来日方长下次再说他才作罢。我临走前又给了我一包家乡带来的苦菊茶。我们前后见面顶多两个多小时，仿佛早已是相识相知多年的老友了。见面后不到半年的交往，多以从他风趣活泼的微信中常常真切感受到他充满活力和睿智的存在。

　　第二次见面是在他7月2日晚给北师大研究生作的《人文地理摄影》讲座上。所以对他的印象既是片面局部的，却又是完整完美的。在我们的微信交往中，我偶然提到对"爨"文化兴趣，并误把其源头归于巍山，向他请教，他不仅立即向我作出纠正解释，并主动为我向爨文化的专家范建华先生索书。我表示担心太麻烦，他当即告我建华先生刚好在中央党校学习很方便，几天后就告我书已经拿到手了。第二次见面，也就是去北师大听他讲座时，亲手把请建华先生签赠《爨文化史》用信封装的齐齐整整地交给到我手里，其古道热肠，为人真诚，做事认真的人品可见一斑。 其实与徐冶待在一起时间最长就是这次北师大听他的讲座了。为了早点与他见面，我五点多钟就到了。没想到他比我到的还早，见面后他笑嘻嘻地说你何必大老远跑来。他身着一件蓝白相间的T恤衫，看到讲座是六点钟正式开始的，听众主要是学习新闻的研究生，满满的坐了一屋子。徐冶略带昆明口音的普通话一开口，以一个摄影史上的著名故事开场，马上就把听众吸引住了。当时总觉得还有机会与他请教讨论，没有作笔记，遗憾的是他的许多连珠妙语和精彩内容我都没有记住，但有几点给我留下了深刻印象。一是针对学生听众的需要，对中央媒体作了言简意赅的概括总结，我才知道光明日报是如此重要的官媒；但从徐冶率直坦诚的分析和他所领导的摄影美术部的报道中，感到十分亲切，颇接地气，很难看到如何"官气"。第二是他谈到在他摄影生涯中印象最深的的经历之一就是跟踪拍摄了大量麻风病人的生活照片，留有二万余张胶片，许多情景的纪录令人不忍直视，充分反映了他对弱势群体的悲天悯人之心。第三就是他对土豆的持续不断关注研究，不仅从他大量的摄影作品中，也从他严谨的学术研究过程里，可以窥见他抓住并透过与国计民生息息相关的具体个例对人类生存问题的人文关怀。第四就是技术设备与用心的关系，他以自己的经验告诉同学们，摄影与任何专业一样，归根到底需要用心才能创作出好的作品，否则设备再好也是白搭。最后也是给我印象最深的是他开始就点题的"不失其所，如如不动"的治学之道，我想也是他的人生观价值观。记得上一次见到"如如不动"，是刚上大学时随父亲去昆明西山郊游，在华亭寺内一庙宇的横匾上看到这四个字，父亲当时的解释就是要像如来佛一样专心致志心无旁骛；徐冶加上"不失其所"，则强调无论是事业还是人生都应该有所依托，锲而不舍，持之以恒，才可能事业有所成就，生活中寻到幸福。这在人心浮躁，过分强调成功，急功近利的当下，可能是最难能可贵的。本来以为二个小时可以结束的讲座，在徐冶图文并茂，生动有趣的演示讲解中，真有如沐春风之感，时钟不觉已经走过八点半多了。徐冶演讲给我的总体感觉，可以用"视通万里，神接千载"来概括。徐冶来自云南，他的学业事业都始于云南。但他的学养和视野则是全国和全球化的，从他两三个小时的讲座的轨迹中，已经充分体现了这一点。由于与朋友有约，我十分不舍地起身提前离开了。但我万万没想到的是，那竟是我们的最后一次见面。以我对徐冶了解之有限，相交时间之短暂，要给他任何的较为完整评价都是不适宜的，也是不可能的。但我深深地感恩有幸与他相识，尽管来的太迟见的太少。我也深感荣幸，徐冶的同事在他离开我们之后把我加入到悼念徐冶的治丧微信圈里，让我第一时间感受到他的亲朋好友们所寄托的哀思和真情实感，认真阅读并及时转发了每一篇纪念文章。而亲历11月19日数百人冒着绵绵细雨到八宝山含泪惜别徐冶的情景，更深深长久地感染感动着我。回想我所认识的徐冶，我至少可以认为他是一个极其"好玩"有趣的人，一个为人真诚的人，一个心胸宽广豁达大度的人，一个紧接地气又有大格局历史感和全球视野的人。这些，也许就是我们这个时代里最需要和最稀缺的。

徐冶兄，尽管我们就见过这么几次，但我深深地感到从你那里得到了太多太多。我知道你没有离开我们，你的幽默，你的智慧，你的精神将继续感染激励着我们，"不失其所，如如不动"地去寻回那远去的田野。

2015年12月28日完稿

作者系徐冶中学同学，丹佛斯中国副总裁

龚运禄

徐冶的音容笑貌将永记我们心中

11月16日一早7点多钟，我接到陈申的电话，他说你知不知道徐冶逝世了？

我惊愕，我发问：是不是真的？谁告诉你的？他说北京来的消息。

我根本不敢相信，半天回不过神来。

紧接着，我接到了罗静纯的电话，她说：徐冶走了，是心肌梗死，我们在北京回家倒车进库的时候，他说后背心痛，5分钟不到，救都来不及，人的生命真脆弱啊……

噩耗一经证实，就像一块巨石砸到我的心头，感到撕心裂肺般的痛楚！我失声痛哭。电话那头，小航安慰我：龚叔叔，你不要太悲伤，保重身体。

徐冶虽然跨鹤西归，音容笑貌仍然在眼前。我与徐冶一家相识相知已有41年。

上世纪70年代初，我从云南大学外语系毕业后，分配到华坪县山区小学，后来被任命为县文化馆长。我于1974年11月带领丽江华坪县一行五人到省农展馆参与"农业学大寨展览"，从此认识了农展馆的书记——徐冶的父亲，那是一位从延安走出来的红小鬼，性格豪爽，一身正气；也认识了徐冶的母亲，也是一位从四川师范大学中文系毕业的高材生，她温柔贤淑，是昆明市交通局的业务骨干，中层干部，在家堪称贤妻良母；也见到了可爱的徐冶、徐雷、徐航三兄弟。时年14岁的徐冶给我的第一印象是，英俊帅气、聪明好学，完全没有干部子弟的矫揉造作习气。在家孝敬父母，爱护弟弟，在外尊敬师长，待人有礼。见到我后，总是龚叔叔长、龚叔叔短，问个不停。我虽然年长他15岁，但因对文学和艺术的共同爱好，使我俩成了忘年之交，我将他当作知己。我曾记得，在我住的讲武堂小阁楼上，他和我一起临摹大师袁小岑的画作《孔雀登枝》；我们在一起背诗吟词谈摄影。

在"文革"动乱的末期，1976年，"反击右倾翻案风"的叫嚣又起，打倒走资派徐武魁（徐冶的爸爸）大字报贴满农展馆墙壁，我们也成了走资派的"社会基础"，我被县上停发了工资，连粮票也不让领，真可谓弹尽粮绝，吃饭都成了问题。我和徐冶一家就此成了患难之交，但我们坚信，"四人帮"必定不可惧，历史将按照他的天定规律前进。这个时候的徐冶也稍许懂得了政治运动的残酷，他虽然变得沉默少语，但年轻的黑眸中多了一些坚韧。

我也曾记得1977年，我和徐冶的妈妈一起坐在解放牌的大卡车厢里，送徐冶和他的同窗好友王天德一起到富民县乡村插队落户。住房简陋，条件艰苦，但徐冶毫不在意。返昆的路上，刘大姐（徐冶妈妈）哭了，正所谓是可怜天下父母心！我也感到十分伤悲。

1977年，云南大学党委为我向云南省委写了三个报告，要求为我纠正毕业后被省革委派人揪回云南大学批斗交待所谓反红色政权罪行、分配工作时受到不公平待遇等问题，并请省委给予落实政策，补发工资。1978年，我被调省科委工作。科学的春天吹遍全国之际，1980年春节前夕，我创办了《奥秘》杂志。我没有忘记和徐冶分享这份得之不易的喜悦，我从农展馆食堂借了辆三轮车拉了三千本《奥秘》创刊号，带着徐冶、小雷，在正义路和长春路口高声叫卖："《奥秘》《奥秘》，三毛钱一本！"两个多小时，全部卖完。我骑着三轮车，载着徐冶兄弟俩返回农展馆，路上我们高声唱着："日落西山红霞飞，战士打靶把营归……"他一脸兴奋，对我说："龚叔叔，想不到《奥秘》这么有魅力，以后我也要和你办《奥秘》。"

想不到，一语成真，徐冶选择了一条从史从文的道路，1979年考入了云南师范大学历史系，1983年到民委工作，又到省社科院工作，并时刻关注《奥秘》，为《奥秘》办刊建言献策，真心实意地巴望《奥秘》不断成长。再后来，又到光明日报工作，成了一个国家大报的中坚力量，他主持的版面鲜活生动，寓意深广，给人以知识、启迪和力量，他走在光明的大道上，道路越走越辉煌。

万万没有想到，他的生命却在2015年11月16日这一天戛然而止，充满了天数，像晴天惊雷一样突然，就像长空中的流星，飞向苍穹远方。

徐冶虽然不是伟人，但他勤奋敬业，才思敏锐高远，是他早在1982年就提出"西南丝路话云南"的倡仪，我曾组织创作班子写出了拍摄电视连续剧的提纲，由法国有关方面联合拍摄，希望像《话说长江》一样，将云南的历史、民族、旅游文化打响，但因某些领导的守旧没有实现，成了徐冶和我的遗憾。

但是，他在光明日报创办的《光明文化周末·艺萃》和《中华民族大家庭巡礼》《中国文化江河》《家乡的名山》等栏目，以及他踏遍山山水水，拍摄、撰写的《神秘的金三角》《壮丽三江》《远去的田野》《横断山的眼睛——镜头下的西南边地人家》等许多专著，将随着历史的久远，日益珍贵，是一笔不可多得的文化遗产。

徐冶为人真诚善良，他的朋友遍及全国各地各民族，和他接触过的人，无论是比他年长的老者，还是和他同龄的中年人，乃至和他儿子年岁相仿的年轻一代，甚至少年儿童，都喜欢他，人们说：徐冶就像一尊乐呵呵的弥勒佛，给人带来幸福吉祥。

徐冶虽然离开了他的父母、妻子、兄弟、亲友、同事和在座的追思团队，但他的音容笑貌将永记我们心中！

他会在天上给我们祝福！

作者系徐冶父亲的同事

陈旻

二台兄，走好！

——悼徐冶

刚刚加徐冶微信好友时，他的微信网名叫"徐二台"。我调侃他为中央二台在"广而告之"，他说非也，是参加一个会议时，他们在席卡上把徐冶的"冶"写成了"二台"，他觉得不错，就作为微信的网名，我听后不禁哑然失笑，从此以后我就管他叫"二台兄"。这就是徐冶，一个旷达乐天，幽默可爱，还经常会自嘲的一条汉子。

我和徐冶是大学的同班同学，毕业后我回到上海，他在昆明分配到了云南省委民族工作部。据说他在部里工作的时候将云南全省一百多个县全部走了一遍，深感佩服。2002年4月，我陪新加坡客人到云南丽江去调研，返回昆明时我们见过一面，才知道他已经从省社科院调到光明日报任云南记者站站长，还送了我一本他和欧燕生编著的《边走边看边拍——云南摄影实用图册》一书，里面有他拍摄的一些图片。当年10月他就调到光明日报社担任摄影美术部的主任。

此后我就把我主编的《奉献》每期都寄给他，他也给我寄他们摄美部编辑的《光明文化周末·艺萃》和光明日报主办的《书摘》和《博览群书》等报刊杂志以及他出版的摄影专著。有时他看了我主编的《奉献》还会提出一些他的见解，譬如他认为《奉献》的"历史回顾"栏目很有味道，希望能编辑出版成专辑，我当初也有此想法，后来因为种种原因没能完成，真是愧对故人。这样互相邮寄各自编辑的报刊杂志十来年没有中断过，一直到今年寄给我的摄影专著《远去的田野》（此书是徐冶生前出版的最后一本摄影专著），我也寄给他作为两主编之一的《激情岁月：浦东开发大潮中的陆家嘴人（1990–2015）》一书。

2005年我为了一个课题到北京全国妇联办公厅出差，他知道我到北京后就打电话给我说光明日报职工食堂的伙食办得不错，让我来尝尝，我闻讯后就屁颠屁颠地打的赶了过去。他们自助餐厅的伙食确实不错，更主要的是看到了几年未见的老哥们。那时我就发觉他比原来胖多了。他说在下面是经常要出去采访，到了北京就是坐机关，动得少了，人就发胖；不过他说经常去附近的天坛公园散步。

后来到北京也见过几次面，但是今年很奇怪，他在微信里要我去北京时见面聊聊。今年六七月，我作为《中国宗教》杂志社的特约摄影师两次到北京参加"《中国宗教》杂志创刊20周年摄影大赛"评委工作和采访拍摄两次会议。因会议关系都是临时邀约，第一次他去温州苍南采访，第二次他的夫人罗静纯（也是我的同班同学）从昆明回北京他要去接机，我下午又要拍会议，第二天一早离京返沪了。这次他到上海，我又去川西旅游采风去了。老是说下一次，反正来日方长，真是阴错阳差，可是没想到从此竟成为阴阳离别，甚是心痛和遗憾！

不过加了微信好友以后，我们聊微信的时间多了，互相发一些各自拍的图片，也每天在微信上互相点赞。尤其在摄影方面，他知道我有些图片也获得大奖和刊登在全国性杂志的封面和封底，很为我高兴。他是我国人文地理摄影方面的领军人物之一，也是著名的摄影家。我尤其欣赏他"不要在一个地方拍一百张图片，要在一百个地方各拍一张图片"这句格言，把它作为座右铭并贯彻在自己的拍摄中，所以在聊天中也经常请教于他。有一次我把在尼泊尔拍的几张图片给他看，他认为光影和人物神态非常好，马上让摄美部的编辑马列与我联系，要去了十几张图片，不久以"笑脸尼泊尔"为标题的4张图片刊登在2015年5月24日《光明日报》第9版的《艺萃·光影天地》上。这是我第一次在《光明日报》发表作品。后来他又让闫汇芳和马列组稿"风雅朱家角"和"秋叶秋水映粉墙"等文字和图片稿件。这次我在川西旅行采风时，我把在若尔盖花湖手机拍摄的图片发在朋友圈里，他看到后也马上让马列与我联系要去了2张，没想到其中有一张发在了10月28日《光明日报》的头版。

二台兄为人诚恳和善、乐于帮助大家的事情有很多。这次在光明日报摄美部主办的"有个艺萃"微信公众号中有许多唁电、悼文和追思文章中纷纷提到他热心助人的事迹。离我最近的一件事情是我们班有一个同学叫戈叔亚，是滇缅抗战史专家，从上个世纪80年代开始，他以民间学者的身份开始研究二战时期的滇缅战场历史。他在大学同班同学的微信群里说："我在事业从最低潮开始发生转折的最最关键时刻，得到了最最重要的帮助，就是来自徐冶同学！我的研究获得的第一个成功的报道，就是徐冶撰写并在《光明日报》刊登的。没有他的力挺，我必须还要花费很多周折，也不一定会从最低谷中很快走出来。"这是他发自肺腑之言，我想许多得到他帮助的朋友都有这种感动。受人滴水之恩，当以涌泉相报，我们大家都很感谢他。

今天是徐冶去世的第七天，中国人很讲究"头七"祭奠。我既没有赴北京参加11月19日在八宝山举行遗体告别仪式，也没有去昆明参加11月21日在金宝山举行的接灵仪式，只能在"头七"之日以此小文来祭奠徐冶兄弟，同时也希望他的夫人、也是我的同班同学罗静纯节哀顺变！

在此，我只能深情地喊一声："二台兄，走好！"

2015年11月22日于上海

作者系徐冶大学同班同学，原青年会全国协会《奉献》编辑部主编

何燕

追忆徐冶

我是徐冶的小学同学，受昆明市新村小学1972届五一班的同学的委托，感谢会议组织者，让我们有机会倾诉我们的哀思。

我们的童年是在一个特殊的时代、特别的地域度过的。昆明市新村小学是以招收云南省委大院和昆明军区大院孩子为主的小学。我们是1967年入学的。在那动乱的年代，我们的书桌上没有一本教材，满目望去都是"语录、打倒、炮轰封资修"，满耳听到的都是"谁谁谁自杀了、谁谁家被下放了、哪里打死人啦"，更重要的是，我们不是局外人，用颠簸流离来形容那几年的生活，一点也不为过。直至三四年级，我们才陆续返回学校上课。童年时对徐冶的记忆，那是一个小小个子、大大脑袋、大大眼睛、尖鼻秀脸、十分聪慧的孩子，时不时还会趁人不备，搞一些小怪诞。当时他们家住在大观河对岸省团校，严晓燕回忆说，在邻里小伙伴的记忆中，小时候的徐冶安静又聪明，放学回家后总是躲在家里看书、画画，尤其是喜欢把东西拆了又组装起来。院子里的叔叔阿姨经常以徐冶做榜样，教育孩子要向他看齐。实话说，我们小时候没有更多说过话，即使是在中学，虽同在昆一中，时常见面，但交谈几乎没有。

后来的日子，我们经历了不同的人生轨迹，下乡、当兵、做工、高考、出国、工作，唯一不变的，就是从父母和老师身上传承下来的正直、善良、坚毅、执着、乐观、向上的好品质，渗透到我们的血液。

2015年3月初的一天，在北京安贞医院工作的陆遥回昆，李明邀约马青老师和五六个同学相聚，期间，我拨通了徐冶的电话递给马老师，徐冶对马老师说：我永远忘不了您，在那个特殊的年代，无论我们各自家庭背景如何变化，但您始终对谁都是一视同仁，在您的教育下，我们懂得了什么是善良，您所教授的知识，是我能够顺利通过高考的坚实基础。

为纪念那段特殊日子后面温情的世界和善良的人们，徐冶提议大家用笔记录下那段历史，为《光明文化周末·艺萃》栏目的《图像笔记》版策划开设了"班主任的全家福"专栏，并鼓励70多岁的马老师来写开篇，还请同事为马老师创作了一幅画像。《我有学生我幸福》在《光明日报》发表后，在社会上引起了不小的反响，文章在我的小学同学、中学同学、甚至大学同学的圈子里传阅，马老师更是激动地逢人就说，我就是一名普普通通的小学老师，只是尽本分教好每一位学生，从未想过能在国家级的一流媒体上发表文章。也是因为这篇文章，我们找回了分离43年的20多位小学同学，建立了微信群。

在微信群里，徐冶是一个智多星、开心果、吸铁石，只要他那大脑袋一闪现，群里就一片叽叽喳喳。他将在各地采访的见闻与大家分享，传播各种文化新动态，为同学设计最佳的旅游线路，调侃各种怪诞的想法。11月12日，江城涪陵画面，奔波的命；11月14日，重庆古剑山画家村；15日微信2条：全世界最愚蠢的10个人，笑死了；21：30分享 华岩寺佛教艺术馆的微信……我们一直认为这样快乐的日子会一直继续下去，直到天荒地老。

11月16日的早晨，五一班的微信群里如同往常一样，依然是各种问好，唯独不见徐冶。噩耗传来，我们始终不相信这一切是真的，我们认为这又是徐大爷给我们开了一个大大的玩笑。在反复证实后，我们先是蒙了，接着是泪奔。我们集体商量我们该做些什么？

杨春阳：我今晚（11月16日）一定会去一下他们家，代表五一班表示哀悼。远在家乡的你们不要搞得太复杂，大家把对徐冶的怀念留在心里，留在我们五一班的微信群里。

孟志远同学找来了徐冶的照片，特地进行了编辑，上传微信，让大家留作纪念。

第三排左二为徐冶

陈文同学是我们班的电脑高手，不知他通过什么渠道，在微信群里连续上传了徐冶数十幅照片和追忆徐冶的生平文章，从一幅幅画面、一句句情真意切的话语中，一个鲜活的徐冶再次展现在眼前，牵动着全体同学的心。我们找来所有我们能找到的资料上传微信，其目的只有一个，40多年我们虽未谋面，但音容笑貌映在脑海，我们好同学好朋友，要迎一程，送一程，寄托我们的哀思，表达我们真挚的情谊。

11月21日，是徐冶回家的日子。一大早，包括马老师等18位师生，手捧鲜花，全部向西山脚下汇集，最早的同学10点钟已经到达，18人当中，除了我之外，绝大部分在43年里几乎与徐冶未曾谋面，但在内心中，我们是那样的熟悉，仿佛昨天还在欢聚。迎接徐冶回家，送同学最后一程，理所应当。

王树明：二台，方才知你也是山药蛋（山西人），才刚刚与你相约，走遍彩云之南，你却……

陆晓玲（你的小学同桌，拿着小学毕业照来到现场）：上天安排我们小学同窗五载的缘分，却让我们分隔40多年后在这样的场合、以这样的方式见面，让人扼腕叹息、悲伤无语！也许在天国你又忙着去采访那些人那些事。

严晓燕：几天前还在相约，原来院坝里的发小聚一聚，想不到，瞬间泪崩……

杨春阳：前日，京城微雨凄冷，天或有情！前往八宝山竹厅，参加徐冶兄遗体告别仪式。他的骤然离去，让亲友们现在都缓不过神来。我与徐冶，有同窗之情，有跟父母同下弥勒五七干校的难忘经历，后来又有了同行之谊。想来小学同班同学里，我和他算是往来较多，彼此都知根知底。泣涕之间，口占一联，以志悼念。上联：笑谈人生，信口旨甜酸咸辛麻辣何妨入味；下联：独步边取，满眼尽赤橙黄绿青蓝莫非摄影。横批：彩云之南赋招魂。

马青老师，一位74岁的老人，不顾年迈体弱，坚持要作为长辈送徐冶一程。为防止发生意外，聂海源、杨明庆两位同学一直陪伴在其左右。徐冶一生都非常优秀，虽然多年未见，但从五一班同学聚会开始，他时刻关心着老师和同学们。并以他的智慧和才华，为我们提供了大量信息和建议。徐冶，在另一个世界也要快乐，我们永远怀念你！

11月22日，这天是徐冶的生日，看到朋友发过来的北京雪景，我下意识拿起手机，在"新村小学五一班"微信群里迅速输入：北京下雪了，"京三胖"，多穿点。随即手指在屏幕上停顿，泪水止不住地潸然而下——徐冶已经走了，再也不会在群里与我们聊天，再也看不到我们发给他的信息了！

我们在微信群里以特有的方式为他庆生——

李明：我们为拥有你这么优秀的同学而自豪，为你的不辞而别而万分痛心，为你得到如此众多人们的拥戴而感动，为你能留下许多欢快的、可爱的、胖胖的、甚至是调皮的照片而庆幸……徐冶，我们会时时感受你的存在，你眼镜后面笑咪咪的眼睛时常会跳到我们面前，我们忘不了你。徐冶，生日快乐！

陈文：徐冶同学生前一直特别关注我们班的同学。之前，他就给不少同学寄赠过他的书籍作品。这次他所主编的《家乡的名山》出版后，他又给我班部分同学邮发赠送了这部作品。不想还来不及分发，就传来了噩耗。现在李明同学又一举出资购买了20本，群内每个同学一人一本，大家留下一份永久的纪念。

杨明庆：徐冶，沿着你遍布大江南北的足迹，我们看到了一位对事业无比忠诚与热爱、对朋友无比真诚和包容、对生活无比热爱与投入的好同学，我们以你为自豪，祝生日快乐！

水海英、李海鹰：小学也许我们之间没有说过一句话，43年后我们在微信群里相遇，你每天天南地北的故事，让我们长知识、长见识。那么调皮可爱的徐大爷，怎能让人不怀念。到了天国，他一样有好人缘，一定不会孤独，永远快乐！

我想用李明同学的微信作为本文的结尾：徐冶，我们的好同学、好朋友，你听到我们的呼唤吗？看来你真是走了。无论我们多么心痛，多么的不舍，你还是走了……你是《走在西南的边地》，还是爬上了《家乡的名山》，抑或追寻那《远去的田野》，无论在哪里，你都要快快乐乐的，健健康康的！！徐冶，冶徐（也许）你只是换了一个地方去拍照，一路走好！我们怀念你，我们爱你！

2015年11月25日于昆明

作者系徐冶小学同学

王天德

和徐冶在一起的日子

　　徐冶去世于2015年11月16日，对于即将准备为他过生日的亲友来说，这突如其来的噩耗，无疑是一个沉重的打击。

　　我和徐冶是昆明一中七五级10班的同学。我们1973年9月进入昆明一中，他毕业于昆明市新村小学，我毕业于昆明市大观小学，我们在七五10班共同度过了两年的初中时光。1973年至1975年，正是"文化大革命"期间，全国普遍处于混乱当中，我们学校也不例外，学生上课不听讲，课堂上学生之间经常打架，老师也不敢管。徐冶在班上是一个老实的学生，不爱惹事生非，当然，偶尔也会和同学打闹。由于我们班级学生太闹，换过很多老师都不能扭转局面，万般无奈之下学校在初三下学期将七五10班拆散，学生被重新编到保留下来的18个班级中，此后，我和徐冶就不在同一班了。因此，三年的初中结束后我们也没有留下初七五10班的毕业照。后来我们各自仍在昆明一中读高中，高中期间接触就相对少了些。

　　无巧不成书，世界上的事往往因巧合而产生了故事。1977年高中毕业后，我和徐冶又走到了一起，我们上山下乡到富民县勤劳公社元山大队插队落户。从此，我们又成为了"同一条战壕里的战友"，每天早出晚归，面朝黄土背朝天，辛勤劳作。农活，对于我们这些城市长大的孩子来说，很累、很难。记得第一次挑担子的时候，徐冶刚把担子放到肩上，就双脚趔趄根本不敢迈步，引得大伙笑个不止。随着时间的推移，农村的贫困、生活的艰苦以及对大学的渴望使我们格外努力。其中有个趣闻：在干农活的间隙休息时间，只要一坐卜来，徐冶就会发出"嘎嘎"的叫声，老乡们就会悄悄问我："徐小勇（徐冶过去的名字）是不是有神经病？"我说："没有啊"。他们说："么咋个下下听见他'嘎嘎'地叫？"我告诉他们："他是在背英语单词。"由于农村学习条件有限，加之知青在农村是必须挣工分才有饭吃，因此有考学愿望的知青都会把英语单词、数学公式等等抄在纸上或者小本本上随身带着，劳动间隙休息时抓紧时间复习一下。在这方面，徐冶特别刻苦，都是纸片不离身、本本不离身，走到哪，学到哪。这也为他以后的成就打下了坚实的基础，夯实了吃苦耐劳、勇往直前、坚忍不拔的理想信念。

我和徐冶年龄差不多，只比他大一岁，与别人相比，我们的相处带有一些传奇的色彩。初中我们是同班同学，高中是同校同年级同学，上山下乡在同一知青点当知青，又一同到重庆补习文化……平日里他总是很乐观，经常是笑呵呵的，对人很真诚，乐意帮助人。他告诉我，学习最好的地点是厕所里，最好的时间段也是厕所里，在厕所蹲大便时学习效果最好。我试了试，果不其然，是真的。这恐怕是他秘而不宣的学习诀窍吧，我估计他很少告诉别人。给我印象最深的另一件事是，2002年我老父亲久病后卧床不起，他从北京回到昆明，特意到我家里来看望，并送来2000块钱，对我说："现在我比你好，你有困难，我帮你；说不定哪天我不如你，有困难，到时你来帮帮我。"说完，坚决叫我收下2000块钱。我当时那个激动呀眼泪刷地下来了，与其锦上添花，不如雪里送炭，他是雪里送炭啊！我所列举的这些，仅仅只是沧海一粟，他的侠肝义胆、助人为乐广为其朋友、同事所乐道。他可谓是我的良师益友。

徐冶出生在一个干部家庭，从小就受到良好的理想道德教育，他为人正直、善良，乐于助人，在他身上，透露出对事业的执着和热爱，对同事和朋友的关心和帮助，对父母长辈的孝道，对晚辈的关心和关怀，一句话，他有很多的优良品质值得我们学习。

追思徐冶，我们会想起他的很多优点，记起他的很多事迹。从光明日报的网站上，我看到他帮过很多人的忙，很多人对他心存感激，这也是我心里了然的，他平日里就是那么一个好人。他有很多爱好，摄影、美食等。

他是非常有才的人，我希望他在各方面都取得更大的成就。可是，突然地，让我们一点准备都没有，徐冶抛开这一切，就这么离我们远去了。这是徐冶的悲痛，是所有关心他的人的悲痛。是他的家人、亲友、同事的重大损失。似乎说多少话都无法完全表达我们的悲痛和哀思，最后只说一句：徐冶一路走好。

2015年11月29日

作者系徐冶中学同学

木基元

古道热肠存我心

——缅怀徐冶

2015年11月16日中午12时许，正在丽江公干的我，被微信圈的一条噩耗所震惊：徐冶老师走了！40天前我们还在一起相聚，把酒言欢。不可能呀！连忙致电相关人士，不忍接受的事实还是被确认了：当日凌晨，徐冶因突发心梗在北京长辞人世。

徐冶何人？光明日报摄影美术部主任、高级记者，享年55岁。他是国内较早进行人文地理探索和报道的摄影家，主持和参与了"滇藏文化带考察""长江上游生态行""中华民族大家庭巡礼""中国文化江河""家乡的名山"等大型采访活动，先后出版了《神秘的金三角》《壮丽三江》《诞生王国的福地》《边走边看边拍》《边地手记》《横断山的眼睛》《远去的田野》《图像笔记》《家乡的名山》等多部著作。

屈指一算，我与徐冶的交情，已有30多年了。1984年夏季，云南省第三届民族理论研讨会在昆明举行，我和徐冶以文赴会，有缘相识。他年长我两岁，彼此同期都学历史学专业，他毕业于云南师范大学，担任省委民族工作部《民族工作》编辑。当时我在丽江地区文物管理所工作，书信联系不断，所写文章经徐冶点评修正得以刊发，一来二往建立了深厚的友谊。我到昆明出差，他来丽江采访，都要找机会一起相聚。结婚生子后两家来往更是密切，成为莫逆之交。徐冶待人真诚，热心好义，通过他的介绍，我又认识了许多同道朋友。

榜样的力量是无穷的！1987年，徐冶与段鼎周、王清华等师友共同出版了处女作品《南方陆上丝绸路》，让我们好生羡慕，为之自豪。1990年春，经徐冶点题，大理张楠、曲靖范建华、凉山刘弘、攀枝花邓耀宗等人牵头，联合川滇十四地州市文物管理所联合举办了《西南丝绸之路文物摄影艺术联合展览》，历时年余在全国巡回展出，引起强烈反响。徐冶起给我的雅号"木土司"，从此在滇川文物界不胫而走。我陪他参观白沙壁画，采访玉龙雪山著名草医和士秀，在此后他的作品中多有涉猎。后来，他调往云南省社会科学院，繁琐的行政管理之余，仍不忘勤读书做学问，精心编著了《云南与东南亚》等著作。他利用所主持的《云南社科动态》等阵地，刊发了我的田野考古调查简报《滇西北华坪县发现的石棺墓》、书评《读〈铜鼓与南方民族〉》，向外发布了丽江地区的考古发现信息，特别为建制较晚的华坪提供了一份珍贵资料。互帮互学共同促进，这是我从徐冶身上得到的益处。

一生能有贵人相助，应是一辈子没齿不忘之事。1993年是我返回桑梓服务的第10个年头，各项工作已风生水起。徐冶寄来一函，告知云南省拟投资一亿元，建设八五重点工程云南民族博物馆，将在全省招贤纳士，要我及时准备应聘。父母年迈，儿子即将上学，还要着手家园建设，眼前的各种努力成果还得推倒再来。我有所顾虑，徐冶来信开导我：树挪死，人挪活。搭建更高的平台是明智之举，小地主的梦可以慢慢来圆！在他的启发引导下，我顺利通过组织考察，愉快走出山门，在云南民族博物馆工作和服务了16年，足迹几达云南各民族地区，自己最宝贵的年华奉献给民族文化遗产的保护与研究，各方面得到锻炼与提高。关键的人生节点，能得到好友的点拨提携，是我此生的荣幸。

患难之中见真情！丽江人民尤其不会忘记：1996年2月3日，7级大地震突然袭击丽江，夺去300多条鲜活的生命，许多人流离失所，我的父母妻儿也成为灾民。已任光明日报云南记者站站长的徐冶得悉后第一时间打来电话安慰，随即实地采访震区时还抽空跑到家中专程看望，我们在断壁残垣边的抗震棚里规划未来，春寒料峭的丽江充盈着融融的暖意。4月15日，纳西族著名学者郭人烈带领我们在昆明组织了"丽江震后恢复重建与义化保护研讨会"，朱良文、蒋高宸、邱宣充、戈阿干、和少英、郭净等省内专家应邀到场发表宏论，时任人民日报云南记者站站长的任维东和徐冶等记者非常敬业，认真采访记录，及时传递声音，5月4日、6日，人民日报、光明日报分别以"重建神形统一的丽江"、"保留一方心灵的家园"为题，用半个版的篇幅对研讨会作了专题宣传报道。云南省委宣传部在表彰丽江"2·3大地震"宣传工作先进集体和先进个人时，徐冶等人榜上有名。尤其难得的是，报道中所列文化保护的许多观点建议，在此后十年的恢复重建中得到了各级政府及有关部门的充分吸纳，继而丰富提升了丽江模式的内涵，为丽江跻身全国改革开放18个典型地区立下了功勋。

三人行，必有我师。近朱者赤，一次成功的策划往往在不经意中完成。2000年初的一次朋友聚会上，时任人文地理杂志《山茶》主编的范建华向我约稿，对全省历史文化名城保护状况写篇评述专文。既已受命，我便认真思考，深入各名城寻找素材，越开展调研，越发现拓展空间。一年艰苦调研下来，一篇命题作文却像滚雪球一般越滚越大，变成了我的第一部著作《云南历史文化名城研究》。无意间开一小洞，却凿出了一片天空，朋友们自然为我而欣慰。和丽峰建议尽量多配些图片，徐冶看到我选的图片有些单薄，找来一大堆材料让我无偿使用，因此该书在2002年由云南教育出版社第一版印刷中，选用了徐冶的多张照片，起到了画龙点睛的作用。十年之后该书入选当代云南社会科学"百人百部"丛书，我又充实了一些新资料，并增添了一批图片，使之更加完善。饮水思源，徐冶心系他人，合力帮助大家的情景历历在目。

心存感激的事情，实在太多。2008年1月至2009年11月，《光明日报》第四版每周四都出现了一个全新的彩色专版"中华民族大家庭巡礼"。这个由国家民委和光明日报合办的专版，以56个民族为报道对象，每次由两千字左右的文字和10余幅图片，展示和报道一个民族历史、文化和时代变迁，内容丰富，生动直观。徐冶作为这一专题的主要策划者，除邀请我们参加讨论、写稿约稿外，还叮嘱我们对每期专版的内容和质量要以读者的视觉提出批评意见及建议。我发自内心地写下自己的感言："专版凸显了团结、进步的主题，有助于提高各民族自信心，增强自豪感和凝聚力，激励各民族更加自觉地投入到伟大祖国的建设中。"2010年由民族出版社结集出版《大家庭：中华民族巡礼》时，这段话被引用到该书代序中。活动结束时，徐冶还带领有关同志分赴各省区召开座谈会，分送制作精美的作品纪念牌，倾听作者和基层的良好建议。作为一名少数民族学人，我从徐冶身上看到了一位老民族工作者的良好风范，他是模范执行"共同团结奋斗，共同繁荣发展"和"三个离不开"的忠实代表。受此启发和影响，我主持的"彩云下的乐园——云南民族大家庭"，获得了2014年度云南省社会科学普及规划项目的立项，并一举结题验收，即将公开出版。

清代邹弢在《三借庐笔谈·余成之》一文中记云："同邑余成之，杨蓉裳先生宅相也，古道热肠，颇有任侠气。"古道，指上古时代的风俗习惯，形容厚道；热肠，即热心肠，寓意待人真诚、热情。挚友徐冶，便是这样一位古道热肠之人。

徐冶的猝然离去，让我们一家人好生悲痛，16日我在丽江回昆明的列车上一夜无眠，眼前浮现的都是与他30多年相识相交相知的点滴。第二天，我忍不住在微信圈阐发了自己的心声："噩耗传来整整一日，我始终不愿相信徐冶已离世。90岁的老母亲说，如果能够交换，我愿先走，把生机留给你的好友；妻说，你们弟兄30多年的手足之情，音容笑貌，永驻心间；儿说，徐叔乐观豁达影响了他的童年，还有很多人生哲理、摄影技巧向您讨教；40天前您参加我儿的婚礼，成为与滇云朋友圈最后一次大相聚。世事无常，生命脆弱！'木土司'一家三代人恭送徐兄一路走好！"

2015年11月24日于昆明

作者系徐冶好友，西南林业大学教授，纳西族

木彪

镜走天涯　爱留人间

——悼念徐冶叔叔

　　2015年11月16日，本是个和平常一样忙碌的星期一。大约午饭时分，妻子发来一条名为"一路走好"的微信链接，并问到："徐冶叔叔？"一丝不详的预感涌上心头，点开内容后，我竟久久无法言语，不敢相信那个从小看着我长大，对小辈们关爱有加的长辈就这么离开了我们。

　　点起一支烟，我开始回想与徐冶叔叔近30年的缘分。父亲与他是多年挚交，虽然身处两地，却情谊深厚，热爱地方民族文化的他，总是用"木土司"和"小木老爷"称呼我们父子。父母常讲，在我出生100天时，十世班禅大师来访丽江，妈妈背着我前往黑龙潭五凤楼接受摸顶赐福。前来采访班禅活动的徐冶叔叔在那里第一次见到了我，他常提及："小木老爷，我可是在你刚出生的时候就抱过你的哦！"而年幼的我往往不甘示弱，故意将他的名字读错，叫他一声"徐治叔叔"，引得大人们发笑。

　　1993年，父亲因工作调动来到昆明安家，距离近了，热心的徐冶叔叔给了初到昆明的父亲许多关心和帮助。那时，罗阿姨尚在昆明市经济干部学校工作，家中的第一台全自动洗衣机就是由罗阿姨陪同选购的。20年光阴荏苒，那台荣事达洗衣机仍在家中"超期服役"。父母每每谈及，总是感慨徐叔叔一家古道热肠。随着我们母子在1996年"2·3大地震"后来到昆明，爱吃爱玩的徐叔叔成为了我们在昆明生活的好向导。我的衣柜中，至今有一条迷你版的泳裤，那是徐叔叔一家邀请我们去南亚风情园游泳馆时为我挑选的。今时今日，温水游泳馆已是司空见惯，但我

至今记得当年初入水时，那一份浓浓的暖意和亲厚感。

随着徐冶叔叔调往北京，而我也在外求学十载，见面的机会少了，家中却少不了他的讯息。每个假期回家，父亲总会拿出那段时间收藏的书籍向我展示一番，这其中，自然少不了徐冶叔叔的多部大作。每每翻开扉页，"木土司指正"几个别具风格的字体，总会让徐叔叔幽默活泼的脸庞在眼前浮现一番。

不知是否受到父辈们舞文弄墨、行摄江湖的气质感染，我从大学时便开始在报社实习，并在那里结识了我的妻子。我至今记得2013年的11月18日，我与那时尚是女友的妻子一同前往广南参加活动，在昆明方舟酒店候车时，突然发现徐冶叔叔正在一旁与范建华叔叔、王清华伯伯等人谈笑风生，当我上前打招呼时，他先是一愣，转而哈哈大笑，用力地拍了几下我的肩膀："哎哟，木彪都长成大小伙子了嘛，都快有我胖喽！"那次广南之行对我的影响十分深远，那时我刚拥有一套专业的摄影器材，见到什么都如扫射一般使用快门。在广南县的老本地村，徐冶叔叔向我展示了真正的大家风范，他穿梭于村子中，并不找热闹、官方的大场景去摆拍，而是用手中相机，尽可能留下一张张能体现农村风土人情的照片。感慨之余，我在徐冶叔叔背后悄悄拍了一张照，那时，他正在认真的为一个壮家小男孩拍照。两年过去，今日翻看，别有一番滋味，尽管我已不在媒体工作，但徐叔叔对待摄影的认真态度，值得我一生学习。广南活动结束晚宴时，我带着女朋友去给父亲的几位老友敬酒，因为害羞，介绍时说的是"同事"，徐叔叔将我拉在一旁，大咧咧地问到："是女朋友吧？"在得到肯定答复后，他认真地对我们说："好好呢，等你们两个结婚我可是要来喝一杯的哦！"

2015年10月7日，是国庆长假的最后一天，我迎来了人生中最为重要的时刻——迎娶了我的妻子。徐冶叔叔听说我的婚期后，专程修改了行程，冒着电闪雷鸣、滂沱大雨前来祝贺。还是那身熟悉的工装牛仔，简朴打扮，那一天徐叔叔精力充沛，才思敏捷，与云南的老友们觥筹交错，留到了宴席最后，还拉着我父母唠叨家常。谁也没有想到，那竟是他与一众云南朋友们的最后一面，我与徐叔叔，竟有缘至斯！

回忆至此，心中洋溢的，满是对徐冶叔叔的感恩与不舍，感恩他温暖身边所有人，洋溢的人性光辉；不舍他英年早逝，独留下九旬父母和罗阿姨母子。当天，我在朋友圈留下了这样一段文字："您是看着我长大的，前不久我的婚礼，您还从北京回来祝贺，没想到一面竟成永别，您的开朗、乐观，曾深深地影响了我的童年。遗憾没能跟您多学学摄影，坐下来喝一顿酒，聊聊成长的困惑和想法，徐叔叔走好，愿罗阿姨和思唱坚强。"

徐冶叔叔千古！

侄儿木彪哭挽

作者系云南省农村信用社干部，纳西族

张学忠

我所认识的"光明人"——徐冶

认识徐冶是一起做探险协会的时候，到现在都已经20年了，却恍如昨日。这几天是翻着和他一起拍的照片，回想着那段时间的那些难忘的往事，有时候看着照片，想着照片背后的故事，好像他就在身边，他在笑，他亲切和蔼的笑容，机智幽默的话语，从容淡定的身影好像又回来了，但是我知道，他再也不会回来了，他再也不来和我们玩了。

徐冶这个人相当好处，跟他在一起就是舒服，就是开心。记得有一次我约他去怒江拍片，要去十多天，本来他有事去不了，我说你怕是要帮个忙。因为当时我和亚特爱莎有个五年的合作项目，拍《金三角正在消失的民族》大型系列画册，出版方说我可以带一个人，费用他们出，我就说了徐冶。徐冶听我这么一说，很爽快就答应了。徐冶就是个这样的人，当朋友需要的时候，他会尽自己所能给朋友帮忙。他是真帮忙，而且做事特别严谨、认真。我拍片的时候他经常叫："学忠等一下，你的包穿帮了"，然后跑过去把包拎走。要么就是："学忠等一下，我给你补点光"，然后就去打反光板，边打还边调侃："喔呦，这个光太专业了。"我过意不去说："你来拍我来打。"他说："不消，你拍好就行了，你是主要的。""莫说些，你也主要。""好么，都主要，我是空气，你是阳光。""你光明日报的，你才是阳光。""奥，是呢嘛。"就这样你一句我一句开心地说说笑笑，拍拍闹闹。有一天拍一个民俗活动，他叫："学忠快点，来拍来拍，你喜欢的。"我一看是个漂亮的傈僳族小姑娘，就赶紧跑过去，不正经地说："喔，这个小姑娘长得太新鲜了。"他却慢条斯理地说："莫冲动，莫冲动，慢点。"那段时间拍片子天天都是这种很开心的感觉，这都是因为有了他。有的时候他就像个小孩儿一样开心地笑啊，闹啊，看着他就舒服。这是我和徐冶一起度过的最愉快的日子。他调北京以后，每逢春节都会发条短信，依然是"好吃好在，上下健康"之类的，接到这样的短信，我就开心得不得了。

徐冶非常平易近人，非常随和，他身上有一种与生俱来的亲切感，特别是进了少数民族的寨子，听他和老乡聊天，和他们喝水酒，唱酒歌，感觉他们是一个寨子的，他总是说"不能把自己看高，把别人看低；把自己看大，把别人看小"。其实徐冶是个有大格局的人，只是他无意把格局做大，他只想做个淡泊之人，过点散淡的生活和开心的日子。徐冶总是开心的，不管吃什么菜，他都是："好吃好吃"。不管喝什么酒，他都是："好喝好喝"。爬山热出一身臭汗，我都累的不行了，他却高声嚎叫："舒服啦。"开车在路上，他叫停车，说："这里风景好，拉个野屎。"回来时很爽的样子："好在啊，好在啦。"我天天被他这种乐观的情绪感染，这真是一种境界。有时候觉得他就和李叔同一样，给点儿淡水萝卜白菜，也是"好吃好吃"。我还想起我们一起搞滇藏文化带考察的时候，他经常是一边说着"扎西德勒"，一边把自己拍的班禅大师的照片顶在头上，感觉他就是班禅转世。

徐冶是一个让人感觉很温暖的人，他总是恩泽于人，对身边的人关爱有加。在怒江拍傈僳族婚礼的时候，我喝同心酒肠炎犯了，人一下垮了，每天打吊针他都守着和我聊天、扯淡："学忠，你狗呢身体不行嘛，你要像我一样。"边说边搞怪，真是笑不动。那时我就想，病成这样，要是没有徐冶这样的朋友在身边，那该多无助、多凄凉。那几天都是他照顾我，还帮我背包，我怎么好意思。他说："不好意思嘛，你就背着我，可惜你又背不动。"每到吃饭的时候他都说："学忠，这个辣你莫吃。这个好吃你多吃点。"要是别人灌酒他就挡着说："学忠不能喝，我帮他喝。"

前几天豫昆知道徐冶走了，很难过，约我去聊聊，我去了就要酒喝，在场的朋友都劝："不能喝就莫喝了。"我坚持："少喝点，就两杯。"心里就是想敬敬徐冶，我觉得过去都是他帮我喝，现在只能我帮他喝了。

人这一生总会遇上一些有缘分的人，他会在不知不觉中影响着我们的价值观、人生观，徐冶就是这种神奇的人。其实他并不想改变什么人，但是和他聊天，听他说着那些嘻嘻哈哈、不咸不淡的话，不经意间就影响了我们。有一天我问他："徐冶，我这个人是不是很难处啊。""没有啊，只是你这个人性子太急了，有那样急场，你要像我一样，遇着事莫急躁，有些人你莫认真，吃点亏莫当回事。"

他曾对我说："学忠你这个人啊，优点是真诚，但是太直了，做人不能太直，当然也不能像迷宫。但是你如果性子太急，说话又直，别人就会整得紧张，肯定不舒服嘛。朋友之间相处，还是要考虑对方的感受，要照顾彼此的舒适度，大家在一起就轻松了，就好在了。"

有一次我在机场上班，他来电话说要出差，到机场来我办公室坐坐，我们又聊起来，我和他开玩笑："徐冶，你有点追求嘛，搞个光明楼玩玩嘛（注：当时人民日报驻云南记者站建了个人民楼）。"徐冶认真地说："莫乱了，搞了整哪样，我这个人有个办公桌坐坐就行了，公章别在裤腰带上，专、州、县上跑一跑，干点实实在在的事就得了。人啊，做点该做的事，自己又喜欢，那高高兴兴的把它做好就可以了，其他的都无所谓。"当时我就想，和徐冶比我是不是太俗了？

老子几千年前就说："上善若水，水善利万物而不争。"徐冶就是个与世无争的人，那个时候社会相当浮躁，到处都是诱惑，以徐冶当时的位置，有很多条件为自己谋利，但是他看中的是服务社会，在那些年里他经常下基层，跑遍了云南所有的县，看到了山里人的生活，看到了中国农村的生活，到了北京以后，他还是在用这两道目光来关照中国农村的现实和未来。

徐冶是个不图名、不图利的人，是个愿意做奉献的人，是个做了事不求回报的人。我们在一起做事那几年，好多事情是他做的，他出的力最多、贡献最大，最后事情干完了，他什么也没得到，甚至后来别人说起来，好像这些事跟他没什么关系。

那个时候，省里成立了18办（18项生物工程开发），因为宣传的不好，领导很着急，就邀请了徐冶在内的一帮专家学者开了个神仙会，商量要搞个"中央十大新闻单位赴滇采访"，来专题报道云南18生物工程发展情况。

当时把召集和组织中央媒体这个最难、最烦的事交给了徐冶，他二话没说就把活儿给接了，把活儿给干了，干得很漂亮，可以说在云南对外宣传历史上是前无古人后无来者。正是这个采访活动，为云南18工程宣传平台的搭建和快速发展奠定了良好的基础，提供了重要的助力，这首先应归功于徐冶，他是关键，我们这些人都是干具体事的。

有一次省领导在讲到18工程的宣传工作时说："学忠为18宣传加班加点做了很多贡献，要感谢你。"我说：这是我应该做的。18工程宣传工作要感谢的话首先要感谢徐冶，有了徐冶，18工程对外宣传才有了光明，因为是他把这些中央媒体召集来的，有了他才有了"中央十大新闻单位赴滇采访"，才有了这种集中对外宣传的影响力，才有了国务院农村政策研究室和专家的密切关注，才有了各级政府的高度重视和政策扶持，才有那么多银行积极的信贷支持，18办也才有今天的发展局面。所以要感谢的是徐冶。其实人家徐冶根本无所谓。

我开头说徐冶是光明人，不只是因为他是光明日报的人，而是说徐冶是个光明磊落的、能把光明带给别人的光明人。

什么是光明？古人讲君子有四德，叫作：合天地、合日月、合四季、合鬼神。这种四合君子讲的就是徐冶这样的人。"合天地"，是自强不息，厚德载物，徐冶有这样的进取、宽厚和包容。"合日月"讲的就是光明。日月合其明，恒常不变，阴阳有序，叫明德。而光有很多种，我喜欢徐冶身上的光，是有光内敛，光而不耀，温润如玉。是谦谦君子之光。"合四季"是说春播、夏种、秋收、冬藏，要顺其自然，不要一年四季都想收获，贪利钻营。"合鬼神"是要有敬畏心，不能肆无忌惮，不能伤天害理。徐冶就是这样的四合君子，而我这种人是一合都不合，所以我应该向徐冶学习，做人像日月，胸怀坦荡，光明磊落。但是我做不到，这就是我敬佩徐冶的地方，只有崇拜。

在我得到徐冶辞世的消息时，很悲痛，除了揪心的痛就是钻心的痛，今天来参加徐冶的追思会，听了大家的发言，心情反而平静了，我似乎想明白了，徐冶是那种"静观无常，即觉既灭，我如我来，我如我去"的人，也许在他看来，"生死来去"不过是玩了一把"穿越"而已。

徐冶走了，只留下一笑，笑的还是那么温暖，还是那么光明，这光明是盏灯，照亮着我们的内心。愿我们天上人间继续彼此牵挂，相互守望吧。

徐冶，我将永远怀念你！你的笑容将永远留在我的心里！

徐冶，我要再一次为你祈祷：愿你在美丽的天堂，天天好吃好在，平安永宁！相信再见到你的时候，头上定有祥瑞的光环。阿弥陀佛！

徐冶，辛苦了，好好休息！

你的好友学忠鞠躬！

2015年11月25日昆明

作者系徐冶好友，云南省摄影家

白建钢

我和徐冶

多年前，一个寒冷的冬天，我离开光明日报社，去了南方温暖的地方。之后某个时间，徐冶从温暖的南方，来到了冬天天会冷的北京。

6年前，到八宝山竹厅，送别老总编姚锡华。我第一次重回报社，之后，宋言荣请客，认识徐冶。他对我说"那时候，我是看着你的文章，学习给光明日报社写稿子的"。未谋面的光明兄弟，心里装着光明情意与温暖，生命深处，便跨越时间，我们成了老友，仿佛认识时间很久很久。

6年后，又到八宝山竹厅，我们来送别徐冶。我恨这无情的八宝山，无情的竹厅。

我离开光明日报社，从鼓舞人民的记者，变成一个直接冲锋的战士。虽然瘦弱，虽然一介书生，但不想给报社朋友丢脸，不想给收自己做研究生的老师丢脸。

作者(左三)与徐冶在野山关采风时合影

我从海南省属公司总经理兼书记岗位下海，生命再造，不让过去的白建钢重复出现。认识徐冶时，我从工业领域进入高山森林旅游避暑度假领域。以美国100年前跟随太平洋铁路建设车站进入景区开发旅游者为榜样，跟着国家2万亿高铁步伐，第一个进入高山大峡谷森林小车站野三关投资。以此为根据地，向100多年前美国撰稿人、专题记者的约翰·纽尔学习。他用一生生命调查荒野、写文章推动创立了美国国家公园，被认为"美国有史以来最好的构想，最远大的志向"。我要像他们一样，"重视这些自然奇观，并把它视为实现梦想的地方"。把它当成三星堆，当成秦公大墓，当成秦始皇陵，当成法门寺等等，当成国家珍稀资源，创造历史，提升国家竞争力和自豪感。就像因为《光明日报》、因为我的文章，领队考古专家被授予法兰西骑士勋章一样光荣。

苗家生大哥推荐，让我找徐冶好好谈谈。徐冶是云南人，被认为生在中国风景最美地方，云南归来不看景。他和老苗、宋言荣、叶辉等去了野三关，站在世界最高桥上，激动地说，这风景可以产生武陵画派。30年前，我曾受报社总编指示，报道石鲁弟子、画家张朝翔，此人画风潇洒，酷似石鲁，题款往往空洞，画的分量大减，我给他提意见后，他把所有画给我看一遍，很多画裁去题款重写。摄影也许存在相似问题，此美与天下之美不同深度，此乐与天下大乐接轨不够。徐冶搞摄影不同，他有深刻思想，我们内心产生了高度共鸣。徐冶对我很大鼓励，在我《哭徐冶》文章中已经表述。感谢报社，感谢何总春林副总等，感谢徐冶，感谢摄影美术部，感谢所有朋友，欢迎你们去野三关，支持打造武陵山的美丽梦想。

11月1日，我生日，那天，我去考察一个叫西漂湾的高山，据说有400米落差瀑布，亚洲第一，未核实。悬崖上，我摔了，头朝地，滴血三小时，才被缝合、用绷带勒住伤口。死神不收我，我活了。11月16日，徐冶却走了。我包着伤口为徐冶遗体送行，再也没见到满脸顽皮、活蹦乱跳的徐冶。

徐冶回去了温暖的南方。徐冶，你辛苦了，这么多人爱你，你安息吧！此刻，我代表苗家生、宋言荣、叶辉，在这里，向你致敬。

作者为徐冶好友，湖北省巴东县品山度假村发展有限公司董事长

何玥晗

二台叔叔送你一程

　　二台叔叔走了。就是给我寄了好多复习资料的那个，说要帮我发表一篇文章的那个，走了。今天他终于回来了，几百人去接他回的家。守墓的人站在那里，奇怪怎么今天山上来了这么多人，他不知道这几百上千人跋涉千里，都只是为了送他一程。

　　照例放学回家，爸爸开车，沉默着不说话，一会幽幽地开口，对我说，玥晗，你的那位徐冶伯伯去世了。我呆在那里许久，才问，是跟咱们家关系很好的那一位？爸爸说嗯。

　　像是喉咙里面哽住了什么东西，我不知道该说些什么，心里猛地揪紧起来，我不相信。离自己这么近的人，就这么走了，连招呼都没有打一声，多么不真实啊。

　　仿佛昨天妈妈还催我赶快把文章写好交给徐叔叔，而外婆也刚刚收到徐叔叔寄来的《书摘》……

　　回忆起徐叔叔，爸爸沉默了很久，对我说，他是一位完人。

　　爸爸说，对他并没有多么熟悉，可是好歹相识二十余载，回忆里的徐叔叔，真是一个挑不出毛病的人，到哪儿都带着微笑，学识渊博，幽默风趣，与他相处的时候总是觉得整个人由衷地愉悦。爸爸说，我回忆不起任何一点关于他的负面的事情。大概徐叔叔在大家心中，应该是一阵风一样的存在，那种炎炎夏日里携着一点点凉爽，包裹树梢的微风；那种雨过天晴后杂着一丝丝泥土芬芳，徐徐吹来的清风。从来都不曾席卷，只轻轻地温暖心间。

　　我对徐叔叔了解也并不算深，但是回头一看，目力所及之处，到处都有徐叔叔的身影。沙发旁堆着每一期《书摘》，是徐叔叔安排好每月一刊寄到家里来的，丝毫不曾遗漏；书桌上堆着的参考资料，是徐叔叔得知我快要中考，赶忙帮我找来的；电视柜上摆着徐叔叔去巍山时拍下的那一张豆腐西施，电脑里摆着的半篇文章是徐叔叔让我好好写了帮我发表的……

　　爸爸说，此生有幸，所识竟是如此完人。

　　相比我们，妈妈与徐叔叔相识相知几十载，他们的友情自然是要深厚上许多许多。这么多年徐叔叔工作生活总是在北京，一年难得回家几次，但只要徐叔叔回家，妈妈不管多忙，都会放下工作去看看徐叔叔，跟他一起，吃一顿饭，聊一会天。妈妈把徐叔叔叫作徐二台，二台长二台短，他们不会经常联系，但只要见面，就像是昨天还一起喝过下午茶一般亲密无间。

　　我知道每年大年初一，妈妈都会和这些好朋友们去吃一顿饭，去喝几杯酒，聊一整夜，周而复始万象更新。而大家重又相聚，电话里妈妈也总是开心地告诉我，二台叔叔又逗大家笑了，二台叔叔可好玩儿了，然后我们母女俩隔着电话笑得前仰后合。

　　二台叔叔走的那天晚上，妈妈工作到很晚才回来，眼里布满血丝，她几乎是瘫倒在沙发上，一点一点地看着徐冶叔叔留下的照片和文字，猛地用手捂住嘴，近乎崩溃一样地颤抖起来，喉咙里发出压抑的呜咽，眼泪一个劲地往下掉。

　　时近凌晨，我的妈妈看着手机屏幕那边徐冶叔叔满脸笑容，在沙发的角落里哭成泪人。我心里沉重得不得了，走过去把妈妈揽进怀里。

　　妈妈伏在我肩膀上啜泣，断断续续地说着，说徐冶叔叔在她眼里，是最值得信赖的人，像哥哥一样，比亲哥哥还要亲。

　　她哭得上气不接下气，说，玥晗，妈妈觉得失去了一个真正可以找他商量所有事情的人了。

　　她手足无措，像个孩子一样语无伦次地念叨，我要去接他，要接他回家。

　　这几天里，她的眼睛总是红肿着，她一张一张翻看着徐冶叔叔留下的照片，给我们讲每一张照片的故事，二台叔叔在每一张照片里面笑得无比灿烂，妈妈看着这些照片笑出声来，她久久注视着徐叔叔的笑容，两眼含泪。

从前只要徐冶叔叔回到昆明，妈妈都会去机场，接他回家，今天他终于又回来了，妈妈却是哭着接他回来的。

二台叔叔再也不会走了，可他也不会再回来了。

此生共度几十载岁月，并肩过山几程水几程，天堂路难走，那么无论如何，一定要送你走完这最后一程。

2015年12月6日

作者系徐冶好友陈莹之女

蔡森

厚德载物

　　徐冶用他55年的人生岁月和30多年的事业拼搏实现了他人生事业的辉煌，获得了许多人终其一生都难以获得的人生硕果。他留给我们的不仅是成功的业绩，还有那让人无法忘却的仁厚与豁达。

　　我和徐冶是1993年相识的，从那时起我们的友情延续了20多年，直到如今他离我们远去。20多年的时间，他使我了解了什么是有志青年，什么

2013年作者（右）与徐冶在江苏徐州采访

是事业脊梁。他当年用他那并不豪华的相机拍摄了大量的少数民族人文地理照片，正是他对摄影的热爱，他用他的理光 K10 普通相机记录了无数云南边远地区的人文现状，他和他的同学同好一起为发展云南的民族文化做出了大量的工作。正是当年他们这几个年轻的学子把云南的人文地理推向了全国，推向了世界，他们是云南少数民族文化发展的脊梁。

2002年徐冶调到光明日报社摄美部，那时的摄美部人员青黄不接，缺乏生气，而就是在这种冷清的环境中他开始了自己事业的征程，让人感到敬佩的是他经过几年的努力，硬是把一个冷清的环境开发得有声有色，这其中除了他业务上的熟练，更多的是他人格魅力的发挥。多年的交往，徐冶给我的最大印象就是他为人的仁厚与豁达。他这个人交友从来不计得失，工作从不计名利，在他来说高兴的事莫过于拍到好照片、工作有进展、年轻人有提高。从洪波开始，田呢、玉梅、新军、园媛、马列、小闫及后来的许多年轻人，每当他看到年轻人有所进步时就是他和我聊天时最大的快乐。对部门中的青年编辑记者，他的培养方式可谓用心良苦，他让他们向三桂学习书法，让我教他们篆刻，其背后的用意就是让他们在学书法和篆刻的同时去悟书法和篆刻中的美感与布局，结合各自的版面加以应用，以达到提高版面设计的最佳效果。正是他对青年的小心呵护、耐心启发和工作中的大胆使用，短短几年的时间，这些年轻人都得到了大幅度的提高，如今可谓人才济济，个个独当一面。过去的冷清被如今的家庭式的温暖所替换，年轻人在这既严格又温暖的环境中无忧地成长，这是他们的幸福。

如今徐冶离我们远去了，他的优秀品格、品质，他义薄云天的为人将永远留在我们心中，他以他的厚德承载的是我们对他无限的思念。他是我们学习的榜样。

徐冶千古！

2015年12月8日

作者系徐冶同事，光明日报退休干部

杨福泉

悲悼徐冶

徐冶走了！徐冶不在了！获悉这个噩耗是我在丽江做田野调查之际，朋友木基元首先告诉的我，我不禁惊呆了！真不敢相信这是事实！当天上午我还看到他最新的微信，怎么会这样，是不是搞错了！当我得知这真的是事实时，如此悲痛！感到生命是如此无常！如此悲怆！

我和徐冶曾经是云南省社会科学院多年的同事，也是喜欢走田野拍照写文章的朋友。一起在台湾《大地》地理杂志出版社写过《田野纪实》系列图文书。他在云南社科院工作期间，曾担任人事处副处长，做了大量培养人才引进人才的组织人事工作，为人率真坦诚，至今社科院还有不少职工在回忆自己进院后得到徐冶帮助的往事。除了繁重的机关行政事务工作，徐冶还参与了《南方丝绸之路》项目的研究，和同事们一起出版了专著，他还是云南省委省政府构建第三亚欧大陆桥战略研究等一系列科研项目的积极参与者。他参与了滇藏之路文化考察之行，在社科院主办的《山茶人文地理》(今《华夏地理》)上发表了多篇图文并茂的精彩之作。

徐冶调到光明日报社后，只要一回昆明，都要和朋友和同事们相聚，经常会用他特有的爽朗方式对我们常常走村串寨跑田野的朋友大声说，有空写点"边走边拍"的田野故事，不要一个人独享，要共享！欢迎投到他主持的光明日报的《艺萃》版面。

10月27日，我在微信朋友圈转发了中央民族大学民族学社会学学院院长麻国庆教授翻译的一篇日本著名人类学家中根千枝的论文，并加了一段在1991年我和中根千枝与加拿大福伊尔·汉尼教授在迪庆做田野调查的回忆文字。徐冶看到后给我留言，说："有故事，写篇图像笔记来，配一两幅图片。"我遵从他的叮嘱，写了一篇回忆文章，配上图，很快以《田野考察路千条》为题登载在《光明日报·艺萃》的《图像笔记》栏目上，那是2015年11月8日，离开他离世的11月16日，才一个多星期呀！没想到，这是他直接约我写的最后一篇图像笔记了！

徐冶性格爽朗幽默，热爱田野调查，20多年来拍了不少好照片，写了不少好文章。在我的印象里，他主持的《光明日报·艺萃》办得活泼生动，其间倾注了他的不少心血。他这样突然离去，来不及向朋友们道别一声，来不及和朋友们再一起聚一聚，就这样无声无息地离开了我们，我深深感到人的生命的无常，世事的无常。

在徐冶离去那几天的夜里，我在丽江面对星空默默无语！徐冶已走，现在我还能说什么呢！我只痴痴地希望，希望在他去往的宇宙的另一个所在，他还能继续他喜欢的"边走边拍"，他还能让自己的生命和灵魂，徜徉在也和人间一样美丽的田野之中！也还能像在人间一样呼朋唤友，大声说：写一篇来，把你所经历的田野好故事和大家分享！

在凄冷的月色下，在伤逝的泪光中，我默默地遥祭徐冶！我在网上搜集了他的几幅作品，发了以《悲悼徐冶》为题的博客文章，表达我对他的哀悼和思念，也记录下这些令人伤心的日子。

望徐冶常常回到我们的梦中！愿《光明日报·艺萃》能继续徐冶的事业，办得更富有魅力，我们这些还在人间的朋友和同事们，会长久地怀念你！

作者系徐冶好友，云南大学博士生导师

普艺

缘分是福

　　我和徐冶老师1997年就认识了。那个时候，欧燕生老师要出版他的个人画册《云南纪实》，邀我为他配文，初稿出来之后，我们带着稿子到社科院请专家提意见，我就在那个时候认识了徐冶。那时的徐老师青年才俊，白皮秀脸，很瘦，整个人非常精神。因为知道徐老师是"老民委"，在我社（云南民族出版社）出版过西南丝绸之路最早的考察成果《南方陆上丝绸之路》，心理上对徐老师就非常尊重和信任，有一种天然的亲近感。徐老师对我也非常好，经常在工作上给我指点和建议，帮助我慢慢走上创作之路。

　　上个世纪末，图文类图书开始在中国盛行，随着《黑镜头》等摄影书籍的热卖，越来越多的人开始关注画册和摄影类的书籍。那时，我们社因为有欧燕生、李跃波和蒋剑三个在云南摄影圈小有名气的摄影师，自然而然笼络了一大批热爱摄影的人，徐老师就是其中之一。徐老师给我的印象是很健谈、快人快语、聪明睿智、思维非常敏捷独到，是圈子中有名的点子王。因为兼跨人文、新闻和摄影几个领域，他成为各方朋友的纽带，大家都非常喜欢他，他在哪里，朋友就聚在哪里，欢笑就在哪里。

　　人熟了，便谋划着在一起做些事情。1999年，就在当时出版社对面的一个小茶馆里，徐老师、李安泰社长、欧燕生老师和我一起策划出版一套人文地理丛书，徐老师提议，名字就叫"镜头下的云南"。李社长当即拍板要做，要我尽快写出策划案，请徐老师帮忙请来邓启耀、范建华、于坚、郭静、工清华、孙敏、申旭等当时在全国人文地理界知名的专家学者为这套丛书提意见。这是中国首套人文地理丛书，于2000年正式与读者见面，包括《诞生王国的福地》《穿越神灵的村庄》《雾海拥抱的山魂》《南天名邦的真容》《西去掸过的边陬》《乌蒙会馆的发现》《移民开拓的名城》共7本图书。丛书旨在反映西部民族文化的博大精深，描述历史与现实沟通的文化景观，传递探索与考察的信息。其中的每一本都是以某个地域为经，以与之相关的历史场面和主流文化变迁为纬，深层次地进行挖掘，图文互动，时空串联，内容深入，文字浅出，用作者脚到、眼到、心到的踏访经历来达到重新认识云南的目的，探讨和展现云南特有的人文情怀。这套丛书出版后在社会上引起广泛好评，在那个资讯并不发达的年代，先后有37家中国媒体进行了宣传报道。丛书中《诞生王国的福地》就是徐老师的大作，他写的是巍山，而他生前在云南最后踏访的一个县也是巍山。就在今年10月，他还深入巍山进行文化产业和非物质文化遗产的调查和采访，拍摄金秋十月的丰收景象，而短短一个月之后，他就与大家阴阳两隔，现在想起来，真是让人痛惜不已。

有了"镜头下的云南"的成功经验，徐老师又和我们一起共同策划和组织实施了"聚焦中华大系"《边走边看边拍——云南摄影实用图典》《边走边看边拍——贵州摄影实用图典》《边走边看边拍——西藏摄影实用图典》《边走边看边拍——青海摄影实用图典》《云南节庆任我拍》系列丛书。这套书开云南摄影类图书的先河，至今被很多摄影爱好者奉为宝典。这套书中的四篇序言都出自徐老师手笔，他生前多次提及这几篇序，称它们是他那个时期最满意的作品，而这几篇序也被很多人文地理摄影爱好者视为指南。编这套书时，我和徐老师等朋友一起跑过青海和西藏，一路都有徐老师的朋友接待，吃美食，赏美景，拍美图，真是一段快乐而又难忘的旅程。这次旅途中，有一段经历至今被同行津津乐道，徐老师在西藏一书的后记中也专门记述："最为难忘的是，夕阳的余晖已从大昭寺的金顶抽去，大殿里喇嘛们的晚课已经响起。这时，唯色用藏话对守门的喇嘛说'这是一个彝族，这是一个白族，这是一个汉族，这是一个藏族，我们要进去看看。'门开了，酥油灯亮着的大殿里我们走了进去。唯色把大家刚买的物件交给寺内有名望的次仁喇嘛，请他把物件放在释迦牟尼等身像前开光。在拜佛像、摸佛像之后，一行人又站在佛像前的一块福石上许了愿。这一切，连贯而费时不多，却浓缩了许多人的过程和经历。'很多藏民为了得到这些，经历了漫长的艰辛，有的在半道就再也起不来了！'唯色这样说。"就在那次旅途中，徐老师一路上督促我多记多拍多写，"编辑也可以当作家，写作和编辑相辅相成，不要偷懒，年轻时候，吃苦是福。"现在回头看，那段时间真的是累得快趴下了，但那时吃的苦却让我少走了很多弯路。感恩徐老师！

在以上两套丛书之后，徐老师还和我们共同策划了"从世界屋脊到太平洋：澜沧江湄公河全景纪实"丛书，包括《畅游民族走廊》《探访东方大河》《跨越中南半岛》《纵览两岸今昔》4本。记得策划这套书时，大家对丛书名意见不统一，徐老师说："云南与东南亚、南亚的交往今后肯定会更加密切，合作开发，共同发展是大趋势。我们干脆把丛书名取大点，以后有什么点子往里放就行了。"最后大家采纳了他的意见。云南的发展历程再次证明了徐老师当时的远见卓识。这4本书的作者经徐老师张罗，后来都成为挚友，那么多年彼此没断过联系。

正在我们计划着再做些事情时，徐老师被调回光明日报社担任摄影美术部主任。朋友们既为他高升而高兴，又为不能时时和他相聚而惋惜，每每聚会，都会打电话给他进行"骚扰"，每次他都会在电话那头笑得喘不过气来，大声叫道："等我回来，等我回来收拾你们！"他每次返昆更成为朋友聚会的高峰，除了作为大孝子的他必须要陪伴父母那几天，聚会似乎从来没有停过。最近几年，为了健康，看得出他忍着少吃肉，开始吃些蔬菜了，也开始运动，每天都要走上万把步。他的生活方式越来越健康，朋友们便都觉得那个快乐的徐冶会永远和大家在一起。万万没想到，11月16日，终结了朋友们关于他的一切念想。

现在想想，当时大家劝他"少吃少吃"又有什么意义，他信奉"快乐从胃开始"，不如就让他吃得开心和痛快。作为朋友，大家都希望他在另一个世界，豪气地吃喝，开心地生活，做个永远快乐的大肚罗汉。

2015年12月13日

作者系徐冶好友，云南民族出版社副社长、编审

黄国益

鲲鹏展翅必高飞

——徐冶同志在今日民族杂志社工作印象

　　我1985年从云南省民委调民族工作杂志社（即现在的今日民族杂志社）工作，任副主编，管日常工作。徐冶同志是1983年大学毕业到民族工作杂志社任编辑的。因《民族工作》为中共云南省委民族工作部、云南省人大民族委员会、云南省民族事务委员会主办，大家都在一个大院里办公，所以我去杂志社前，彼此就认识。到了杂志社后，我们一起工作，很快就熟悉起来。1988年，他提出调离工作，从心里讲，我们是舍不得他离开的，但他有他的志向，最后还是调走了。

　　在这短短的几年时间里，我们朝夕相处，他给我留下了深刻印象。

　　首先是他的为人。他心地善良，待人诚恳，性格活泼，年轻人的许多优点在他身上都有体现。我当时已人到中年，仍然喜欢同他相处，什么话都能说在一起，没有芥蒂，特别是他开朗的性格，不时冒出几句很有哲理的笑话，把大家乐得忘了工作的劳累。后来他到北京，进了光明日报社，当了部门负责人，回到昆明时，仍然是老样子，乐观、向上，不卑、不亢，尊重他人，尊重老同志，喊我"黄老师"，从未改过口。我想，这是与他受到良好的家庭教育和学校教育分不开的，而更主要的，是他一贯注重个人修养。

　　二是他的天赋和勤奋。他的天赋是高的，接触过他的人都这样认为。但他很谦虚，从不掩饰自己的不足。他勤奋、他好学，年纪轻轻的，就对历史文化有很多的研究，有自己独到的见解，并且还出了书，我们都为他高兴。

　　三是敬业。做编辑，多是为他人做嫁衣裳。许多具体的文字工作、编校工作，他都不厌其烦地去做，而且做得认真扎实，且有创新。修改稿件，他喜欢和其他同志尤其是老同志商量，充分听取意见，有时还来找到我，对某篇稿子讲他的修改意见，哪段删去，哪里增减几个文字，他总是讲得很有道理，我都赞成。这些看起来很具体、很琐碎的工作，他都做得有板有眼，让人叹服。平凡的工作，造就了徐冶一贯务实不求浮名的品格，值得我们学习。

四是敢于担当。举两件事：一件是1986年9月，全国人大常委会副委员长班禅大师视察康巴地区从四川到了我们云南，杂志社派他去采访，他出色地完成了任务，拍回很多珍贵的照片，供本社和其他新闻媒体采用。第二件是1987年，他和本社的老吴等一起深入到独龙族地区采访。要知道，那时独龙江地区不通公路，要翻雪山步行好几天才能到达。他们那些珍贵的历史记录，今天再来看，更显珍贵。

今年11月6日的《作家文摘》，登了一幅《顶天立地的缝补摊》，我一看，眼睛就亮了：哪里来的这么一幅好照片？是哪一位高手深入生活抓拍到的？再看署名：作者徐冶。我当时就断定：这是云南的徐冶，是从我们杂志社走出去的徐冶！等哪天见到和徐冶有联系的人（我已退休多年），一定要问个究竟。11月19日，真的见到了解他的两位同志，他们告诉我：徐冶已于11月16日因心脏病突发去世！我当时真不敢相信这是真的。又过两天，11月20日的《作家文摘》送到，再次登出徐冶的摄影作品《山童读书乐在途中》，很有韵味。我想，编他作品的这位编辑，定是慧眼识真金，要不怎么能在短短两三期内连发他的作品？这不是对徐冶最好的肯定和褒扬么！（近日我才看到徐冶的近作《远去的田野》，两幅作品均出自该书。）

我为徐冶的过早去世感到惋惜、痛心。他如果还健康活着，肯定会在他钟爱的历史、民族文化、摄影等领域，做出更多的贡献。但同时，我又为他感到欣慰。他这一生，活得很充实，过得有意义，为社会，他尽了自己最大努力，做了奉献，很有成就。他是高兴的。

徐冶，你的朋友很多，大家都在想念你。

2015年11月24日夜于昆明

作者系云南省民委《今日民族》老同事

陆萍

嗨，徐冶

　　这样一个标题有两个原因：一是我和徐冶只是多年前的同事，相对于他的亲朋好友来说，与他不是那么稔熟和亲近，一直对他都是中规中矩地称呼其名，没称兄道弟或嬉用谐称过；二是徐冶调离省委民族工作部之后的20多年间，我们几乎没有什么相约，偶尔的几次见面大多属于不期而遇，一声"嗨，徐冶！"充满了意外的惊喜和重逢的愉快。

　　可是，现在，这声招呼再也打不成了。

　　和徐冶共事不到五年时间，其间的种种早已模糊远去，而他的音容笑貌却一如既往地鲜活在目。之所以没有淡忘，是因为徐冶是我所遇到的人当中最值得欣赏的一个人，我欣赏他的丰富的内在，欣赏他的率性豁达，欣赏他的热情友善，尤其欣赏他的简单清透。就像简单即是美一样，一个人做到了简单也就是达到了一定的人生的境界。徐冶在他的人生的高度定格了，让我们能够仰视。

　　很庆幸和徐冶有这样的缘分，和他相处时间不长，但大有裨益。徐冶是一个乐于和人分享美好和快乐的人，无论是在共事的那段时光，还是之后的短暂相聚，总是能听到他用徐式幽默讲述他看到的各种美好，他感受到的各种快乐，相比之下，常常使我发觉我人生中的粗糙和遗漏，同走过的地方，他能看到、感到，而我却木然！或许是不知不觉中的感染，我慢慢尝试着像徐冶那样去看人、看事，终于我发现了，人生的美好和快乐其实是在心过之处，就那么简单。

还想分享徐冶更多的美好和快乐，可他却到天堂寻找另一番美好和快乐去了。我宁愿相信朋友们说的那样，他只是去很远的地方拍照，有一天他回来了，我又可以"嗨，徐冶"了。

作者系徐冶好友

范点点

徐叔叔一路走好

人生无常。怎么会想到爸爸他们这群野汉子里最小的徐冶叔叔会最早离开。犹如晴天霹雳，爸爸这个强硬的汉子会在我面前啜泣不已，妈妈在大洋彼岸悄声哭泣，连从来没有正形的和叔叔在接到电话后一声不吭地走到洗手间里哭到崩溃，吓得刘嬢嬢一直不断打电话过来怕他也出事。

十·一巍山一见，多年不见的叔叔还是那么的英姿飒飒，谁会料到见面便是永别。如今想起的只是小时候他们一群大疯子各种对着我们小朋友们跑火车唬人，开着烂吉普到处探险后鬼似的回到家里给我们这些孩子讲各种途中的风景见闻……还记得的是徐冶叔叔每月一期的给我带来恐龙杂志，为了收集里面荧光的恐龙骨架，我比老爸更盼望着他从北京回到昆明的日子。想起我从国外第一次回家，罗嬢嬢语重心长的训话，我们是该自己担负责任了怎么能还躲在大人们的羽翼之下求安稳。当时觉得日子还长，嬢嬢太过严厉。谁想几年弹指之间……

听到消息我第一反应是徐思唱还在国外，那种来不及告别的恐慌绝望我尤有体会，想到爸爸上次倒下，我也还在外茫然无知就是深深的后怕。我一直说要把爸爸的朋友们写一本书，写这些教会我自由生活独立思考的平凡又神奇的人们的故事。可是我首先筹备的是那些个老先生们的人生，我一直有这种担心再不记录就来不及了。而这些正当盛年的叔叔阿姨们却总以为，等他们老了以后我再慢慢地找他们聊天，聊他们的青春，聊他们在儿时对我的影响。和叔叔还说，聊天可以要先喝醉了痛快的从小讲到老。可是谁知道古灵精怪的徐叔叔还没等到这一天就这么走了……

爸爸总说没有这帮兄弟我们家没有今天，特别是徐冶叔叔在他人生停滞安于现状的时候不断地鼓励支持才让他不断向前。妈妈也说才到昆明啥都不懂，是罗嬢嬢在一旁不断鞭策她。虽然很多事情我不在场，但这种感情我却深深地记得。外婆不在时，为了瞒我把我放在刘嬢嬢家，从来不管和阳早饭作息的嬢嬢为了我天天忙里忙外。而和叔叔、徐冶叔叔、宪杰叔叔则怕我们家没权没势被欺负从头到尾帮忙料理各种后事……他们这种义气是我们小辈一生铭记于心的。无法到场凭吊，只有祝叔叔一路走好……

作者为徐冶好友范建华的女儿

高腾

徐冶，你这是唱的哪一出？

徐冶，你这是唱的哪一出啊，带着年轻人把《艺萃》办得风声水起，突然，你的生命戛然而止，以这种方式和我们永别。我们一把年纪的人，经不起这种变故，你戳了我的泪腺，一想起你，眼泪就止不住地流。上周二部门会，我领了退休证和你们见面，带去的一袋果丹皮瞬间被你发光，你吃了两个，还眯缝着眼睛看糖纸并念出了声，承德的。我因肺炎刚好不时咳嗽几声，你无意中说到自已身体，从头到脚都是病，我当时没在意。同行说你像农民，我说你的心灵像农民，热爱他们，发自心底，你拍的收获土豆的人，生活在底层的人，人文地理的生活场景就是佐证。你朋友多是你待人真，朋友泪水多是你待人诚，朋友维系久是你情意重，我试想这一切是不是受益于父母的美德。种瓜得瓜，种豆得豆，从云南红土地带着泥土芳香走来的徐冶，我们记得你。寒风瑟瑟，落叶飘飞，明天为你送行。

作者系徐冶同事

李陈续

为谁而活

　　尽管平素皮糙肉厚，自诩练就铁石心肠；尽管极力压抑着情绪，维护着有泪不轻弹的男人形象。但坦白讲，今天是情绪低落、多愁善感的一天。

　　徐冶兄走了——早晨醒来接到的这个消息，宛若当头一棒。一个活生生的兄弟，在出差归来，一眨眼便消失在去往天国的路上。这现实，我受不了，兄弟姐妹也受不了。一个个打进来的电话，震惊与哀思扑面；打出去的，同样是不敢相信，是泣不成语。

　　每个人都会走完自己的人生之路，走向死亡的归宿。如徐冶兄这般，让大家共同为之哀痛的，已是难得的荣光。然而，刚刚放下一个欲哭无泪的电话，萦绕在脑海的是这样一个问题：我们，为谁而活？

　　为自己吗？显然不是。虽然都用"人不为己，天诛地灭"形容人性之弊，但死亡面前，自己已经绝无知觉。无论是哀荣无限还是遗臭万年，与死者已经毫无意义。所有的，只是生者的理解与议论。

　　为工作？应该也不是。无论活着时多么有成就，多么辉煌，死了便阴阳两隔，再无任何实际意义。俗话说："地球离开谁都转"，也许一开始转的不那么顺畅，但很快便自然进入到习以为常的常态。

　　为亲人？生命定格在55岁的徐冶兄，相濡以沫的妻子和在海外留学的儿子，面对的是大厦将倾的重击。远在云南的老人，现在还不知道白发人送黑发人的噩耗……本来，白头偕老，含饴弄孙和伺奉高堂，都是徐冶兄应尽的责任，都是该享的福分。

为谁而活？其实，为的是一份责任。生死无常，由不得我们自己决定。但是，我们应该努力活出开心活出健康，活得尽可能有质量，尽可能长一些。为老人，为妻儿，为爱你的所有人……

为谁而活？责任之下，是一个需要常常自问，需要全身心去回答的问题！

我们继续

你走了

告别雾霾

远离寒风凄雨

在天堂

风和日丽的所在

笑盈盈俯瞰人间

我们用一束白花

哀痛，感慨

为你送行

然后

平复自己

把悲伤卸载

我们继续

思想，沉重

愤慨，欢快

作者系徐冶同事，光明日报安徽记者站站长

罗静纯

有你在，幸福就在

老公徐冶离开我们22天了。他走得太急，就在我身边，毫无征兆地突然说背疼就倒下了，我拼命地想拉住他，拼命地呼喊着他，眼睁睁看着他离我而去……我猝不及防，悲怆和惶恐把我拖进了无底黑洞，脑子一片昏暗。待等着慢慢安静下来，与老公一起幸福的时光一幕幕映现在眼前，35年了，我们相依相恋，相亲相爱，相濡以沫，他既是我亲爱的老公，更是尊敬的恩师，是一起快乐成长的伙伴，他为我的人生留下了许多美好的印记。

36年前，徐冶从知青、我从学校考取了昆明师范学院（今云南师范大学）史地系，我们成了大学同班同学。因为"文革"的原因，初入大学的我除了考试成绩过了大学录取线，文史素养贫乏得近乎为零，除了读过《敌后武工队》《吕梁英雄传》等几本时代小说外，关于历史、文学、地理等知识都是为着考试仓促补习的。

幸运的是大学第一年我们就成了恋人，徐冶只大我2岁，但懂得的东西很多，我们的恋爱更多的是在图书馆里一起读书查资料，他带着我精读了《史记》《汉书》《三国志》《资治通鉴》等书籍，带着我一起做读书笔记，交流读史感受。我们会为一个个小小的历史观点而争论，但往往是他的看法让我折服。很多年后，当我在广告策划工作中拿出一个又一个独具创意的点子和方案被同事们崇拜时，我总是暗自得意：这是老公徐冶当年带我读史打下的功底。

早在大学时代，徐冶在篆刻、书法、摄影等方面的才华就很被同学们

无忧无虑的恋爱时光

推崇，拿着父亲珍藏的莱卡相机，他拍摄了许多校园新闻和人物，也给我和我的家人留下了许多美好的瞬间。他带我书店习字帖，教我练毛笔字，还认真地给我临的字画圈点评。如今同事们夸我钢笔字写得好、板书漂亮，其实刚上大学时我的字写得很丑的，能有今天是那几年他盯着我练毛笔字练出来的。和同事们在一起，我常以家里有个恩师般的老公而骄傲，毫无隐讳对他的崇拜，常和同事们打趣：能够嫁给心中的偶像可是几世修来的大福气哦！

在朋友的眼里，我和徐冶是两个非常独立的人，我们有着大不相同的工作和事业，又都以事业为重，有着各自的朋友圈，相互尊敬但事业交往不多。徐冶喜欢拿着相机到处走，边走边拍边写，孜孜不倦地做着他的学问，一本一本地出书，一篇一篇地上稿，即使在昆明工作时我们也是聚少离多，他总有做不完的采访，拍不完的照片，写不完的书稿，而我也总是加班加点忙企业那点工作。有时我抱怨他出差的日子比在家的日子多太多，他笑我说在家里没有老婆陪还不如漫山遍野到处走……

2003年我因公司在北京办七彩云南商场调北京工作，和徐冶有了一段比较稳定的居家过日子的相守，那时老公、儿子和我像普通人家一样的生

一家三口

活在北京，工作、吃饭、逛街都能总在一起，一家人其乐融融。但相聚的光景有限，2009年因工作需要总公司调我回昆明总部工作，我心怀歉意地跟他商量，他却宽我的心："去吧，你走了我正好有时间做我自己想做的事情。"他一副爽朗快乐的样子，但我知道，没有老婆在家，他又得过那种回家锅灶冷冰冰的日子。

也许是我们之间总有一种默契，相互之间总是留给对方很大的独立空间，因此很久以来我也认为自己是一个非常独立的人。直到他离开了，这些年的往事一幕幕重又再历时，我才透彻心扉地感受到，这些年老公一直在我身边，他从没让我离开他的胸怀，不论我走到哪里、在做什么，他一直细心地关注着、细润无声地帮助着我：

当年我辞去公职下海创业时，他把一本《八佰伴》放在了床头，书中所阐述的创业精神成了我们企业文化的重要组成部分；

我刚接手做企业推广策划，他就把广告策划的书和资料摆在我的案头；我做房地产业务，他就把搜集到的各种房地产推广资料和公司介绍给我；

我去参加商学院的戈壁挑战赛，出发前回到北京家时，他已经给我买了好几本戈壁运动的书籍；

与徐冶父母合影(2012年)

我去西班牙徒步朝圣，他不仅忙着为我准备行李，还把西班牙人文地理、朝圣之旅等相关资料都为我备好；

53岁时我说要去跑马拉松，他又给我带回了关于马拉松运动的书籍……

呵，其实许多年来，我提交给公司的每个广告策划、每一句广告语都会先跟他交流，而他也总是字斟句酌给我出主意、提意见。我要想做的每一件事他都会静静地参与其中，给我出谋划策。只是这些事情他做得太细润、太淡定，以至于我忽略了他为我所做的一切，误认为自己很独立，实际我的每一点成绩都浸润着他的智慧和才华，我的每一次精彩都有他从旁的扶持和指引。他助成了我的一个个梦想，我对他有着千丝万缕的依赖。有他在，再大的事情我都敢伸肩头去扛，再大的挑战我都能从容面对。而今，没有了他的那份智慧而温润的指引和帮助，我心乱了，我害怕了，这才意识到没了他，我的"定海神针"坍塌了。

今年5月我回到北京，重又踏实地生活在他身边，他心中的喜悦总是洋溢在言谈举止之间。他幸福地说："你回来了，家里都变得亮堂宽大了。"吃着我烧的饭菜，他调侃道："你还是个'上得厅堂，下得厨房'的宝媳妇嘛，烧菜的手艺抵得上你们七彩云南的大师傅了。"清晨我们一起去南海子健身，拿着手机边走边拍，他教我怎么选背景、怎么用光、怎么构图，同一朵小花我拍一张，他一张，然后两张对比，点评光影构图背景效果，手把手地指导，没有多久我的手机摄影技术就大有进步，拍的照片发在朋友圈里，不断地得到朋友们的喝彩。

我们约好再过几天，去南海子公园拍初冬的景色，约好下雪的时候去拍南海子的雪景和北国冬天才有的树影，我们约好等儿子回来要去吃涮羊肉，去品金百万的秘制烤鸭，约好他给儿子包徐氏饺子和我给儿子做罗氏麻酱面，约好带我去爬家乡的名山，去走文化江河……就在11月15日那天晚上回家的路上，他还兴致勃勃地跟我讲着几天后准备在北师大上课要讲的内容，讲着陕西陇县写来的信，讲着重庆涪陵之行给他的新灵感，讲着他接下来要出的书……然而，他却在这兴致勃勃的美好憧憬中突然撒手离去。一切约定都在11月15日深夜戛然而止。

夜深人静了，我为他点上了一支清香，沏了壶茶，静静地陪他坐着，慢慢地聊着我们聊也聊不完的悄悄话。他深情地微笑着，仿佛在告诉我："我没走，我会永远守着你和儿子的。放心吧，有我在你们心里，幸福就在，记得呦，不失其所，如如不动。"

2015年12月8日

徐思唱

记爸爸

爸爸一直很温柔，而且是一种会渗入到生活最细小的隙缝的温柔。回望过去的点点滴滴，再琐碎的小片段里，都有爸爸的身影。爸爸对我的温柔，一直温暖着我，无论是物质上还是精神上。

记得大概是在我八九岁的时候，爸爸问了我一个问题，他问我希不希望被他管着。那时的我认真思考了一会儿，回答道："管还是要管的，管个七成吧。"到我很大了，爸爸依然时不时会拿出这个"梗"。高中毕业时，

2008年7月父子俩在锦州辽沈战役纪念馆合影

我填报志愿的时候选择了工程学，去问爸爸的意见，"报什么专业你自己定，想学什么就去学，"爸爸开玩笑地跟我说，"你不说就让我们管个七成吗？"

跟别人说起来，爸爸一直都宣称对我是"放养"，说从小就放任自流。其实生活上，爸爸对我管得非常多，甚至到了有些"婆婆妈妈"的感觉。"冷不冷，要不去加点衣服"，"渴不渴，嘴皮都干了"，"饿不饿了，吃点糕点嘛"，甚至是"要不要去上个厕所"。我都到大学了，放假回家，爸爸还都经常这么着儿像是对学前的小朋友一样对我。一回家门，"过来过来，让我看看你的耳朵"。抓着我的耳朵就急着要帮我挖耳蜡，弄得我当真是不好意思。"哎呀，这是最后一次喽，之后可就不能这样了。"爸爸这句话，我后来每次回家他都在说。"算了吧，你哪次不是这么说，下回回来还不是接着这么干。"我忍不住这么吐槽着。听我这么回，爸爸就在那笑，"过来，再亲一下。"

但在一些问题上，爸爸是当真不管的。其一，他不管我的兴趣爱好。只要不是作奸犯科，伤天害理，我喜欢做什么，爸爸都随我意，有时还支持鼓励我。我从小到大，喜欢过许许多多"不正经"的东西。很小的时候，我曾非常迷恋恐龙，那时爸爸带我逛书店，一见到恐龙书我就兴奋，叫唤着要看。爸爸看我喜欢就乐此不疲地给我买，以至于到后来家里恐龙书都堆成了堆。反而是奶奶为此还挺着急，怕我一天看这些"不正经"，会带来"坏影响"。"怕什么，恐龙书也是书嘛，说不定徐思唱以后成为恐龙学家哩。"爸爸为我说着好话，反倒是我自己过了几年之后对恐龙兴趣减退，再之后的几年转而喜欢上了漫画、电影、游戏、篮球等等。爸爸虽然不管我的兴趣爱好，但也时时在教导我，让我不管干什么都要认真，要钻研，更重要的是要有乐趣。

爸爸最喜欢读书，家里不知打过多少个书架来装他的书。今年搬家，搬运公司的人说，从没见过哪家搬家有这么多书的，真是"孔夫子搬家——全是'书'"。和爸爸在一起生活，他对书的喜爱，就像是"辐射"到了我，自然而然就养成了读书的习惯，长时间没书看，就感觉好像哪里不对劲。

就是上厕所，也经常三心二意地拿着本书在看。爸爸从没强迫我读"某书"，最多就是跟我说"这书挺有意思，你没事可以看看。"一些"闲书"，譬如武侠小说，也是从爸爸那翻来看的，而且往往顺带着把一些看起来"不那么有趣"的书也读了不少。"读书"的爱好，真是从爸爸那得来的，让我一个人迷茫的时候，也能够抱着本书，作为依赖。

爸爸对我第二个不管，是我的成绩。爸爸在我拿到好成绩时自然会很高兴，但却从没有过什么要求。记得小学时，爸爸跟我说过一句话："考一百分的都是傻瓜。"当然，这是在我没考一百分时他对我说的。爸爸认为分数只能反映一部分的学习，而绝对不是学习的目的。他常跟我讲，学习是给自己学，不是给别人学。"为什么学"、"学懂没有"才是根本。考了一百分不意味着你就学好了，不需要学了。能够找到自己的不足，不断地探索才是关键。小时候我不明白，在成绩不理想时就拿这句话当挡箭牌（当时可是急坏了对我有高要求的奶奶），这些年来，在外求学的我才对这句话有了更为深刻的理解。而且就因为这句话，一直以来的学习路都走得快乐有趣。

关于成绩，爸爸对我说的另一句记忆深刻的话是："阿唱，你们一个年级，会有百分之三的天才与百分之三的笨蛋，剩下的都是正常人。你是个正常人，所以踏踏实实学好你自己的就行。"这句话也是小学时爸爸说给我听的。现在想来，这句话不严谨，"百分之三"这个数字并没有个可靠的来源。然而这之后的思考对我却有着很大的影响。小时候妈妈常说我是个"中庸"的卫道者，学习上往往随性而来，感兴趣了就"钻头觅缝"，不感兴趣就"差不多就成"，在"大家都要争第一"的环境中，显得有些不够上进。我之所以会有这种想法，也来源于爸爸的这句话、爸爸的这种"不管"。后来大学里做研究，发现自己在知识的海洋里是多么的渺小，对爸爸这句话也有了新的认识。做学问，成绩是给自己看的。别人做得惊天动地，可以去学习，但不要眼红嫉妒，自怨自艾，或者去寻找捷径，投机取巧。别人做得不好，也可以学习，却不要以此找借口，妄自菲薄，自鸣得意。"不失其所，如如不动"，如果说是在知识的海洋，爸爸给我的这种思考，就如同小船上的船帆，让我不至于"跑偏"，不至于随波逐流，更是一种温柔的依靠。

所以就这样看来，爸爸对我管的是多还是少呢？这几年在国外求学，基本上每周都要和爸爸通电话。和爸爸的电话往往是在我的晚上，他的白天。每次通电话时间都不长，基本上七八分钟左右，电话那头爸爸就嚷嚷着让我"赶快睡觉去了"。几乎每次爸爸都要热情洋溢聊到他近期在工作中觉得有意思的所见所闻，而我也会汇报我的工作与学习。"我去了重庆的画家村，在山里面盖着很多房子把画家们聚集一起搞创作，"这是我与爸爸最后的7分钟电话聊到的内容，"地方可漂亮了呢，这次回来可能没时间，等以后有机会带你一起去看看。""你小叔叔照的滇池的照片很受欢迎，滇池现在治理得不错呢。"电话里，爸爸还要常和我说一些我听得耳朵都要起老茧的道理。"狗儿嘞，你在外面要多交朋友，要善待身边的人。做事情不要怕吃亏，要会为别人考虑，心态一定要好、要豁达。平时工作学习也要劳逸结合。""我晓得了，我晓得了，我好得很呢，你不消为我担心。"这就是我对爸爸说的最后几句话。就是今天，我还是会跟他说这几句话。

爸爸对我管的是多还是少，其实不重要了。我只记得他对我的关心和牵挂，时至今日，我依然能感觉到他对我的温柔，对我的温暖。我本打算于11月底就回来的，跟爸爸也商量好要吃他给我留的螃蟹和饺子，要去吃涮锅。我本来计划着很多很多话想和他说，但遗憾的是没有这个机会了。原来一想到这就非常的伤心难过，后来自己开导自己也就想开了：其实不论我和爸爸要说千言万语，我们都只有一个简单的心愿，就是让彼此开心幸福。爸爸走了，我希望他能够走得无忧无虑，就像他照片里那样笑得开心。而我自己也会开开心心做人、踏踏实实做事、孜孜不倦地做学问，以爸爸给我的温柔去温暖身边的家人与朋友。

2015年冬

徐小雷

忆哥哥

老天啊！你怎么忍心夺走我哥哥的性命，他来到这世界上才55个春秋啊！一个月以来，我一直沉浸在极度的伤心和悲痛之中，夜深人静时，一件件往事涌上心头。

包饺子

记得今年春节长假，哥哥回到家后，兴致勃勃地从包里取出给爹妈买的棉鞋各两双、一包北京特产糕点、两个连壳都削得很光滑的核桃、一串手腕上戴的小珠、还有一个小葫芦，最后取出报社工会发的门联，然后大

徐冶和他的弟弟们

家一起贴上。第二天一早，他独自一人完成了包饺子的任务，而且是芹菜、韭菜、粉丝、木耳白菜拌肉馅的四个品种。等我爹妈起床后，热气腾腾的饺子就端上桌子。哥哥包的饺子工整精致，摆放在盘里犹如一盘盘珍珠。他每年春节、国庆长假回家的第二天都要包饺子；离家回京的前一天，他总要做三件事：一是给爹买够一定数量的香烟、醋、芝麻油、维尔肤和抽纸；二是大扫除搞卫生，把客厅、饭厅、过道打扫得干干净净；三是由他一手操办做一顿晚饭，叫上弟弟一家三口回来，大家欢天喜地吃一台。这已形成了一种习惯。

"文革"的日子

1968年冬，我爹随单位到个旧锡矿劳动，我妈到弥勒县东风农场边劳动边参加云南省"第一五七干校"的揭批查运动。我们兄弟俩随我妈到了东风农场，哥8岁我6岁，干校曾为五七小战士组织过一次讲解"诗词韵律口诀"的大课，教我们背诵"平平仄仄仄平平"。住地背后的大山，就是我们学习活动的场所。有一天，我们正上山背书，发现对面山上有一群野狼，正回头跑，已经有六七只大狼追随在屁股后边了，在这危急关头，一位放羊老伯出现在我们面前，一把搂住我们赶走了这几只狼。在五七干校的两个冬天，由于被子不够大，我们两兄弟总是挤在一个小床上睡觉，夜夜都是相互用身体温暖对方。

1970年，我妈他们去"五七道路走全程"，到了泸西县插队，我爹他们回昆明搞运动，我们兄弟俩又跟着我爹回到了昆明。回家后，我俩经常用蜂窝煤炉做饭，记得一次我们做炒苦瓜，由于不会做竟将苦瓜红色的籽也一同炒来吃了。我们还一起到省委礼堂看批判电影，我们没票进不去，跟在别人家大人左右，到了售票处门口一跑就进去了。有时候没票的小孩太多，大家就团结起来，手挽着手冲进去，还戏称这是农民暴动成功。这段时间是我们最开心的日子，一起看过的电影有《伟大的公民》《攻克柏林》《章西女皇》《啊，海军》《日本大海战》等。

他是领头羊

徐冶从小就以我父亲13岁还没有枪高就投身革命为楷模，强调自立自强，匡正己身，再以自己的言行作为两个弟弟的模范和榜样，起领头羊的作用。他带头发奋读书，孝敬父母。读中学、当知青，他就开始读《史记》《资治通鉴》，还订了文史和地理类杂志。即使囊中空空，还是埋头读书，营造浓厚的学习氛围，力求我们要做到视野开阔、知识广博、志向高远。古人云："父不慈则子不孝，兄不友则弟不恭。"他在家处处以身示范，从不争吃打闹，对弟弟宽容大度厚道。小时候过新年穿新衣戴新帽，老家带来食物，他总是要我首选，剩下的才是他的，从无怨言。我妈在上世纪80年代末就在信中对舅舅说"小勇（徐冶）是天底下最大的孝子，是家里最能吃苦、吃亏的模范，是全家的灵魂"。

哥哥离世而去犹如晴天霹雳

当弟弟徐航把哥哥徐冶在北京的后事办完，回到昆明之后才把哥哥去世的消息向我们逐步地透露。这真是晴天霹雳！可怜我爹，他至今还不知道他的大儿子已经离他而去，还在日历面前，掰着手指算着今天距离春节长假还有几天。可怜我妈，她不忍心让我爹知道这场灾难，打算永远对他隐瞒，不准我们在爹面前淌眼泪。她强忍着巨大的悲痛用无言的沉默来舔干内心出血的伤口。我妈一直还在自责没有见过哥哥的体检表，要是见过，知道病根，督促他认真吃药，可能不至于猝死，现在想到已无济于事，悔之晚矣！悔之晚矣！

我只能在这夜深人静时，在内心不停呼唤：我的哥哇……想到自己已经没有哥了，只有在梦里寻觅，怎么一点也见不着他的身影，听不见他的笑声。

作者系徐冶胞弟

徐航

思兄

——追忆哥哥徐冶

我们都寄居在这个世间，人与人之间联系如此紧密。即使不在乎肉体的死亡，我们还是会放不下那些你灵魂中牵挂的人。没有谁可以真正洒脱到像庄子一样面对妻子死去还可以鼓盆而歌，亦没有人可以真正做到海德格尔的"向死而生"。死亡，或许是世上最令人无奈的事情了。没有人不惧怕死亡，更没有人可以忍受死别。特别是爱你的人和你爱的人，突然消失在你的生活里，再也不能看到，你会发现有一种生命不能承受之重侵袭你的身心。

我在电话这边叫着：醒醒，哥哥醒醒，徐冶，醒醒……电话那头，急救车司机对我说医生正在车上抢救突发心肌梗塞的哥哥，第一个电话接完以后，我头脑就空白了。第二个电话是急救车上的医生对我说他们已经尽力了，抢救他50分钟依然没有生命迹象，电话里传来大嫂撕心裂肺的哭声。2015年11月16日凌晨，徐冶，我的同胞哥哥，走了。在他最才华横溢、风流蕴藉即将步入人生巅峰的时代，却选择了彻底晦迹韬光，享年55载。

半夜订了当日昆明—北京的早班机票，我便呆坐桌前呆望着几个小时前我们在微信上最后的聊天记录，迫切地等着登机，去见哥哥。泪在流，心揪着在痛，手机也忍不住在瑟瑟发抖。徐冶扔卜了父母双亲、妻儿、兄弟，来不及话别，挥一挥手都没有，哥哥怎么就这么让人难以割舍地走了。你我44年的生缘太浅，从今以后不再有语言的交流，再也听不到哥哥的声音，再看到你只有影像里的追思。

徐冶和他的弟弟们

陪你走完最后一段世间路

开向八宝山的灵车上，哥哥安详地躺于我一侧。与你一起走的路太短，好多话许多事还没有来得及述说，很多设想还未来得及去把握实现。说好了年底等你们回来拍全家福，说好了全家老小一起喜迎新春，说好了一起包饺子的你却一个人偷偷出了门。而我，只能背着双亲和二哥，默默地陪你走完这尘世间最后一段道路，我从来没有想过陪你去八宝山这条路的。哥哥，我在你的脸上亲了三下，一是替父母给你带来最后的疼爱，二是表我们三兄弟的深情眷恋，三是代所有亲友给你送别。冷冰冰的，只有泪划过脸颊才会觉得还有温度存在，这个冬天好冷。

徐冶是老大、劳模、孝子

父母双亲作为一个家庭的核心，哥哥从来都是家里的楷模，他是老大。徐冶是劳模，这是我记事开始就得下的结论。只要家里有他的身影，家务活就有人包了，因为他是老大。大老实，二狡猾，三妖精，这是昆明当地的一种说法，我们在家里也就这么约定俗成了。

兄弟间我最小，比哥哥小11岁，所以在院子里从来不怕在小伙伴圈子惹事的，因为我有资本，我有哥给我撑腰，这是我儿时的一种信念。爸爸是北方人，喜欢吃面食，蹬个单车去山西面馆买回来的事情当然是老大去做，我

兄弟三人与父母合影

当然在家等着吃；有时间去郊游，哥哥总是把我带上，坐在单车的横杆；经常都有电影看，因为哥哥会手绘电影票带着我混电影看；后来他工作了，他是有钱人，所以每周都请我们去看电影；他结婚成家后每周都带孩子回家和老人团聚；逢年过节总是他忙里忙外筹备；到北京工作以后，几乎每天都要给妈妈打个电话；去外地出差了，总会有一个接一个的包裹寄回；每每到我生日的当天总会接到哥哥电话，祝我生日快乐……若干个春夏秋冬，哥哥都是这么用具体的行动在影响兄弟们的，带着大家一起孝敬父母，带着大家一起快乐。哥哥一直在无私地为这个大家庭做奉献，做表率，所有的点滴都历历在目，都时时刻刻感染和温暖着我们。这就是徐冶，很多人叫他徐大爷，其实他在家里是劳模、是孝子，是顶天立地的兄长。妈妈说他是家里的灵魂。

媒体摄影事业是徐冶的追求

受爸爸的影响，摄影从来都是我们三兄弟的业余爱好，我们的第一台启蒙相机都是爸爸的苏制莱卡，哥哥喜欢拍人文片，我则偏爱风光。哥哥的第一份工作是文字编辑，后来又做了几年行政工作后才转型做记者。他到光明日报社工作我还充当了一个牵线人的角色。由于我与王茂修老先生（时任光明日报云南记者站站长）的儿子是多年同窗好友，经常去他们家里蹭饭，一次王老师在闲聊间问我有没有德才兼备适合到光明日报社工作的人选，如果有可以做个推荐。按报社的履历要求和技能等等条件，我突然就把这个岗位和哥哥进行了联想，经过我的引荐，他与王老师一见如故。而后，徐冶又过五关斩六将通过了报社的重重考核与审定，终于在20多位才子当中胜出。1992年11月，哥哥从此把多年的爱好应用到了工作当中，成为了一名光明日报社的驻地记者，逐步成为了一位全国知名的人文地理摄影家。

有的人把摄影作为爱好，有的人把摄影当作饭碗，而哥哥是把生命交给了媒体摄影，在人文地理摄影方面、在拓展摄影传媒方面，倾注了一生的精力，摄影在于他是一种追求，他还有很多梦想没有足够的时间去完成。按报社同事们的评价，说他开创和建立了一个光明日报摄影美术方面的徐冶时代。我也衷心希望这份对媒体摄影事业的炽热能由其他人来发扬光大，继续这份追求。

徐冶还活着

哥哥用自己的魅力感染着身边的人，不论是同事、朋友、同学惊悉噩耗后纷纷而来，每个熟识人都在微信发表、转载关于他的文章或者图片。我们在报纸、微信、博客上都经常能看到哥哥，依然笑得还是如此快乐，没有一丝忧伤。

常说一个人的价值总是在别人那里才能够得到体现，徐冶在他人那里得到的种种肯定和认可就是一种价值的体现。受到他帮助和关心的人在感恩着他，受到他教诲的人在哀思他，受到他作品感染的人群在感谢他，受到他关爱恩宠的家人在思念他。不论是亲人、是同事、是朋友、是同学、是邻居，还有一些不曾谋面的有缘之人都依然爱着他。他的真诚、豁达、友善将永铭心间。

天和地离得很远，雨丝把他们紧相连；山和山隔着江河，云海把他们连成一片；你和我离得很远，一想你就坐在面前。哥哥离开我们一个月，这时候应该缓缓神，梳理一下情绪，对着镜子给自己笑一个，笑迎还要继续过好的每一个日子。

哥哥的音容笑颜，只要我一想就映入眼帘。

作者系徐冶胞弟

徐上

思念是一种说不出的味道

——追思大伯徐冶

　　大伯走了，他似乎太累，住到山里清修去了。一个月以来，我每天都在思念大伯，看着家里祭起的照片，看着袅袅升起的青烟，眼睛都不禁会湿润。

爬在大伯肚皮上长大的

　　大伯有个大肚子，弥勒佛那样的。爷爷说我小时候最喜欢坐在大伯的肚皮上玩耍，是坐在他肚子上玩着长大的。大伯去北京以后，每次回昆明我都要跟着爸爸去机场接他，每次都渴望早一点见到他，这是我13年以来每年都期盼的喜悦，喜欢大伯出机场见到我高兴的样子，喜欢他叫我"小憨狗儿"，喜欢他摸我的头发然后搂着我聊着天走出机场。那时候思念是一种幸福的味道。

睹物思人

　　大伯每次回昆明都会给我带上礼物的，除了好吃的东西之外我知道每一件礼物都有他的用意，总是激励我上进学习，文房四宝、练毛笔字的砚台、笔记本……因为我的生日是在5月，大伯不可能在生日当天亲手给我生日礼物，所以都在春节长假离开昆明前给我一份大额红包，让我自己筹办一下礼物，并在生日当天会打一个电话来祝"小憨狗儿"生日快乐。得知我也喜欢摄影，作品还获了奖，就特意买了一台相机送给我。得知我学习表现好得了很多张奖状后他比我还开心，得知我也开始锻炼身体打沙包练拳击的时候他在微信里点了很多赞。那时候思念是一种甜甜的味道。

作者上小学时与徐冶的合影

散步的日子

不论是暑假还是寒假，大伯都会邀请我去北京玩，有时候爸爸也去，有时候我自己一个人去。我只要在北京，每天晚饭后都陪大伯散步的。从新风街大院出来，我们经常围着北师大走一圈，一边走大伯一边和我开着玩笑，一边教我各种知识。和爸爸不一样，大伯总是对我喜笑颜开，在笑声笑语间就把很多知识教给了我。在昆明的时候，家里出去吃饭，大伯也是不愿意坐车的，我当然成为了他的散步陪同。那时候思念是一种愉悦的味道。

吃馒头包饺子

大伯的日子其实过得很清淡，在北京的时候我知道大伯生活非常节俭。每天一个人吃点馒头，喝点稀粥，一两个小菜，告诉我这叫忆苦思甜，让我也一起感受。时间允许的情况下，大伯会包一顿饺子，好几个品种，味道非常好。其实我知道，大伯把工资收入的很大一部分都买了各种东西寄回昆明给了爷爷奶奶和他的兄弟、晚辈。虽然他人不在昆明，但随时都会有他的快递，捎去的不仅仅是东西，每一件都是一份爱，一份思乡之情。这时候，爸爸总是对我说思念是一种感恩的味道。

清晨从半夜开始

敲门声过后听见爸爸的声音：“徐上，起床。”霎时惊醒，还以为是不是我作业未完成就睡觉或者违反了哪条家规戒律。“你大伯去世了，你现在起来我有话和你说。”第一次看到泪水从爸爸红肿着的眼里流出，牙关紧咬，鼻息声很大。爸爸身体在发抖，言语顿挫，简单的一句话透出心如刀割般沉痛。我将信将疑地看着爸爸，然后穿衣起床，整个人都很木讷。

爸爸整理了一下心情，对我交待了他离开昆明后针对我学习和生活的安排，我想说我也要去北京。但爸爸脸色极为难看，不敢提出。我躺在床上一直未能入睡，其实我真的想一起去北京看大伯最后一眼的，眼泪就禁不住流淌下来。

接连下来几天我的家庭作业都是一边看动画片一边完成的，不看动画片做作业的时候眼前都是大伯的影子，一脑袋都是大伯的样子和声音，只要思想不打岔就会想大伯，鼻子就会发酸，我第一次感受到了生死离别的无奈，这时候思念是一种酸楚伤痛的味道。

最后一次接大伯

这次接大伯，我抱着他的照片走在队伍的最前面，身后是抱着大伯骨灰的唱哥哥（徐思唱），再后边是大妈和爸爸，那天来接大伯的人很多。除了至亲，还有大伯的朋友、同事、同学，爸爸的同学、朋友。每个人都很伤痛，很多人都红肿着双眼，一级一级的台阶通向金宝山的大殿，一级一级地我们把大伯的骨灰接到了故乡昆明。以往是去机场接人，而这次是在金宝山接灵。这次大伯回昆明，爷爷奶奶和二伯还不知道，因为爸爸不允许我告诉他们，怕他们承受不起，要等爸爸妥善安排后才会去向他们坦白。

我抱着大伯，他这次没有说话，没有声音，这时候思念是一种眼泪里咸咸的味道。

送他去清修

大伯连续几个月在外出差，离世的当天才从重庆回到北京，当天晚上爸爸他们还在微信聊天，说要给我订一份报纸去学校。除了单位的工作以外，大伯还随时牵挂着自己的亲人，大伯累了，太累了。

2015年12月4日，我没有去学校上课，没有去参加学校美德少年的拍照活动。天很冷，下着小雨。我们随着金宝山的礼仪队，送大伯上山去清修。他住的地方有苍松翠柏，背山面水，大伯就安息在那块刻有"不失其所 如如不动"的石碑下方。当缕缕青烟升起，大伯就似乎在对我说，开心点憨狗儿，还有很多好日子还在后头。是啊，我们送走了大伯，还有很多日子在后头，应该有把后边的日子过好的打算，这样大伯才能安心归去。这时候思念变成了一种坚强的味道。

大伯去了。灯下，我独自一人在思念那些味道。

夏斐

徐冶，雪山见证的好兄弟

盒饭是为加班用的

中午留到晚上

晚上又提回家

因为吃不下

邓丽君去了

我一餐没吃

陈晓旭去了

我一天没笑

今天，您变成了灰

我想忘记，装作想不起

但是，只要停下

眼没看字手没拿笔

我就 我就泪如雨下

从格拉丹冬回沱沱河

我们迷路车陷草地

您说走出去

我们翻越雪山

您说就最后一座

不能停下

我们听见藏獒狂叫

您说到人间了

我们拼尽最后一口气躲下

蓝色东风车飞奔而来

您说有车收老鲜肉

折多山上公路缠山而下

您说我自己开车才放心

从长江源到武汉五个多月

您说这个能吃这个少吃这个苦这个咸

您每次开餐成了

为我试吃各种口味的太监

五个月共天共地

五个月同行同止

五个月山水相依

五个月日月相辉

五个月雪山草地

五个月风餐露宿

五个月飞车流沙

五个月笑哭醉意

我没能去送您

就写 就写这首小诗吧

标题就是

徐冶，雪山见证的好兄弟。

作者系徐冶好友，海南省委副秘书长

杜弋鹏

悼念徐冶

云北云南剪霓虹，片片枝枝添苍空。

身披五彩猎七彩，手握一重夺万重。

孤身孤胆孤步远，独知独慧独思通。

晨挟噩耗恸南北，落叶疾风不韵冬。

2015年11月16日深夜

作者系徐冶同事，光明日报北京记者站原站长

杨荣

送徐冶

玉帝欲赏人间景，

急昭贤弟上天庭。

太白设宴迎故旧，

我哭光明失将星。

作者系徐冶同事，光明日报高级记者

王薇拉

放下

一切都是黑色的了

黑色的人脸涌动

黑色的眼泪散落

黑色的握手拥抱

黑色的火盆里

又燃起纸香

金边钩起火舌四窜

惶恐间抬眼看到彩色遗照

面色红润哈哈在笑

一如昨日结束工作机场分手时

一如前日和农家小儿玩耍嬉闹

一如之前江边得满意照片显摆

⋯⋯

可真实如此荒诞

您在这祭台上端着做甚？

那家红烧肉正喷香

那园人文景正美

那乡愁正酝酿

那些人盼您奇思妙想

还不赶紧跨下台来

带领我们

东颠西跑

再赏三清之白衣飘然

再享天柱之三友汇贤

再品太白乡间艺苑杂拌

……

可荒诞如此真实

要这些劳什子又能做甚

不如除掉劳累

不如卸掉使命

不如淡掉文化

不如忘掉理想

不如在乌江边洗去回光返照

换一条鲜活的人命回来

换大肚子主任大笑归来

……

几十年后皮囊老

待佛归来

仍愿一介书童卫者

随行游走天地间

2015年11月16日

王薇拉悼念徐冶主任，愿主任天堂欢乐依旧

作者系徐冶同事

唁电唁函选录

云南省摄影家协会唁电

惊闻徐冶同志病逝，全体影友悲恸万分。徐冶同志是云南摄影界的老朋友，为云南摄影事业的繁荣发展做出了卓越贡献。特向贵报社致以沉痛哀悼，并请家属节哀顺变。

云南省摄影家协会

2015年11月16日

杨丽萍民族文化基金会唁电

光明日报摄美部：

对徐冶主任的突然去世表示深切哀悼，向徐冶先生的亲属表示亲切慰问。徐冶主任生前立足摄美部平台，放眼全国，殚精竭虑地办好摄美版面，他集部门领导、版面主编策划及优秀记者、摄影家于一身，是位创新型、开拓型、专家型的部门负责人。徐冶对全国文艺界的创作动向十分敏感，对文艺家的创作十分支持，像关注、支持全国文艺家一样，徐冶十分支持杨丽萍的艺术创作。2003年，当《云南映象》上演不久，各方面需要大力支持时，徐冶敏锐发现它是一个舞台精品，即组稿在光明日报以整版图文作了评介，这是光明日报继吴冠中之后推出的艺术家。此后《云南映象》获中国舞协五项奖、进入国家舞台精品工程。杨丽萍的新作《孔雀》《十面埋伏》问世后，又是徐冶在第一时间组稿在《艺萃》显著版面刊登。在这一点上，徐冶先生又是一位热心的版面主编和服务型的领导。正是在包括徐冶先生在内的全国媒体和媒体人的支持下，《云南映象》如今已上演5千余场，《孔雀》《十面埋伏》也受到海内外观众的喜爱。我们将继续创作好作品，以回报爱我们的广大海内外观众，告慰一直支持我们的徐冶先生的英灵。凡是为人们做过好事的人都会永远留在好朋友心间。徐冶先生走好。

杨丽萍民族文化基金会

云南师范大学校友会唁电

光明日报摄影美术部、亲爱的罗静纯校友：

惊悉我校1979级历史系杰出校友徐冶先生不幸辞世，我们深感震惊和悲恸，谨向徐先生致以深切的哀悼！向您们表示真切的慰问！

徐先生作为我国人文地理探索摄影的先行者之一，用他的相机创作过许多脍炙人口的摄影佳作，较深地影响过摄影界。他是云南师范大学广大师生深为骄傲的校友之一，也是我们广大校友学习效仿的著名艺术家。他的逝世，是我国人文地理探索摄影事业的损失，也是云南师大校友事业的损失。从此，我们失去了一位可敬的摄影家，也失去了一位可亲的校友。

务请节哀！敬致悼念！

云南师范大学校友会

2015年11月17日

云南师范大学西南联大云南校友会唁电

徐冶同志亲属：

惊悉光明日报社摄影美术部主任、高级记者、我校校友徐冶同志不幸因病辞世的噩耗，我们感到无比悲痛，谨以云南师范大学和云南师范大学校友会的名义致以沉痛的哀悼和深切的怀念！

徐冶同志毕业于云南师范大学历史系，曾供职于中共云南省委民族工作部、云南省社会科学院、光明日报社云南记者站，长期从事新闻采访以及人文地理的专题采访摄影，主持和参与"滇藏文化带考察"、"长江上游生态行"和"中华民族大家庭巡礼"等大型采访活动，是我国较早进行人文地理探索的摄影师之一。作为云南师范大学优秀校友，他关心支持母校，曾多次来到母校采访，撰写多篇母校改革发展的新闻稿件，产生了积极的社会影响。他务实严谨的作风和崇高的精神追求为我校广大师生和校友树立了优秀榜样。

徐冶同志千古！

云南师范大学西南联大云南校友会

2015年11月17日

欧燕生　徐晋燕唁电

惊悉徐冶好友病逝，万分悲恸。徐冶和我们有多年的友谊，一起工作和生活的场景至今历历在目。特向贵报社致以沉痛哀悼，并请家属节哀顺变。

欧燕生 徐晋燕

2015年11月16日

邓启耀唁电

光明日报摄美部：

惊闻徐冶先生不幸逝世，深感哀痛！徐冶是我的老朋友，多年前在云南，我们一起下乡考察，一起办《山茶·人文地理》杂志，一起做民族文化保护的研究，同吃同住，同苦同乐。90年代，在云南西藏近两月关于滇藏文化带的考察中，我们同坐一辆越野车。为了搬走路上的落石他曾经昏倒在地，翻车的时候他压着我，摄影器材和干粮压着他。多少事我们都一起经历了。虽然现在大家因为工作关系各自东西，但我们一直为曾经共同拥有的经历而心怀温暖。一个月前他来电话，又在云南的路上，和几个一起搞过探险的老朋友说到某些经历，想起我，就来个电话。大家说笑间敲定了一个摄影展的事，他提供一个关于土豆的专题。看着他发来的照片，我感叹，从一个土豆看到百姓的生活和民间的智慧，这就是徐冶！几天前，我还给他通过电话，准备给他订票，为了我们一起策划的摄影展，再有一聚。他告知还有事忙，可能来不了。谁知这次通话竟成永别！想起朋友聚会再没有他，无限伤感！斯人已逝，但他给我们留下了美好的记忆，留下了难忘的友谊，留下了精彩的作品。安息吧，徐冶老友！亦请向他的家人转达我们深深的哀思，敬请节哀，保重！

中山大学社会学与人类学学院邓启耀

2015年11月16日

普艺　何亚梅唁电

惊悉徐冶恩师病逝，万分悲恸。恩师日常教诲，犹然还在耳畔。特向贵报社致以沉痛哀悼，并请家属节哀顺变。

普艺　何亚梅

持定唁电

光明报社失良友，摄影坛上多故人。

宁波雪窦寺持定 敬挽

追思徐冶文荟

范建华挽联

五十五载生命虽短，一生豪气，侠肝义胆，业绩辉煌，已无憾事伴弟西去天堂；

三十五个春秋谊长，永世交情，流水高山，霓虹飞渡，且有英名随兄南归故里。

沉痛哀悼徐冶贤弟仙逝！

范建华啼唁

2015年11月16日

娄晓琪

我一直在思考，为什么徐冶走了引起这么多人关注、关心。我们《文明》杂志创刊初期，徐冶就非常关注，他一直和我探讨，他的想法对我有很大的启发。

徐冶前期有社会科学的积累，具备学者的严谨。他把所有的工作融入到社会科学的点点滴滴。他通过一条条江河、一座座山、一个个人物，进行逻辑比较和文化比较去梳理，体现他对人文的思考。他在传统的报纸上能创新给我很深的印象。

我会从两个角度看徐冶：一是"光明的徐冶"；二是"徐冶的光明"。徐冶的光明说的是：他的敬业，对光明日报工作的热爱，对摄影美术部的深爱（具体的工作细节，工作的布局与谋略，对领导、同事和年轻人的关爱）；光明的徐冶是：他的成长、为人处世和对事物、对其他的事与人的关心和照顾及关爱、他带给大家的温暖与阳光。

他的谈吐貌似很零碎，实际上我觉得他的思想是完整的，有体系的，这点从他的作品更能体现出来，在这个碎片化的时代难能可贵。他的思考有历史的思考，有对未来的展望，是构架文化的展现方式。

永远缅怀徐冶。

叶辉

老天啊！为什么不是我！我宁可用我来代替他！我最好的朋友徐冶！你怎么能这样离开我们！你怎么舍得离开这个世界！老天不公啊！

严红枫

我这几天常痴痴看他（群发）发我的微"黄"搞笑微信。我含泪笑着，笑着含泪。徐冶的离去，让光明人告别了一个因他人格魅力、性格所致、幽默的智慧而营造出来的，特别轻松的氛围！非常欢乐的时代！转眼，不会再有了！一下子也永远不可能有谁来马上填补，也无法填补！所有的同事、朋友以后都会痛心、深切地感受到这点的！我们将会集体地回忆！徐冶主任从骨子里散发出的幽默所透露出来的善良，是真的；欢乐，是真的；真诚，是真的！他善解人意的智慧，是真的！

叶老师，您这几天如此伤心难过，我其实感同身受。您和徐冶交往早，交流多，友谊深，您更有资格回忆、怀念他。徐冶集才华横溢、人文情怀、江湖侠义、农民朴实、真诚善良、幽默智慧这些优秀中华传统文化优秀品质于一身。在现在浮澡、功利、势利的社会，能拥有这些优秀品位的已经很少很少了，更何况是综合拥有？！自然是珍稀动物。我们有幸今生与他有缘为同事、为朋友，冥冥中，是何等的幸运幸福！因为资源稀缺，所以我们珍惜、我们难过！我们伤心伤感！因为我们太需要：真诚、友谊、幽默、快乐、善良这些稀缺的资源！我们告别徐冶，就是失去了徐冶送给我们的稀缺资源！我们将会集体的回忆、怀念、呼唤徐冶留给我们的一个个美好的难忘的记忆！这一页非常沉重，不知何时能翻得过去。

张国圣

接到消息，呆了一二十分钟。回过神后和徐夫人罗老师通电话。罗老师告诉我，徐兄回家后心情很好，中午休息后，把出差带着的衣物都洗好了，陪罗老师外出。为避开拥堵，晚十一点左右回家，路上感觉有点不舒服，不想晚上就突发心疾离世。

在重庆，他眉飞色舞地谈每一个与记者站合作推出的版面，用一两个绝妙的词、一两句绝妙的话刻画某个人、某件事。说起前不久面临螃蟹"文吃""武吃"的考验，哈哈大笑："我哪里有那个功夫？一把抓起来就咬，反正吃到嘴里都是肉。"得意的脸上每一处都成了圆弧。有时跟着他笑到忘形，突然听到一声断喝："等一下，让一让！"还没反应过来，他一只手举起相机，另一只手已经划过来推开障碍。这时的徐大爷完全不容分说。拍完一张，自己瞅瞅，满意了，一边给人看一边讲该怎么怎么拍。如果一连几张都拍得不错，重新回到脸上的笑容更灿烂，擦着汗再三感叹："今天拍舒服了！"

他去过的地方，人物、景物、风物都变成了他生动的笑料。那些熟悉的人和事，在他的嘴里那么惟妙惟肖、形象奇绝。看他的文字就知道，那个粗犷豪迈的身影，一定有停下来细细品味咀嚼的时候。他品出了自己的味道，然后以看似不经意的方式与人分享。他在重庆讲文字要精当，信口背了一首云南民歌：天和地离得很远，雨丝把他们紧相连；山和山隔着江河，云海把他们连成一片；我和你离得很远，一想你就坐在面前。大家起哄让他唱，他不为所动，摆摆手接着讲。

送到机场，车还没停稳他就说："你们都别下来了，早点回去吧！"下车握别，他站在车边挥手："别送了别送了，走吧走吧！"在回去的车上忽然很失落，写了几句话发到"涪陵出差小队"微信群，@了他和他带着的小姑娘小伙子。他很快回了一条，是三个表情图。过了一会儿，又发来为我和李宏拍的六张照片。晚上在古剑山艺术村，他突然神秘地把我和李宏喊到房间，随行的荣池和王巍变戏法般拿出了生日蛋糕。原来上午闲聊星座时，他知道当天是李宏的农历生日，便不动声色安排两人上街订了非常美味的蜂蜜干果蛋糕，一路"偷偷"带上了山。

有一次正聊得热火朝天，他忽然停下来，掏出手机先瞄了一眼，嘀咕了一句，摘下眼镜，食指伸得直直地在屏幕上写。好像是摄美部哪位给他发微信说版画的事，他回了一句：我们的每块版都和记者站联在一起。徐冶老哥啊！你真的是和我们在一起的呀！我们都回来了，你去了哪里？你到底要让我们到哪里去送你？

宋言荣

昨晚，他的微信运动显示他走了8082步，我们像约定好了一样相互点赞。今晨醒来竟是阴阳两隔，我痛哭，我实在无法接受！好朋友，好兄弟！我们相隔一年分别从地方记者站调回报社，我们朝夕相处。他睿智，大度，为人热情。为报社和地方记者站的弟兄们尽心尽意。徐冶走了，他的音容笑貌永留我们心中！罗老师节哀！

孙明泉

上午去徐冶家吊唁，我转述了大家对他的埋怨和不舍，读了宋言荣主任在群里发的那段话，大家都止不住跟着流泪～～徐冶爱人让转发到他的手机上……相信这位匆忙去天堂拍片的徐大爷，肯定能够听到的……

袁祥

徐冶老兄突发心脏病，不幸离世，我心甚感悲伤！傍晚，我带领全部同事去他家表达深切哀思。入夜，在我们共同生活11年的小区平台上，我一圈圈地忧伤地徘徊，叹生命之脆弱，想世事之无常。妻子和女儿亦陪同我一同徘徊，直到走不动了，驻足眺望他家暗然惨淡的灯光。回家，翻看今夏邀他去我家乡扬州采访时留下的照片，回想那难忘时光和不灭记忆，默念他及其弟子图文并茂的整版杰作：《扬州，过有文化的日子》，再次热泪盈眶。老兄，愿你在天堂继续过有文化的美丽幸福的日子！

毕玉才

一个不嗜烟、不好酒、既乐观又洒脱的人，就这样不声不响地走了，让人感到那么不真实。这两天一直像沉醉在梦里，打不起精神。徐大爷十余次来辽宁的镜头，像电影一样一幕幕挥之不去。利用一天时间，做了一个微信H5，以寄托我对一位宽厚兄长的哀思。也许，他只是换个地方拍照而已。

颜维琦

徐大爷出远门了，这一次他太调皮了，走得那么快，出门前连招呼也不打。昨天早晨7点多接到的消息，一直不愿相信，可到现在，那么多人念他怨他徐大爷也没在微信上冒个泡。手机里是半个月前的照片，徐大爷说，游来为乐，这是汉代瓦当句。徐大爷还说，我就是喜欢好看的东西，这是一位油画家的句子。这一次，不晓得他又拎着相机去拍什么好看的东西了，我猜大约是去山中了，"如如不动"，最是他欣赏的境界。要是看到田野，他又要撒腿跑追着拍了，然后爬上草垛快活地喊：地都是我的！

郭红松

你就在我的眼前，却无法触摸到，听到你的声音，却又不见你的身影。同事们说：徐冶，你只是换个地方去拍照。

沙英男

这些天还是经常想到徐冶，我退休前两年患脑梗，多次去医院急诊输液，他对我很关照，至今我心中十分感激。55岁就突然去世了，太可惜了，对工作尤其对家人都是巨大损失。我们报社已有好几位同事近些年不到退休年龄就突患急病去世了，报社是个大集休，虽应经常谈的是工作，但也应经常重视谈谈大家的身心健康，互相更多些关心。

蒋新军

"有个艺萃"【追思篇】按语四则

对不起，徐大爷不和你们聊微信了

大家都不相信徐大爷走了。我也一样。

这个爱开玩笑的人，这次开的玩笑太大了点，一天的时间，不能让汹涌澎拜的回忆平息。刚刚退休的高老师说，徐主任你跟我们一起退休也行啊，干吗要这么走呢？故友远在，思念相随。徐大爷是俺们艺萃小编的亲大爷，也是粉丝遍天下的萌大叔，亲友的追思慰问，我们将一一转达给家人。唯愿亲友振作。每天收集到的，我们都及时录于此处。以此为悼！

2015年11月16日

今天，年轻人想徐大爷了

细节！细节！细节在哪里呢？

写完东西，拍完照，徐大爷总是这么问小盆友。作为长辈的徐大爷，在年轻人眼中到底啥样？他们不像记者站和报社的老友和您相交多年，但天南地北，那么多人认识您，素未谋面，一面之缘，忘年之交，你看，说起您都是细节。您的善意，在每个人心中就如此深地存留。

2015年11月17日

那时翩翩少年郎

徐大爷去世已经三天，好友从四面赶来，明天就要做最后的告别。昨天梦到徐大爷画了一幅山水画，还得意扬扬地说："这都是小学的水平了，现在手艺生疏咯。"

事实上我没见过也没听说过他画画，正如他并没有醒来，而我们需要醒来。

2015年11月18日

收下这把泪，从此不再见

送别之际，一定要下雨吗？

想想这阴沉的天自我从青海回北京以后就没断过，这与高原的蓝天白云有绝对的区别。徐大爷从来告诫我们，腿要勤，手要勤。他到了最基层才按得动快门，所以，他喜欢寻山访水，在泥土中吸取营养。

今天用的音乐是纯人声组合的古曲，够年轻吧？希望你喜欢。

清晨一别八宝山，从此不能同行了。

心中装下您的期待，我们继续前行。

2015年11月19日

甄澄

这是用快门记录幸福的一个背影，而今背影远去……天堂去了位摄影家，我们却永远失去了一位好师长。惊悉光明日报摄影美术部主任、高级记者徐冶先生骤逝，错愕，痛心，难抑。有太多过往需要回忆，又不愿回忆，唯愿天堂里的快门声依旧美妙。

徐师一路走好

野猪：贾豫昆

1996年5月，云南省社科院、省探险协会联合组织了次"滇藏文化带考查"活动。我们开了三台北京212吉普车，分别命名为：野狗号\野猪号\野马号，从昆明出发，到达拉萨，稍做休息，考查队一行就上了阿里高原。

在普兰县城，武装部部长看到我们就问：你们的车是空运进来的吗？我们这群野马、野牛、野狗就这样闯进了生命的禁区。我们历时50天，行程一万公里，三台车换了17块钢板、100多个减震胶垫和弹簧，最后沿川藏线安全返回。

徐冶当时是光明日报驻云南记者站站长，我有幸和他一台车，在这难忘的50天里，他对工作的热情、认真和执着的追求精神，也使我受益终生。在去邦达的路上、车辆行驶中，路上有落石挡道，他马上跑过去搬石头，由于激烈地奔跑他一头倒下当时就昏了过去。在德格，他在坐车10多个小时后，一下车就马上去拍摄"印经院"。在阿里，车辆在100米宽的河里熄火，他高举相机包拼命保护着相机和笔记本。他拍人文、拍银匠艺人、拍佛塔、拍擦擦……总之，他随到之处总是相机不离手，烂笔头跟着走。过后一篇篇精彩的文章、一幅幅打动人心的照片就会出现在很多书籍、报纸、杂志上。

徐冶是我们昆明人，是我们的好朋友、好兄弟，我们随时都在关注着你。你就这样走了，连跟我们一个招呼都不打了！连最后一面也没能去和你告别。我泪奔……徐冶兄弟；你一路走好啊！

胡晓军

无力多说。第一次与徐冶对话，是1998年2月，汕头记者会间隙，与他在当地一家新华书店偶遇，此后每逢在各地开记者会前，我和他都会约好时间，抵住地后再一同去书店……清晨与新军通完话后，泪如雨下……

刘鹏

悲痛啊！想起了在格拉丹东生死的日子。昆仑垂泪，长江呜咽。1999年一同到长江源头的哥们们听到后，都很震惊，纷纷打电话致哀！

殷德俭

2015年11月16日。今天下午惊悉徐冶兄不幸于凌晨辞世，知道消息时无论如何不敢相信，经过与几位好友证实才确定是真的，悲痛不已。回想两年前的11月26日，我发过一条微博。回忆我和徐冶兄、王清华兄两位云南好朋友的一段交往故事。那是1988年我去看望来京出差的徐冶、王清华，他们住在福长街的一个地下室招待所里。后来，徐冶调到北京光明日报工作，我们是30年的好友了。哥哥一路走好！（以下是两年前的那条微博）"昨晚和一位长在云南住的摄影师好友聊天时，他说过些时候给我寄些普洱茶。这让我想起了早年的一本书，《南方陆上丝绸路》，后来也叫"茶马古道"。书的作者，也是多年好友徐冶、王清华签名赠书给我，徐冶还特别写道"到《中国报道》改南方丝绸之路，准备1989年连载，德俭兄解囊给彩卷补拍灵关道 徐冶"

余姝丹

近几日几次与好几位朋友谈及徐主任的突然离世，其中一位朋友发来一张我们与光明日报结缘的那场书画展的工作照。当时徐主任现场指挥布展的场景，突然就又从脑海中冲出，主任特有的口音甚至犹在耳边。看着旧图，又是一阵难受。世事无常，人生苦短。在摄美部实习的日子不是很长，又算是我在光明实习期间的"半路出家"，但记得每次去摄美部总喜欢看看墙上（或者玻璃上）贴的主任做摄影做版面的心得和准则，觉得很有点意思；还有那次部里一起去退休老师家里包的饺子，那时候的其乐融融现在想起仍然犹在眼前。从初听到消息的震惊到现在心头思绪不知如何言语，这几天看着《艺萃》一篇篇的文字，发现着我不甚了解的那个徐大爷。唯一可以聊以慰藉的是《艺萃》让我们看到还有后来人在传承着他的衣钵，预备把这些优良的传统坚持下去，唯愿逝者安息！

于大南

我并不认识这位徐大爷，他也只是去我们家时看过我的照片，我当时不在家。当老姐告诉我这位胖胖的徐大爷突然因为心肌梗塞离世我却非常难过。看完大家对徐大爷的怀念，终于控制不住泪如雨下，徐大爷一路走好。

周文岚

上午正开会时，马姐来找我，问我还有没有《远去的田野》，要两本。

我说好，一会儿给你拿，如果我这里没有了我就去楼上要两本。

楼上是摄美部，《远去的田野》是摄美部主任徐冶徐大爷的著作。去年为了这书与徐大爷打过数次交道，见过他看样签版认真谨慎的样子，见过他布置工作敏锐直接的样子，见过他勘误书稿字斟句酌的样子，更见过他谈笑间爽朗风趣的样子。握笔写文章，拍照走四方，摄美部同事们传称的徐大爷，竟是最适合的称呼。也因为徐大爷的爽直，其间虽版式字体用纸等多次反复，《远去的田野》的出版却也极其顺利。8月在东非大裂谷底骑行，当时在微信群里发帖说全程都在想一本书，摄美部的小闫还机智地回了个《远去的田野》。

就这，要两本书，应该没问题。可马姐说，他们的徐冶主任去世了。搞错了吧？上周还在呢呀！

于是马姐带着我跑去看公告屏。确实。短短一句话的讣告，简单得不容置疑。

向小闫求证，回答是：凌晨，心梗。

也是这样的季节，也是心梗。

这季节在催生些什么。红疯了的叶，对面不相识的霾，不期而至的雪。这季节又在摧毁些什么？中午去天坛，看一地接一地的金黄。因为浓密的遮挡，天坛里的银杏把时间拉长了些，在街边的银杏雪前零落雪中成泥雪后碾作尘时，它们还矜持地泛着绿。可也终究抵不过，这就是个逐渐光秃的季节。如此。生命不过，一场唏嘘。

张璋

五月还跟在冠东后面窜到徐大爷办公室蹭签名，明明不认识，却笑呵呵地应了冠东那句"这是您的粉丝"，在书上签下"张璋小友指正"，有如邻家大伯般慈祥。世事无常，愿您在天上一切安好。

李晋荣

记者部的好邻居，他真如隔壁的邻居大爷一样亲切，以往有多少个日子，都听得到他在隔壁指导园媛新军做版。南京党员培训时，他说，你是和我们园媛蒋新军一届的吧，他们都是好孩子。其实，恰恰是因为您是好长辈，好领导，好师友。死去元知万事空，不过是许多缅怀，还有泪落。仔细想想，我和园媛新军入社即将五年。遇到的每一个领导都待我们不薄。像父母，如师友，在我们职业生涯初始，可以遇到这么多好的长辈领导，这样好风气的环境，将是一生用之不竭的财富。真心希望好人一生平安。缅怀，还有泪落。珍惜身边人。

陈晨

虽只是在楼道照过面，未曾对话过，但他的笑脸和印刻出的洒脱随性总深深记得。而今就此别过，许是天堂太美。无奈世事无常，你我各自珍重。

王景华

当听到这个不幸的消息时犹如晴天霹雳，虽然我与徐老师不是很熟悉，但他精湛的摄影技术，谦和的风格历历在目，我是从徐老师的摄影展知道他的，他对摄影的专注与完美的追求是他敬业的最好诠释，他是我们光明人的骄傲，他是我们光明人的真实写照。当我又一次经过他办公室门口时，他的音容笑貌仿佛还呈现在眼前，看着墙上张贴的一幅幅栩栩如生的图片，此时此刻仿佛也在流着悲伤的眼泪，跳动着伤感的音符。此时此刻，报社的员工都陷入悲伤与痛心之中，天空飘着细雨，夹杂着彻骨的寒冷，几只乌鸦在报社的上空盘旋，仿佛都在倾诉着悲伤，愿生者坚强，逝者安息，徐老师一路走好！

郑玮

很多同事都是你的邻居。不曾想到，第一次迈进你的家门，却再也听不到你爽朗的笑声。燃上一炷香，送你……心里悄悄告诉你，每周二摄美部的例会，其实还有隔壁办公室的我在旁听……而今早的隔壁是那样寂静……我知道，天堂那边的你笑声依旧！

王帆

从得知消息到现在，我一直不愿相信这是真的，直到点开这里看见主任那亲切的笑容，我的泪水终究无可抑制地涌出。回想初到摄美部对着主任略带畏惧的心，到后来慢慢和大家熟悉变为"徐大爷"，印象中那个不怒自威的主任渐渐变了和蔼、亲切，甚至带着可爱。可惜我没有这个缘分正式成为主任手下的兵，只愿他在天上可以一如既往地谈笑风生，玩着他最爱的摄影。

项锋

有这样一个人，他生来就如上天派到人间的使者，永远的与世无争，给人们带来欢笑与快乐。他走了，留给我们的是痛苦与思念。徐大爷就是这样一个人，青烟缥缈中，他的笑容还是那么清晰，那么栩栩如生。正如我每天在三楼过道里、在办公室里、在电梯里、在食堂里见到的笑容，那么的温暖和善，那样的会心一笑，不知道温暖了多少刚来报社的光明青年的心。而如今，那个暖心的徐大爷走了，如远去的田野，虽然还是带着微笑离开，但却留给我们比这寒冷的天气更加冰冷的现实，比家乡的名山、文化江河更加深沉的思念。在这个万物凋零、充满寒意的冬夜，让我们好好缅怀这位带给我们温暖的徐大爷。

邹晓菁

徐大爷，谢谢您教会我很多东西。作为一个和您缘分不深的小辈，为您抄了一遍《金刚经》。知道您会在西方世界好吃好在，过更快活的日子。今天想了很多，觉得和生命的无常相比，生活中的小挫折简直不值一提。而我们要做的，就是好好珍惜当下。我们说"下回一起聚聚"，却可能永远没有下回。说"改天一起吃饭"，却可能永远到不了明天。所以，现在就去，去做想做的事，去爱想爱的人。这个世界上，原本就没有什么来日方长。

张林涛

刚才坐公交车，时间不晚，却只剩我一人，空荡荡的车厢，空荡荡的心，遇着红灯了，停在 T 字路口，霓虹无色，喧闹无声，心里满悲。今早，在新军兄的朋友圈初见徐老师辞世的消息，心一震，却没细问，因为觉得那不可能。中午，见罗兄问新军，知其然，又是震动，我倏然想起前几天在《光明日报》上看他为《家乡的名山》写的序，但我仍觉得这不可思议。下午，在恩师朋友圈看到悼念的图文，我想我知确了，突然悲从中来，我没有评论，因为瞬间那时，觉得一切都已苍白。我想到了我的老师，他在北京失掉了一位兄长、一位朋友，我为再不见徐老师伤，亦为我的老师失掉一位朋友伤。晚上，看到了这个推送，在人们的震惊与悲伤中捉摸着有关徐老师的蛛丝马迹。我发现，是那么缥缈——我见过他一面，可是仅仅只有一面！徐老师的豁朗、达观，给我极深刻的印象。他是那么开怀，开心了整个世界！以至于当他离开时，每个人都觉得瞬间落入了黑暗。这让我想到《悲惨世界》里的一句话：你走了，也带走了我天空的太阳，我的世界从此变得黑暗！那么，我们应该怎么办？绝不是沉溺于悲伤，而是传续他的达观，开心面对这个世界，温和对待身边的来人去者。徐老师，请安息！

CINDY

徐大爷，依稀记得您说过的话：抓紧加入微信运动，每天不上几千步，名次很靠后，自己都不好意思！天堂走好，继续多走步！

Zera

应该就是今年夏天，徐老师来给我们做讲座。还记得他说"你这个问题提的不错，不过你要记得有朋友的地方有家人的地方才是最好的。"徐老师，大江南北的土地都记得你！

杨驰

今天醒来打开微信，发现好几个朋友都来询问徐大爷的情况，直到问了报社的老师，才相信徐大爷是真的走了。躺在床上握着手机，许久不能接受这个事实，屏幕灭了又点亮，不过一会儿又黑屏，对着手机不知道该说些什么。

刚进报社的时候，徐大爷坐在电脑前指点着排版，面容严肃，让人有不怒自威之感。不一会儿，就听到徐大爷爽朗的笑声和洪钟般的嗓音，瞬间就变成了一位笑面罗汉。从此，一个萌大叔的形象就刻在了我的脑海里。说来跟主任也颇有几分缘分，都是南人北相，都是胖界吃货。每每徐大爷提起我来，都会说食堂那个特别能吃的杨驰云云。同事们都开玩笑，若是我和主任出差，一定不会浪费粮食，一个能劝一个能吃。

徐大爷是咱们的部门主任，又是报界前辈，但对我们小辈却让人倍感亲近。有一次加班给徐大爷做PPT，徐大爷就在一旁一边指点一边开着玩笑，对一些新奇的效果十分好奇，想探个究竟，完全不会有上下级之感。后来电脑故障，几欲完工的PPT还没来得及保存就崩溃了，心里默想：要跪要跪，结果徐大爷拍拍我说没事，接着又陪我再做了一遍。实习结束的时候，托主任写一份实习鉴定，以为徐大爷让打印一份他签字就好了，不曾想他竟一字一字的手写帮我填写完毕，交给我时还认真地问我：这样写没问题吧？徐大爷那憨厚的笑容，就像老大哥一般让人暖心，那个画面一直不会忘。

每每回报社都会问问主任在不在，可惜徐大爷常年出差，碰到的机会不多。最后一次见到徐大爷还是我从朝鲜回来，给大爷尝了尝我带的朝鲜威化饼，徐大爷还感叹终于享受一次"社会主义"的温暖。斯人已逝，音容宛在，今天看到报社的公号推出纪念徐大爷文字，我的眼睛湿润了，看着徐大爷的照片久久不愿关闭。徐大爷一路走好，天国有你，不再寂冷……

刘欣娟

有的老师只是把他听来的教你，有的老师是言传身教一点点地影响你，徐大爷就是这样的一位好师长。

希望他一路走好。

唐娟

惊闻徐冶老师不幸逝世的噩耗，不胜唏嘘。我是通过"有个艺萃"有幸拜读过徐冶老师的《远去的田野》，认识了这个小编们常挂在嘴边的徐大爷，成为他万千粉丝中的一位。在我的印象中，这是一位睿智朴实风趣幽默充满活力的长者，虽素未谋面，却也是敬仰已久。一直还惦记着，有机会，要请徐冶老师给我的那本《远去的田野》签名，没想到，这已成为永远的遗憾。唯愿徐大爷在天堂依然乐观安好！

安然

大爷，作为一颗远在广西的尘埃，我听恩师数次称赞《艺萃》和您。抚摸图像笔记，遥遥瞻仰那片我从不敢涉足的文艺领地。我仰慕，敬佩，只能从网络和报纸中一窥大爷以及他的团队风采。徐大爷，您的读者喜爱您，您走好……

晁一旸

每天会和部门同事比走路步数，晒出差采风照，活力四射，笑的跟弥勒佛一般，会用"心"去关爱自己的下属，与其说他是部门主任，不如称他为"徐大爷"，这样称呼真的很贴切。少了他的老地方，也许也不是了味道。走好，徐大爷……

陈小波

两三周前，在光明日报会议室，我与民族摄影出版社社长殷德俭、汉唐阳光编辑李占芬、雅昌钱丽娜、光明日报社会活动部王巍、设计师郭萌，就"影观达茂"图书项目的最后阶段进行研讨，我问王巍："徐冶在吗？一起来听听？"徐冶作为学者，参与我们这个项目，并前往达茂乌克忽洞，参与文字写作。王巍说徐冶现在没在。我们吃完午饭，准备离开。王巍说："徐冶回来了。去坐坐？"我就和王巍去了徐冶办公室。

徐冶一如往常，大嗓门，乐呵呵。他说他把我写的

《他们为什么要摄影？》放在枕边，一直慢慢看；他说他下一个项目要给中国一批纪实摄影家做系列书……我给他念我为达茂写的一篇文章，他一字一句听，说写的好写的好，他送了我他主编的三本书，还说下个系列我们一起合作啊……

我们聊了近两个小时，一直在笑。王巍说："听你俩聊天真过瘾！"快到五点，单位一个电话打来，叫我立刻回去。我和徐冶握手告别，并约定马上见面，因为马上要请他与视觉人类学博士朱靖江主持达茂研讨会。他笑答："好啊好啊好啊！"一直送我到电梯口。下了电梯，我和王巍说："你快点安排大家见面的时间吧，研讨会的议题要马上确定。"今天上午，我正在给学生上课，接到王巍电话，说她昨天刚和徐冶出差回来，分手时徐冶好好的，今早突然……我课都讲不下去了，一天在悲痛之中……

11月16日

罗小韵

我和徐冶一起为大地地理杂志做过许多摄影专题，一起编过书。他那爽朗的笑声一直在耳边回响。真不敢相信这是真的，他永远活在我们心中。

2015年11月17日

王振

惊悉徐冶老师驾鹤仙去，不胜悲悼！本来还约好下次小聚要喝几杯畅叙幽情，没想到他已西去。昨夜辗转难眠，黎明前才睡，梦醒得一联并写成作品，也许能表达对徐老师的崇敬之情。

上联："影作文章传四海"，意思是在空间上、在艺术上徐老师把摄影作品配上文章传播到千家万户，正应了《光明文化周末·艺萃》这个版面，也寓意徐老师的摄影作品本来就是一篇篇大文章，图像记录的世界在四海之内广为传播，他的英名也随之传遍天下。

下联："光明德业照千秋"，意思是在时间上徐老师光大含弘的德性将万古千秋永不磨灭，是我辈学习的楷模，也寓意光明日报弘扬中华文明、中华民族的精神所取得的成就将永照史册。

叶安民

通过朋友小笑侠关注了"有个艺萃"，在这里知道了徐大爷。虽未见过，但是一直觉得有爱有趣的大爷，有爱的团队，向往之。今晨，看到追思篇，不敢相信！静静看完大家哀思，沉默了。愿未谋面过的徐大爷走好。

陈小波

瓜哥：原谅我因出差不能参加明天的徐冶告别仪式。三天来，我一直处于伤痛之中，徐冶的笑脸昼夜在我眼前晃动。我想起三周前我们的畅谈，想起我们约定一起要做的文化项目，想起我邀请他马上要主持的一个影像研讨会……徐冶离世，这么多人痛彻骨髓，这么多人写不尽怀念他的词语，这么多人以为他和我们开玩笑，明天就会陡然站在我们面前哈哈大笑……一切证明：徐冶，一个在道德高地上巍巍耸立的品行高尚的人；徐冶，一个给我们带来力量和友爱的人。瓜哥：谢谢你多年前介绍我认识了一个叫"徐冶"的人……

闫佳琦

听闻徐老师去世的消息，同学们都很痛心，在此，我谨代表北师大14级传播班同学祝徐老师一路走好！

邢瑞

去光明日报做的第一个项目就是跟摄美部合作的书画展，后来合作最多的部门也是摄美部，除了自己所在的部门，朋友最多的部门就是摄美部，常常去串门……因为有徐大爷在的摄美部好像一个世外桃源，徐大爷身上有种特别的达观、自在、仙气……太突然了。

刘扬武

沉痛哀悼忘年之交徐冶！

2015年11月16日中午，接到西双版纳武警边防支队宣传干事万霜降电话："我收到光明日报一位记者的短信，说徐冶凌晨因患心肌梗塞，抢救无效去世。"噩耗传来，我那好心情消失得无影无踪，不一会心疼起来，马上含了4粒速效救心丸，整天闷闷不乐。隔了一天，新华社云南分社资深记者陈海宁打电话问我：知不知道徐冶去世了？他说可惜了，要我注意身体，我也要他注意身体。我又一天闷闷不乐。

我跟徐冶是忘年之交，大他15岁。自30年前认识后很快成为朋友，这友情并不因为他的工作调动、职位升迁而疏远、淡忘。在相处中，他升迁了，我跟他打招呼仍然直呼其名，叫他徐冶，他叫我"刘老师"。

记得那是1985年，为了贯彻胡耀邦总书记关于在全国要加强民族知识和民族政策再教育的指示，中央有关部门要求云南省举办一个民族民俗展览，于1986年10月在北京民族文化宫展出。云南省非常重视这个展览，认为这是宣传云南的大好机会。当时的省委书记普朝柱亲自过问，1985年初成立了以副省长刀国栋为组长的展览领导小组，具体工作由省民委、省文化厅负责；办公室设在省民委，由省民委主抓。展览领导小组办公室同时为建云南民族博物馆做筹建工作。这时我被抽调到展览领导小组办公室工作，负责照片的收集、拍照和对外报道。当时徐冶刚从云南师范学院历史系毕业，分到云南省委民族工作部的《民族工作》（现改名为《今日民族》）编辑部工作。我1964年8月考进云南大学中文系读书，毕业后先分到德宏傣族景颇族自治州的梁河县芒东公社革委会当秘书，后又调到中共陇川县委宣传部工作。《民族工作》经常刊登我的文章，封面封底也有我拍摄的照片。我住进省委民族工作部后就抽空拜访《民族工作》编辑部，于是认识了徐冶。我俩很谈得来，很快成了朋友。

当时他还没有结婚，我俩晚上经常骑单车到篆塘吃烧豆腐，其乐无穷。他为人随和，难能可贵的是对朋友真诚。记得1985年8月我到北京放大云南民族民俗展览照片，坐公交车到昆明饭店换乘大巴到飞机场，我刚上了大巴，徐冶就骑单车追来送我。我很感动！

徐冶调到光明日报后没有忘了我，我也没有忘了他，互相把关怀放在心里，把关注藏在眼底。虽然我早退休了，仍然有一些单位、州县请我去采访。于是我俩还能有机会聚在一起。我俩一块被邀请到西双版纳武警边防支队采访了半个月，我俩还到过大理白族自治州的一些县、文山壮族苗族自治州的广南县采访。今年10月初，因我经常被西双版纳武警边防支队邀请下去采访，徐冶在电话中要我组织一组边关行的文图给他。10月9日晚上7点14分他发微信给我，要我参考9月20日光明日报刊登的《辽东半岛海疆行》《国旗飘扬在红海滩》组稿。后又在10月31日中午1点通过电话，想不到他很快就过世了！

心疼啊！我是流着眼泪在写！只能是简简单单地把你记录、珍藏于心！

徐冶走了，化为尘土轻烟，翱翔在另一个世界，继续着他的理想！兄弟，走好！

周晓菲

这几日每次看到摄美部的同事，心里总会隐隐作痛，他们的徐大爷就这样狠心地走了，抛下一群嗷嗷待哺的孩子，但是徐大爷手把手带的孩子不会这么脆弱，他们一定会将悲痛化为前行的力量，因为徐大爷在另外一个地方看着他们。想想也是遗憾，和徐主任只有一次交谈。两年前在广西出差，他看我面生害羞，主动问起我是不是新来的记者，还问我的家乡，听闻我是山西人，便笑着说道我们还是半个老乡呢。可惜那次他还要去云南采风，所以只有短短的接触。后来在报社长长的楼道里经常能碰到这个胖胖的、笑咪咪的主任，或许他早忘记我是谁，但每次点头致意总让人觉得温暖。16日一早看到群里发来的哀悼信息，很是震惊，哀叹生命的无常、无助和无情，唯祝徐大爷在极乐世界里依然笑咪咪的！

马天洛

今天不能去现场送一程，总觉得该写点什么，否则实在无法压抑住几天来心底里撕扯的痛。我和"徐大爷"未曾谋面，只是儿子在其麾下工作，但从与儿子的交流中对其非凡才华与魅力印象颇深。上天实在不公！竟将我中华如此难得之瑰宝生生掳去。

李笑萌

徐大爷走了，有关徐大爷的两个画面却一直在我脑海里循环播放。

一个是在报社那长长的走廊，我下班往东边走下楼回家，时不时就能看见一个胖胖的侧影正在锁办公室的门，然后他转身向西，戴着那顶出镜率极高的帽子，手里总是抱着或是书本或是画册一类的东西，迎面走来，我喊一句："徐主任。"他笑呵呵回一句："你好。"简单却发生过很多次。

另外一个是每天去找闫姐吃午饭，总是会站在摄美部门口瞥一眼里面情况，十有八九看见徐大爷双手搭在闫姐卡位边上，密密麻麻地在交待工作，在门口等一会，眼看要12点了，就阴险地用手机给闫姐座机打个电话，远远听见徐大爷说："哟，12点了，先去吃饭吧！"然后看他出门回自己办公室，在门口悻悻地喊一句："徐主任！"他说："找小闫吃饭啊。"我点点头，赶紧跑掉。这成了我现在路过摄美部不敢往里看了的原因。

3

亲朋好友心中的徐冶

刘绍良

无奈的秋天

去年的秋天远去了，今年的秋天也正在远去，我无法抓住秋天的尾巴。

去年秋天的时候，有一位陌生人走进了我的山地果园，在硕果累累的梨树下，与我谈话。我们谈土地，谈土地上的植物和动物，谈与植物、动物一起生长着的文化。这个人叫徐冶，他从北京来，从昆明来，从巍山古城来，走进了我的山地生活。

这是一块离巍山古城15公里的山地，相对隐蔽地坐落在坝子东面的一条名叫北桥河的小河边。同样的，我在这块山地上隐蔽地生活了十余年。隐蔽的生活注定了孤独，孤独久了，便习惯性地不愿意轻易地把心灵的窗户向陌生人敞开。徐冶例外，他熟悉土地上的一切，理解辛勤的耕耘者与土地之间的那种微妙的情感关系，及至捧读了他送上的几张光明日报的《光明文化周末·艺萃》版之后，才进一步明白，他的工作，就是把土地、乡村里的那些文化元素与城市连接在一起。

我是从城市走向土地的反向旅行者。旅行的目的，并非完全是为了生存，只把一种模糊的亲近土地自然的意愿，表现为一种明确的人性的回归，并在铭心刻骨地品尝了许多人生的酸甜苦辣之后，用文字的方式，不断向城市发出欢欣鼓舞的呼唤。在呼唤声中，天更蓝了，地更宽了，灵魂与白云山风共舞。

徐冶是一位长袖善舞的舞者。在轻松自如的谈笑中，他说："你的梨样子不大好看，但很甜，水份很多。"我回答说："市场上只偏重卖样，但这里空气十分干燥，很难把它的皮色调理得光鲜。"

　　徐冶是由巍山报的总编杨念带上山来的，他从杨念嘴里知道我的情况之后，便来了兴趣。在果园，我们交谈甚欢，视为缘分。太阳偏西之时，我的雇工们按吩咐煮了一只鸡，焖了老南瓜，再加一盆青菜汤，让徐冶大加赞赏。此时，他才准确地说出了要求："你写一篇关于家乡的名山的文章吧，可以站在此山去写彼山。"第三天傍晚，我把《此山炎热彼山凉》的散文稿送到巍山报社。那时，杨念与他刚从坝子南端一个叫洗澡塘的地方回来，但兴致极高，全无倦意。巍山报社是一座明清风格的古老院落，置桌椅在院心里喝茶，甚为惬意。刚一落座，徐冶就眉飞色舞地讲起了那个澡塘，并说走村串寨之后，吃了农家饭，洗了文化澡，感觉便如神仙一般。我在一旁静静地听，听着听着便惭愧起来。那个洗澡塘是巍山境内唯一的温泉，由于陈旧和破败，早已被大多数巍山人所忘记。近些年来，泡温泉是一种养生的时尚。如此，好多巍山人，包括我在内，常常不远百里到州府下关的凤凰温泉，到更远处的洱源地热国消费，想来是进入时尚的误区了。我说惭愧确实惭愧，六七岁幼童之时，听说坝子南端有个叫洗澡塘的村庄，村后红河源旁的南岸上，有个温泉洗澡塘，便邀约小伙伴步行去了一次，也是第一次感觉了温泉洗澡的滋味。十余年前，我做过巍山红河源旅行社的经理，便隐约知道这个洗澡塘与1300年前的南诏史有关，并由此衍生了极为有趣的洗澡塘歌会之类的民俗活动。在巍山，我为果农，亦被冠名为文化人，竟数十年没去过洗澡塘，不知道它的存在现状和历史渊源，眼前，自也不免被徐冶的讲述引导着并自责起来。之后几天，我查阅了与之有关的一些典籍之后，在一个细雨霏霏的傍晚，独自去洗澡塘洗澡。泡在温泉的适意之中，思绪难免翻飞，感触难免良多，第二天，便完成了《无门的温泉澡塘》一文。

　　那夜，管理澡塘的是一位年长的本村妇女，我从澡塘步出，便根据徐冶的文化澡塘的定义，与她谈了此澡塘的文物性质，建议她以修旧如旧的方法，提升文化品位。同时，应她的要求，为她写了澡塘简介，附于照壁之上。大门外，照壁迎向宽阔空间的那一面，建议中间为"南诏汤池"四个大字，左右为对联。此对联让我抓耳挠腮，却也在日后完成并附于壁上，上联为："封川塔下闲走云烟"，下联为："红河源头自在温泉"。

在报社院心里喝茶，听徐冶讲得够了，我才送上写山的文章打印稿，他认真细读之后，对我说："文章很好，只是写宗教的多了一些，可淡化处理。"此夜之后的第三天，徐冶走了，约半个月后，《光明日报·艺萃》人文地理版发表了整版的关于巍山的图片和文字，并以我的文章为主文，极大地提升了巍山的形象。

我比徐冶年长几岁，一次接触，便为至交。大约两月之后，他托杨念转交，送我一册他刚出版的集子，名为《远去的田野》。这是一册他在中国大地上靠慧眼发现的文化集成，捧在手上，甚感挚情沉重。

去年的秋天远去了，今年的秋天也正在远去，我无法抓住秋天的尾巴。

秋天是个色彩绚丽的季节，我却能嗅到它内涵的悲怆气息。一个月前，秋末的一个下午，杨念告诉我："徐冶来了，又走了。"我不高兴地责问他："为什么不告诉我？"他说："你在外地嘛。"十多天前，他又对我说："徐冶走了，11月16日。"我说："他不是早走了吗？"他说："不，是去世了！在完成了一项任务，刚返回家中的那个晚上。"瞬间，我呆住了，眼前全是他和善的容貌，谈笑风生的神情。他才55岁，必然是积劳成疾而不顾及，竟然在不经意间走了，走出了他热爱着的这个世界，他知道，这个世界也一如既往地热爱着他。

他走了，走在眼前这个刚刚过去的秋后的初冬时节，而我，无法抓住秋天的尾巴。走就走罢，徐冶兄弟，你的英魂回归土地之时，我在远方的这块山地上等你。

2015年12月2日

作者系云南省作家协会会员，巍山果农

刘方斌

关山初度人行远

　　11月16日清晨，我踏上南去的列车公干，一个北方朋友的微信刺入眼帘：徐冶主任已经逝世，艺萃再没有"徐大爷"了！瞬间，我的思维凝滞了，是那个光明日报的徐主任吗？五十出头的人，怎么会呢？然而，当我确证了这则噩耗时，不禁潸然泪下。往事历历在目，正是天夺英才，敬因事生，恸从心来。

光明日报摄美部进陇县

社火结缘

2013年9月，我接手陕西宝鸡陇县宣传部的工作，如何传承和发展好这一方特色文化，成为自己新的职责和使命。陇县是中国社火文化之乡，陇州社火是这块黄土地上璀璨的艺术奇葩，历来为众多媒体和摄影家所追捧和钟爱。

2014年2月12日，农历正月十三，正是陇县天寒地冻的日子，然而县城的男女老少喜气洋洋。再过两天，千年传承的陇州社火游演就要举行了。十里八村的乡亲，天南海北的拥趸，各色式样的"长枪短炮"，正在聚焦着、欣赏着、陶醉着……不经意间，一个摄影"发烧友"映入眼帘，他一会儿成90度意欲"螳螂捕蝉"，一会儿又仰望长空似"挽弓射雕"，一会儿却单膝跪地如"海底捞月"，这样的动作贯穿了彩排的3个多小时。谁呀，怎会如此痴迷？我虽忙于现场的职责，但回眸凝望中，却是充满了好奇与敬意。走近时，我看到的是一位50多岁的中年长者，军绿色的户外帽下，一双星目黑澈有神，一副深色边框眼镜，镜腿挡不住两鬓渗出的热汗，发际间正上飘着丝丝的热气，整个人在寒冬里都"沸腾"了。

彩排后的交谈中得知，此乃光明日报摄影美术部徐冶主任。他在云南老家春节休假返京间隙，慕社火之名绕道而来，虽留足陇州不过短暂五小时，但邂逅的一幕幕，让我看到了媒体人滚烫的文化血液、真挚的文化热爱、独具的文化情缘，给了我借力中央主流媒体的契机，开启了我们之间相识相知的友谊之程。

陇州相知

盼望着、盼望着，在我们的邀请和期盼中，2014年8月11日，徐主任率部赴陇，专题采编《家乡的名山》栏目。

记得那是一个暑夏的夜晚，徐主任一行赶到县城已是晚上9点多。刚一下车，就听见徐主任"这儿好呀，这儿多凉快"的爽朗言谈，我们的手紧紧握在一起，虽然上次相识仅是一面之缘，此刻却感到是那样的熟悉、可亲。4天的采访，千年古陇州秦襄公勤王洛邑、立国奋起，丝路西出长安第一雄关——陇关，农耕与游牧两种文明融合衍生出的陇州小调、羊肉泡馍、核桃油旋等，都在他们的镜头和妙笔中活色生香。

记得，在盘旋30多里的山路后，看到河北镇成片的核桃林，徐主任爱不释手，"新军，快来多拍几张！"他情不自禁地喊道。

犹记得，夏夜的十点，我去房间找他汇报，却人去屋空——他带着报社两个青年记者徜徉在陇州的街巷，留恋于古民居的一方方砖雕、一件件木饰，体味着关陇民俗的意味深长。

回眸间，那个清晨请他吃早餐，寻之不见，他却在街头原始的油旋店门口，等着出炉的第一锅，也不知道他是怎么打听到这道地方美食，又是怎么找到这家百年老店的。见到他时，他正大把大把地撕扯着千层的油旋送入口中，连呼"好吃！好吃！"当看到街旁陇州民居"生员及第"牌匾和威武的守门石狮，他不由地赞叹："好啊！文脉接续！"

对于陇州社火这一中国文化精粹，他解读出了先民对忠义的褒赞、对奸佞的鞭挞。对得天独厚的陇关及关山草原，他解读出的是"马换骆驼之地"、"两种文明融合之地"，是"一座历史文化名关、名山"，是"大美的立体草原、中国的阿尔卑斯山"，赢得了省市有关专家学者们的叹服。

自不说，四天来的连日奔波，酷暑难耐；更不言，四天来的废寝忘食，秉烛夜谈。就是在离别之际，我们送上一箱陇州核桃，他也婉拒，只是带走10个留作纪念。然而，8月24日，光明日报一个整版的《策马过陇州》，无言地展示着陇县自然生态之美、人文历史之美、科学发展之美、幸福生活之美。

此情可待

明月无价，高山有情。徐主任用镜头和大笔聚焦陇县，在国家级主流媒体展示了祖国西部贫困县独特之美，也让我这个宣传战线的新兵心中充满感激。

因事结人，因人爱报。此后的日子里，我多了一份对光明日报的喜爱，班子成员间交流也多了一份品读报纸的享受。这两年，我们增加了50%的报纸征订量，也忘情地吸收着报纸的滋养。

今年11月4日，在第16个中国记者节来临前夕，我把心中长久的积蓄化为郑重的表白，在给光明日报的贺信中写道：我们为贵报政治家治社办报的责任担当，为贵报关注基层、服务县区的理念导向，为贵报以徐冶、张哲浩、蒋新军、田呢为代表的媒体人独有的学养、涵养和修养深表钦佩！同时，我们又发出诚挚的邀请：县域治理是国家治理的基点与难点。光明日报作为国家级主流媒体，具有以文化人、移风易俗的独特作用。我们热切地期盼，贵报能一如既往地关注陇县、早设"走转改"联系点，帮助我们把工作做得更好。

然而，正在我们密切互动之际，晴天霹雳，天夺英才，徐主任溘然辞世。"上碧落下黄泉，吾等找谁望项背；长其才短其寿，苍天怎忍握死生！"连日来，我一直沉浸在无限的哀思与感叹之中。

我虽满含热泪，但我坚信：斯人虽逝，精神永存，文化不老，事业光明！

作者系陕西省宝鸡市陇县县委常委、宣传部长

杜京

老乡徐冶

寒风瑟瑟，冬雨霏霏。

我怀着万分悲痛而又极不情愿的心情，第二次来到八宝山。记得那是在2009年6月11日，我第一次来到八宝山，送别我的好友罗京，那份藏在心底的悲痛至今还未完全散去……时隔6年的今天，我第二次来到这里，送别我的另一位好友，也是老乡——徐冶。

2012年杜京(右二)和徐冶作为中国新闻代表团成员，一同出访了突尼斯、坦桑尼亚、埃塞俄比亚三国。

2015年11月16日星期一，上午9:30，我正在中国电影家协会参加电影《独龙之子——高德荣》专家研讨会时，接到了老朋友车巍的电话，我急忙走出会场，到门外接听。车巍在电话中说："你知道徐冶的事了吗？"我心中顿时一惊："出什么事了？"他告诉我："昨晚因突发心脏病，徐冶走了……"我的心在那一刻仿佛也突然停了下来，周围的一切将我的思绪带入令人窒息的不安中："不会吧？我不信！"只听电话那头，他低沉着声音对我说："真的，是真的，徐冶走了。"顷刻间，我的眼泪夺眶而出……

真的，我不相信徐冶这么匆忙地离开我们。就在前一天，15日早上7:21，徐冶向我的微信发了一张照片，下面还写了一行字"出早工，呼鲜气"。这句话极具徐冶风格，幽默超然。我回复："徐冶早！照片真漂亮！是哪里的仙境？"他回复："重庆古剑山。"接着，又发来2张非常美的照片。我说："真棒！好好享受生活！"没想到，这微信竟是我和徐冶这位30多年老朋友最后的对话。

我和徐冶是真正的老乡，他是山西襄汾人，我是山西长治人；我们都在云南生活多年，又都在北京工作。正因为有这"走南闯北"的共同经历，我们是真正的老乡。

30多年前，我就认识了徐冶，当时他还在社科院工作，后来考入光明日报云南记者站当记者。由于是同行，我们常常有机会见面，时常一起去采访，只要有机会见面，所聊的话题总是离不开摄影和文章。我从小就喜欢拍照，家里有台照相机更成为我"练兵"的好"武器"。摄影这一爱好一直伴随着我，每次出国或出差回来，总是要把自己拍的照片给他看看，请他指正。

爱看书，重学习，勤思考是徐冶留给我的印象，我们交谈的话题，常常围绕着最近读了哪些好书，写了几篇好文章，拍了几张好照片，以及其中的创作体会和身边的趣闻轶事。他总是鼓励我："你是作家、摄影家、高级记者，像你这样三合一的同行并不多，你有新闻记者的敏锐，摄影家的视角，作家的笔风，多拍多写多出作品……"

2006年2月16日，徐冶特意签好名，送给我一本他刚出的新书《横断山的眼睛——镜头下的西南边地人家》。我清楚地记得他曾向我倾诉过的心声，那是印在嫩绿色封底上的文字："我属于这亲自认识的天地，透过阅历筑起的拱门，闪耀着未知世界的绮丽；每当我的脚步向前迈移，新世界总会展现更广阔的边际……"我回赠他的是两年前，我在柬埔寨首都金边写的中国通向南亚、东南亚国际陆路及水路大通道交通的两本作品——《地球上的银飘带》《东方多瑙河》，将这两本书送给徐冶，请他指正。徐冶特别喜欢《东方多瑙河》。这本书介绍了澜沧江——湄公河沿岸老、缅、泰、越、柬的政治、经济、文化及民俗风情。澜沧江——湄公河被誉为"东方多瑙河"，是条经济贸易的黄金水道，地理优势、自然优势得天独厚，是打开中国通向南亚、东南亚的重要大通道，也是云南对外开放的前沿窗口。当时徐冶看了这本书非常高兴，他认为这是一部非常有意义的专著，还向我建议说："这本书写的真好，可惜照片少了点。你拍了那么多好照片，以后再出书的时候，还是要多配些照片，效果会更好。"

2012年的金秋十月，我撰文摄影的又一本20多万字介绍波兰文化的书——《我，文化波兰》与读者见面了。我和徐冶通电话时，将这个消息告诉了他。电话那头，他说："你赶快赐一本大作，我拜读拜读！"我特意到他的办公室，送了他一本。他"如获至宝"，欣喜若狂，非常兴奋，问："书里用了多少张照片呀？"我说："将近300张。"他一拍桌子，说："太好了，就应该这样！这才是你杜京的大作！"

前不久，徐冶签名送给我一本《远去的田野》，我也将我刚写完的一本30万字的《琥珀色的格但斯克》请他指正。他说："我们两个老乡啊，见面就是说摄影，看好书，很有意思嘛！"每次受到徐冶的鼓励，我都觉得，写作和摄影更有了劲头，同时，也更期待拜读徐冶的新作……

2013年夏天，我出访南非回国后，和徐冶有过一次短暂的见面。当时正值曼德拉病危，每天都有成千上万的人到曼德拉广场为他祈祷。徐冶听我讲述约翰内斯堡曼德拉广场的种种见闻后，顿时来了精神，说："完全可以选一张你在曼德拉广场拍的照片，配上你优美的文字嘛！写出来，写出来！带着我们的读者去曼德拉广场感受一下。"于是，在他的鼓励下，我撰写了一篇《在曼德拉广场》的文章，图文并茂，并选了一幅我在曼德拉广场，为几位崇敬曼德拉的南非少女所拍的照片。文章中，我写道："站在曼德拉广场，看到来来往往的人们，我想起了联合国秘书长潘基文说过这样一句话：'我们的思想和祈祷都和曼德拉在一起。'此刻，我的心灵深处一种深深的崇敬油然而生，我镜头中捕捉到的精彩瞬间，见证了这里无处不在的感动。"

中国人民抗日战争暨世界反法西斯战争胜利70周年到来之际，今年8月，我专程飞抵香港，采访了101岁的传奇人物胡汉能老人，他是70年前那场挽救中华民族于危亡的战争中，驾驶着战机与日军英勇作战的飞行员；他是战火纷飞的年代，驾驶战机演绎中国式浪漫故事的男主角……当我把这位耄耋老人的传奇故事讲述给徐冶后，他又迫不及待地和我约稿："这么好的题材，能出好文章！拍照片了吗？"我回答："拍了。"他带着催促的口吻，说："快，快写出来，给我们光明日报。"于是，我又一次在他的鼓励下撰写出《摄影让我上蓝天　照片伴我过百岁》一文，反响大好。徐冶每次看到我拍的照片，特别是好照片，他都非常高兴，比他自己拍摄到好照片还兴奋开心，他总是在用这样的方式鼓励朋友和周围的人，将不少摄影爱好者和读者发展为光明日报摄美部的作者。

我们时常在微信里互发一些各自在不同地方拍摄的照片，切磋摄影心得。金秋十月，我出访波兰古老而美丽的城市、明年将举办"2016年欧洲文化之都"的弗罗茨瓦夫，拍了几张城市夜景的照片发给徐冶，请他指正时，他特别欣赏一幅在雨夜中，一对青年男女并肩走在人行桥上的照片，并鼓励："人行桥有意思，期待更多佳作。"

半个月前，我们中国报纸副刊研究会组织了25个省市自治区的122名记者，赴云南东川开展"中国百名文化记者东川行"采风活动，我又一次来到了热爱和熟悉的红土地。在那里，我们走基层，接地气，交朋友，先后到东川红土地、泥石流荒漠化生态修复示范基地、小江干热河谷农业示范区、汤丹古镇和矿业公司、铜文化产业园、微电影拍摄基地、金沙江、牯牛森林公园等地考察采风，聚焦东川旅游文化、生态建设、经济社会发展与人文风情。我和徐冶发微信交流，并将所拍深入基层的几张照片请他指点时，他回复："不错的！"后面还特意幽默地"吩咐"我："帮我拍几张洋芋（土豆在云南又叫洋芋）的收种吃，乃土豆西施。"

徐冶爱摄影，爱生活，爱美食，无论走到哪里，相机不离手，镜头对美食，笑容挂嘴边。今年国庆节期间，他又一次来到了他最喜欢的大理州巍山县。一大早，他在微信上给我发了几张在巍山古城的照片：周围都是土坯墙的巍山扒肉饵丝老店，晨光里青花瓷土碗中，黄白分明、红黄相映，汤白而稠，肉肥而不腻，瘦肉细嫩回甜，饵丝又白又细腻，热气腾腾，仿佛已经满座清香袭鼻，我能想象出吃到嘴里的润滋滋，香喷喷，回味无穷……徐冶用他独具风格的语言做了精辟的注释："古城的日子，从一碗扒肉饵丝开始……"

最令人难忘的是3年前的初冬。一天早晨，我接到了徐冶的电话，他问我："你是不是最近要出访非洲？"我回答："是的。"他提高了嗓门，笑着说："真巧，我也是这个团的成员，这回又可以一起拍些好照片了！"我和徐冶都是中国新闻代表团成员，一同出访了突尼斯、坦桑尼亚、埃塞俄比亚三国。徐冶在书中这样写道："我们共同沐浴着地中海的暖阳，眺望着印度洋的波浪，感受着非洲屋脊的辽阔……"的确，此次与徐冶同行的非洲之旅令我终生难忘，与这位敬业的同行一同采访，收获颇多。在中华全国新闻工作者协会书记处书记祝寿臣团长的带领下，我们分别访问了三个国家的新闻事务管理部门和传媒机构，相互进行了座谈和交流，增强彼此的了解和友谊。我们这个代表团的每一位从团长到成员，都非常喜欢摄影，一路上我们拍摄了不少难得一见、富有独特风情的照片。三国风情各异、景色别致，当地的自然文化景观和百姓日常生活给大家留下了深刻的印象。我们来到坦桑尼亚"香料之岛"桑给巴尔岛的一所乡村，我在第一时间"侦察"到，在一片浓绿的树林间，有几间破旧的教室，原来这是一所乡村学校，孩子们正在上课。我对徐冶招招手："快过来，这里肯定能拍到很好的照片！"一听到这话，徐冶胖胖的身体立刻变得机灵起来，他三步并作两步，健步如飞，跑到教室的窗外，我们端着相机，并肩"瞄准"着教室里的孩子。果然，在这里，我们每个人透过自己的镜头，捕捉到了不同表情的优秀作品。《乡村学堂》就收录在他的书里。接下来的几天，我们继续行程，在东非大裂谷的原野上，在坦桑尼亚的山间小道，在埃塞俄比亚沙拉湖畔，在坦桑尼亚黑人海岸，我们欣赏美景，体验人文，拍下了大量照片。我们每天早出晚归，晚餐时，大家围坐在一起，有说有笑，此时，徐冶总是幽默风趣地点评着每一幅照片，给大家带来无尽的欢乐。这次难忘的非洲之行，成为我生命中永恒的记忆。

春光三月，徐冶的新作《远去的田野》出版了。他打来电话，告诉我这个好消息，并说："邀请你来办公室坐坐，正好把新书送给你。"见面时，他像个孩子一样，兴奋地为我签上名字：

杜京：

　　好友指正

　　友谊绵长，采访非洲

　　书中作品有共同经历

录汉代瓦当句：

　　游来为乐

徐冶
2015年3月15日

消逝是人的宿命。但是，有了怀念，消逝就不再是绝对的了。因为人们以怀念挽留逝者的人生价值，学习逝者的精神品格，证明自己是与古往今来的人和事存在着息息相通的有情有缘。今天是小雪节气，11月22日，是好友徐冶55周岁的生日……但遗憾的是他的生命永远定格在这个阴冷无情的冬日。徐冶——一个内心充满欢乐、豁达开朗的汉子在2015年11月16日被病魔夺去了鲜活的生命。噩耗传来，我不愿相信，但这的确又是一个令人无法更改的事实。尽管我和许多朋友、同行一样，永远会站在精神的高度遥望我们的徐冶，但他还是带着冬日的一丝寒意，静静地走了，在这个冬天，他却收获了一份永远的安宁。

他，我的老乡徐冶，留给我们的是无尽的惋惜与思念……在徐冶生日之际，将非洲之行我为老乡徐冶拍摄的几张照片及合影与朋友们分享，愿他的音容笑貌永远留在我们心里……

2015年11月22日于北京

作者系徐冶好友，中国报纸副刊研究会副秘书长

谌强

将无数的美好定格

徐冶兄走了。死神竟然将他欢乐的生命定格在充满着成熟和创造、洋溢着热情与向往的人生季节。他用自己无数次按下的快门，记录了令人喜悦的风土人情和壮美山川，也把他热爱生活、热爱摄影的印象镌刻在我的记忆深处。

记不得什么时候开始与徐冶聊起摄影的。摄影，以及对摄影记者的要求，都是他的工作，而在我，那时还全然是个人的爱好，对报社工作的力所能及的微薄努力，也只是在数码摄影时代到来后我借以推进工作的一个手段。徐冶却以他专业的眼光很快注意到这一点，给了我至今犹记的热情鼓励。

有一年，临近除夕，我听总编室夜班的同事说起，希望版面上有一些民众喜迎新年、充满喜庆欢乐节日气氛的照片。于是，我拿着相机去了街头和市场，用心地拍了一组照片，第二天，报纸便刊了出来。我觉得我的工作完成了，也未再想什么。因为爱好摄影，还因此为报道做了一点努力，让我感到快乐，这已经足够了。

因为过年，徐冶那时已回昆明老家去了，但他却时刻关心着报纸的工作，他在家里看见报纸刊出的那一组年节照片，给摄美部的同事打电话希望关注年节的摄影报道时，也与我谈起了摄影，话语中充满着给我鼓励的热情。虽然平时我与他也在办公室聊摄影，但那是两个爱好摄影的知音的闲聊，很少涉及具体的工作。而这一次，他却因为工作与我聊了不少。

徐冶对这一组我为版面需要而拍摄的照片给予的热情鼓励，无形中也让我后来与他关于摄影的交谈越来越多。他时常谈起他曾经深入少数民族地区拍摄的往事和快乐，谈起与摄影同行沿澜沧江顺流而下，在湄公河两岸的异国他乡拍摄的种种细节。回忆起在少数民族地区和异国他乡的拍摄时，徐冶的两眼就时时放出光来。说起去过的地方，总有难忘的回忆，说起期望去的地方时，他又充满了向往。他对少数民族风情和风景拍摄的偏爱，给我留下很深的印象。

后来，摄美部在版上开辟"中国文化江河"栏目，让我吃了一惊。徐冶告诉我这个即将诞生的栏目时，他的话语里，有一缕在欢乐中隐隐掠过的骄傲，让我非常意外和惊喜。我发现，徐冶已将他平生爱好的摄影，深深渗入到民族文化的肌理中去了，他不只是为自己拍摄的民族风情照片而自得，而且期待着用摄影手段拍摄和呈现在报纸上的一条条江河，梳理着人文地理的历史根脉，勾勒着民族文化的生动形象。

与说起"中国文化江河"时一样，图像笔记版推出时，徐冶对我讲起，话语中充满着对未来的激情和向往，他也向我约稿，在他的心目中，那个刚刚推出的版面已变得格外琳琅满目、缤纷迷人了。那伴随徐冶几十个春秋的、对摄影的爱好，已在他一步一步的跋涉中，变成报纸上丰富而迷人的内容，影响着许多读者。

那一次，我刚从西沙群岛采访归来，在返航的军舰上写了一首歌词《西沙女兵》，回到北京，依然沉浸在创作的喜悦中。徐冶知道了，便热情地邀我写稿，他说你看这个栏目多好呀，有文有图，你把你在西沙拍的照片，加上你的文字还有歌词，在这个栏目刊出！受到徐冶热情激励，我很快写完文字，选了几张照片，找他去了。其中一张是我在军舰驾驶室平台上向下俯视拍摄的，甲板在逆光中形成的粼粼波光的海面上毅然向前，格外好看，生动地呈现了我们驶向蔚蓝的壮丽景象。另外一张是我在后甲板上低角度拍摄的一对青年男女倚着栏杆望着天边晚霞的剪影，我对徐冶说，这张图片可以叫《海上小夜曲》。

我深知徐冶对图片和版面都倾注了大量心血，也将自己对摄影的热情倾注到工作中了。摄美部办公室里最引人瞩目的，便是那些悬挂在墙上的美轮美奂的版面。报社工会举行摄影展时，选了徐冶的几幅佳作，还制作了镜框，展览结束后，都放在他的办公室里。有时我去他那儿，聊得高兴，他会领我去看让他有几分得意的版面，他自己拍摄的那些照片，仿佛记录着昔日的时光，安静地守候在那个令人难忘的岁月角落。

徐冶曾经用红色水笔抄写了一些他对摄影的期望，贴在摄美部大家经常工作的电脑旁。第一句是，不要在一个地方拍一百张照片，要在一百个地方各拍一张照片。今天，徐冶兄一定是找到一个更美的地方，带着他的相机远去了，而将那些他在一百个地方拍摄的美好影像，永远留在了人们的记忆里，让我们看见这些照片的时候，都会想起他，想起他留在镜头后面的熟悉而亲切的笑容。

作者系徐冶好友，《中华文化画报》主编

杨念

借你一双慧眼

——忆徐冶老师

　　在我的案头，有两张爱不释手的光明日报。我经常翻看这两张报纸，因为上面刊登了巍山两个专版的稿件，记录了巍山的历史、人文、经济社会的情况。还有一个原因，这两个版面是我和光明日报的徐老师一起拍摄采访完成的。去年的秋天和今年的秋天两次采访，让我结识了朴实敦厚、

2014年10月2日徐冶在巍山古村采访

智慧敬业的徐冶老师。因热爱而执着，徐老师有一双慧眼，他发现了巍山的真，感悟到巍山的善，寻找到巍山的美。从他身上我学习到了好多宝贵的专业知识，至今仍是我从事报纸工作的动力和学习的典范。

去年的秋天和今年的秋天，徐冶老师两次到巍山采访。10多年前，我就听说徐老师为拍摄和撰写"镜头下的云南"系列丛书，多次走进巍山，完成出版了《诞生王国的福地》，当年还在永建回辉登村拍摄了"卖黄豆粉的回族姑娘"图片，被同行视为难得之作。徐老师名气很大，陪他一起拍摄采访是荣幸的，他见识广，知识丰富，好像什么知识他都心中有数。和他在一起心里总是充实的，因为他不保守，不知不觉中你就会被他的采访思路和作风所吸引，让你感到的是一种满满收益。他是严谨的，一幅图片，他追求完美的境界，是那么尽善尽美，无可挑剔。徐老师待人谦下，为人真诚朴实朋友多，和他相处，只要他觉得能帮助上你的有识之士，他会主动介绍给你认识。记忆中的味道总是会永远留存，和徐老师在一起的采访工作时光，总会被他的大爱在心、源自内心真诚的爱所感动。

徐老师到巍山总是喜欢踏访田野、走串山寨、寻历史古迹。2014年10月的一天，我和他一起去到了县城西南的巍宝山，那里是南诏王细奴逻的发迹之地，又是道教名山。在巍宝山南诏土主庙里，守山人字成文老两口热情地和我们一起拉家常，讲起了南诏王细奴逻、土主庙的很多故事。在那个环境中，轻松、无拘束的气氛，徐老师的谦下和气的语调，让我记忆犹深。记得他还给我说过，守山人字成文很有故事，你写一写。

巍山的历史太丰富，传承也活灵活现。徐老师对这些很钟情，在巍山古城北街有一家专营彝族服饰小店，店铺很小，店里的物件从头到脚有10多个品种，主人叫毕成唐，他一边打着缝纫机一边介绍说，逢街天和节假日生意好做，大批量的订货则在彝族节日前夕，一个村寨统一来买的最多。店主还有一技，制作葫芦笙，做一把卖一把，质量、音色保证。采访中好客的店主把剩下的麂子皮料剪成几份，给我们每人一块，说擦镜片特别好使。

在古街徐老师总会被热情好客的本地人招呼"来坐坐，闲一下"。在专营草墩和纸马的苏老伯店里，在开西服店的侯师傅家中，徐老师总会发现巍山历史文化的元素，那是一些我们当地人熟视无睹的东西，正是这些元素串起了巍山厚重的人文历史。在大水沟街口，一面墙上时常更新着各种各样的文纸布告，上书文艺演出、庙会活动、邻里讣告和培训通知等内容，文字多以毛笔书写，自右向左竖排、古朴别样，见到这些，徐老师会非常有趣地说，这就是古城的"微博"、"微信"了。

宁静高远而又朴实无华是徐老师采访的风格，在巍山，应该说很多机缘都在等待着他。《祈福在深山》这张照片是我和徐老师于2014年10月1日，驱车60多公里的山路，到了一个叫青华的山区乡，在一个叫圭峰寺的庙里，遇到7位上了80岁的老人，他们正忙着敬香火，准备重阳节的村里的活动。徐老师跟我说："你看这些老人行动自如、手脚麻利、神清气爽、慈祥和善，多么健康地生活着，我们今天有缘遇到，是种福气，帮他们拍几张照片，洗出来给他们。"听了这话，在一种虔诚的驱使下，我和他不断按下快门。他返回后，没过几天，我收到了这些照片，接到他的电话叮嘱，他说："你一定要把这些照片交给每位老人。"

寻找美对徐老师来说是他采访摄影的追求。在庙街镇顾旗厂村，我们来到了一个制作砖瓦的小作坊。男主人搅拌泥土，女主人精心制瓦，一幅妇女劳作美的图片就这样被徐老师的相机定格。最后徐老师擦着满头大汗高兴地说：今天有收获了！这时，我也挺高兴也有了收获，因为跟着徐老师拍摄照片确实受益匪浅。有时我也在想，人家徐老师怎么会这么快寻找美的东西，拍下了人文突出的唯美图片呢？

一个明媚的秋天的早晨，我们来到了一个名叫利客村的明清古村落。才进村头，一群天真活泼在玩耍的小孩看见我们带着相机，高兴地围了上来，说他们带我们参观整个村子。一个古老的村子，一群欢快的小朋友。此情此景，徐老师忘情地和他们交流："几岁了，上几年级？来来我和你们合个影。"在一座老宅门前，徐老师开心地和他们合影。看着徐老师高兴的样子，我想到了这样一句话：生活的答案其实很轻松，只要你放下一切，灿烂的阳光总会照亮一切。

　　上午的采访结束后，下午我问徐老师去什么地方，他说由我定，其实，我很想借他来的机会，把家乡好好地宣传一下，就带着他到了县城南边的南诏汤池。出城10公里，我介绍说那里有个当地叫洗澡堂的温泉，曾经是南诏王常陪母亲泡澡的地方，徐老师听了很兴奋，便约了中新社的王林老师一道，才下车就迫不急待地去看汤池。在极为简陋的房屋，极为陈旧的石砌的澡塘里，却让本是文化人的徐老师发现了巍山的深层文化，让他激动不已。在享受了天然温泉洗澡的滋味之后，徐老师说："从此澡塘出来，浑身滑溜清爽，头发蓬松自然，气定神闲，沾了王气。"徐老师总是那么钟情着巍山，每到一处都能发现巍山历史和魅力。

　　一天傍晚，徐老师和我们县宣传文化界的几个同仁在报社小院闲聊，他的话语中总是对巍山充满了热爱，当夜的话题就围绕提升巍山知名度展开，大家热爱巍山、议论巍山，按徐老师的话讲，巍山是值得去了又去的好地方。

　　今年的秋天很无奈。时光飞逝，又是2015年10月，徐老师再次走进巍山。这次他来，我也轻松了很多，已知道徐老师钟情于巍山的采访内容了，另外我认为他现在应该是我们当地的人了。走在街上，居民都还仍然记着徐老师："这个么徐老师嘛，难得了，来为我们巍山宣传。"

　　时下正是金秋季节，巍山坝子乡村田野稻谷飘香，田间地头一派丰收繁忙的景象，看到此情此景，徐老师给我说这是一幅巍山秋来望的美好画面啊，照片你来拍，拍半个版，我当时蒙了，怎么入手啊？徐老师笑了笑和蔼地说，没事你能拍好的。迎着凉爽的秋风，我们来到了永建镇河谷村，一农户家晒了红红的辣椒，女主人在编草墩，编好后卖到县城，游客很喜欢买。在徐老师的指导下，我不断找角度，徐老师一边和女主人拉家常，让我等待拍摄最佳状态，最后《家有特产晒小院》的作品就完成了。接着，我们来到了西莲花村，看着秋收晒谷的场景，光影也特别好，我又问徐老师什么角度好，他说，构图时要突出主体物，同时要兼顾反映主题的周边元素。在他的指导下，很轻松地又一幅《晒谷场》的图片完成了。这时该村发展互助社社长知道我们来，一定要招呼到家中坐坐吃杯茶，才进家门，马社长激动地打开了话匣："下西莲花村是一个回族聚居村，也是巍山民族团结示范村，现在大家日子好过了，通过政府补助加社员入股的方式筹集互助金，解决了社员经营资金紧缺难题，村里收购核桃、中药材等进行加工销售，日子一天比一天好。"院心中一棵豆杉树结出了红彤彤的果实，徐老师高兴地说："你看，现在我们的生活就像红豆杉一样，会一天比一天红火。"这时，徐老师问我，什么是秋天的真正含义，秋天就是一个大自然回报给人类最丰厚的季节。看着蓝蓝的天、白净的云、层次分明的光影，我和徐老师兴奋地爬到了回辉登一幢楼上，拍下了唯美的《秋天清真寺》的图片。

为了拍好巍山的秋天，我们又来到了回辉登村经营刺绣的一农户家，她家缝制的服饰、挂件、床单等刺绣品已经卖到了甘肃、宁夏、四川等省以及叙利亚等国家了，并注有"回绣"牌商标。这也是反映秋天的一幅图片，当时我是不理解的。接着来到了清真面片馆，时下附近劳作的村民都会到面馆吃碗面片当午餐，不少外地游客也会慕名前来品尝。当时，我真的敬佩徐老师的智慧，现在我懂得了徐老师拍摄的智慧其实就包含在平时的繁琐的生活中，在平凡的人间烟火里。巍山坝子中间的一农田里，父女俩正在收购麦草，多么平凡的画面，这时徐老师叫我赶紧抓拍，通过不断找角度拍摄，一幅田间劳作的图片就出来了。这时我拿给满头大汗的徐老师看一下画面，他高兴地说："拍的很好，这张就作开篇照吧。"突然他说："半个版是不够了，拍一个整版。"听到这我由衷地兴奋。我们来到了县城农贸市场，映入眼帘的是时下新鲜蔬菜，也是秋天的一个内容了。在巍宝山生态果园里，果农徐志同与徐老师同姓，经过一番选景，折腾了近2个多小时，徐老师和我满头大汗，主人也满头大汗，但都很高兴。拍摄结束，主人跑到梨园，挑了两个大梨送徐老师，徐老师高兴得连忙叫我帮他拍手托大梨的图片，他发微信。

傍晚，我和徐老师在古街上闲走，我仍然背着相机，想再跟徐老师学几招。来到文献广场，当地群众在广场跳舞，突然徐老师发现月亮圆而明，叫我赶紧拍，一幅秋夜之舞的图片在徐老师的指导下又完成了。来到群力门碑坊前，徐老师突然发现了什么似的，他说他要在这照一张自己的照片留念，我为他照完，他说我俩合个影吧，我找了把椅子，我站在他身旁，就照下和我和徐老师唯一的一张合影。

秋天虽然静静地过去了，可我还沉浸在秋天的色彩里，还在感受着徐老师在巍山的那份热情。可是11月16日，竟传来他不幸去世的消息，让我非常震惊。他走得那么匆忙，多么熟悉的人，一个多月的时间，他的身影还历历在目。他深爱着巍山这片土地，把情和爱洒在了巍山这片热土和这片土地结下浓厚的情缘，他带着遗憾走了，巍山还需你的慧眼来发现啊！现在写下这些文字，记录下我和徐老师在巍山采访工作的情结，就当为徐老师追思和送行。

现在，我时常翻看这两张光明日报，感受和徐老师一起采访工作的经历。他走了，留给我的是生活启示和工作智慧。徐老师是个大爱在心的人，是一个在平实平凡的人间烟火里发现真善美的人，他深爱着巍山。

写到这里，我以徐老师在巍山搜集到的一首民歌作为结束，以表达我深挚的哀思。"不是为你我不来／爱你爱到心坎上／请个画匠把你画到围腰上／系起围腰绑着你／走过几架梁子几架山／隔山喊你山答应／路远八十不算难／我来到巍山这个好地方"。

作者系徐冶好友《巍山日报》总编

张梅芝

送别徐冶

　　徐冶，你就真的连个招呼也不打，悄没声的就走了？到现在我都不相信这是真的！可是，此时，你就静静地躺在八宝山这间大房子的花丛中，周围有这么多的花圈和挽联，你的亲人、朋友、同事，在向你深深地鞠躬，作最后的道别。你走了，这是真的。

　　看着你在花丛中的照片，你还是一脸的笑容。我知道你爱笑，你的每一天都用快乐充满着。所以，本来我也想好，给你这个与众不同的人来一个与众不同的告别——笑着与你告别。可是，我还是平常人，做不到与众不同，我哭了。我有许多年不哭了。这一次却忍不住大哭起来。我们都知道向死而生的道理，也多次领教生命无常的残酷。可是，这一次不一样。这其中，有为永远失去你的心痛，有为你英年早逝的惋惜，还有对老天不公的怨恨……

　　其实，这几天我一直想哭，一直忍着不哭。16日那天下午，我刚看了一场电影，惊心动魄地还没回到现实，出电影院突然看到冬瓜发的微信"徐冶去世了"，几个字让我很是疑惑，于是回复"瞎说什么呢？"我知道云南的这几个朋友爱开玩笑，所以还在想，这玩笑开大了啊！但是，还是有点儿不放心，赶快给冬瓜打电话询问。从那个时候，我就开始不停的念叨，这怎么可能？怎么会？睁开眼睛闭上眼睛，眼前都是你的那张圆圆的笑脸，一会儿摸着你的大圆脑袋笑，一会儿胡噜着你的肚皮笑，一会儿是憨憨的笑，一会儿是满眼狡黠的笑……

　　从我认识你，你就一直这样，总是乐呵呵的。那是1989年的事情了。

那时，我是一本世界语杂志《中国报道》的小编辑。被领导分配担任一个长篇连载的责任编辑。这个连载就是由你和王清华撰稿，徐晋燕摄影的《南方丝绸之路》。开篇之前，编辑部请你们到北京面谈，当然编辑部只报销硬座。所以你们三个人坐了两夜三天火车，从昆明来到北京，我安排你们住在人民画报招待所的地下室。中午就在外文局食堂吃饭。即使如此，你们也是乐乐呵呵，十分爽快地商谈好连载的相关事宜。这之后，每个月都会收到发自昆明的信件。稿子是你和王清华分工合作完成的。王清华一手娟秀的小楷，清秀流畅。而你的字，像刀刻的一般，一笔一划中棱角分明又不失调皮的个性。第一个印象，这人好认真啊！果然，从连载的大纲到每一篇稿件，都是实地采访，掌握大量一手资料，又查阅大量历史资料，撰写完成。1989年到1991年，历时两年，共计24篇，图文并茂地向世界各国读者介绍了中国西南部的历史文化，风土民情，以及与这条丝路密切关联的古老文明。这样宏大的连载，在编辑部是不多见的选题，在你们也是一次显露才华的机会。当然，我是沾了你们的光，有了一次担纲大选题的经历，也得以认识你，认识王清华、冬瓜、欧燕生，认识你们这一群一辈子的朋友。你是个知恩图报的人，多少年过去了，每当提起这组稿子，你总要说些感谢的话。可是，我心里明白，要感谢的话，我也要谢谢你。从这个连载中得到的，绝不仅仅是一组稿子能包容的分量。

因为你和云南这一群朋友的关系，我也对云南有了更多的了解，并且爱上这片土地。这么多年，全国各地，我到云南是最多的，与你同行就有4次。1995年的云南18生物工程采访，我们几乎走了大半个云南，2007年前一个关于云南旅游开发的采访，又是尽享云南的祥云绿野。后来，还有古村民俗和元阳国际梯田摄影展。那之后，你还和我说起，要采访中国的对角线，我也向你询问大理的客栈哪家中意。

这些年里，你离开云南社科院，到了光明日报，又从昆明调到北京。同在一个城市了，却各自忙碌，也并不怎么见面。但是，我一直视你为小老弟，好朋友。虽说不常见，也还是彼此惦念。见了面，说的最多的还是采访、选题。你会很得意地告诉我，你又有些什么大作问世，你的摄影美术版又刊登了什么好选题，好图片，好画作。每每为你高兴，从最初做你作品的责任编辑，到现在，你已经远远地走在了前面，我真的自愧不如。现而今，你的书，竟然在我的书柜里摆了厚厚的一大摞。

这些年你越发的潇洒，相机越来越小，还总是显摆你的得意之作。也是，你已经超越了机器带给摄影者的一切优势，你拍片靠的是灵魂的引领。你说不能在一个地方拍100张图片。你对于生活的热爱、认知，远远超出一般人的境界。所以，小相机照样能拍出非同凡响的照片。

徐冶，徐二台，徐大爷，你是真的离我们而去了。想想你也是有福气的。不但长了一个佛相，就是在生与死的瞬间，也真是与众不同。前后不到5分钟，说走就走，没有太多的犹豫，没有太多的痛苦。所以，你虽然只有55年的生命，但是你的每一天都充实，精彩！只是，这从天而降的噩耗，让这一群朋友如何相信，如何接受？

王清华说，你是与众不同的。我相信他的解释，唯此才能释然。无论如何，你生时快乐，豁达，洒脱，到了天堂，你依然会是快乐。

从昨天夜里到现在，北京的天空飘洒着绵绵细雨，寒气逼人。冬瓜说几天后你会回到昆明去，那里有你的家人、朋友，那里四季如春，有美丽的云，盛开的花。但愿你在那里安息！你也要记住，你有一个姐姐在寒冷的北京，她会一直的想念你！

作者系徐冶好友，中国网原副总编辑

叶辉

含笑送徐冶

2015年11月16日早晨6时许，家里的电话一次次爆响，我的心一次次被刺痛。先是光明日报社德高望重的辽宁站老站长苗家生告诉我你突然离去的噩耗，继而文摘报总编辑刘昆来电时泣不成声，连一句完整的话都无法说完。

惊闻噩耗，我脑子一片空白，继而心中大恸，泪水一次次漫上眼眶，几不能止……

徐冶，我的好兄弟！你这样一个充满活力、生命力旺盛的人，一个成天笑对人生给人带来欢乐的人，一个世界上最快乐的人，何以就这样来不及与朋友作别匆匆离去？

作者与徐冶第一次合影摄于1993年12月

徐冶到浙江省苍南县拍摄民俗抬大猪时与作者在苍南县矾山镇矾矿矿井内合影

　　我与你相识于1992年，那次云南采访，我有幸结识了你，从此，我的职业生涯有了一个绝好的同事，我的人生有了一个经常给我带来欢乐的挚友。

　　你是1992年从云南省社科院调到云南记者站的。1960年出生于昆明的你，当过知青，毕业于云南师范大学历史系，后供职于云南省委民族工作部、云南省社会科学院。那次云南之行是记者部主任王茂修的特意安排，因为你刚来，对光明日报还不熟悉，而斯时我已是老记者，我们联袂采访，意在让你增进对本报的了解，更快地融入光明大家庭中去。

　　没想到，初次见面，寒暄的拘谨还没消除，你已拿我开起了玩笑："叶老师，我是读着你的作品走进光明日报社的！"

　　我大窘。我有这么老吗？讯其故，却是事出有因。考察你时，王茂修已在众多候选人中一眼看中了你，于是给你开个小灶，考试前让你读几篇《光明日报》的新闻作品，其中有我的稿子，于是你就以此来调侃我了。

　　认识你后，我马上发现你是一个极有趣的人，一个充满磁性人格的人，我很快被你深深吸引。我和你本属完全不同的两类人，我性格极度内向，嘴拙不善言辞，拘谨不善交往，呆板不苟言笑；而你却旷达乐天，率真可爱，极爱玩笑。物以类聚，你云南一批朋党与你一样，都幽默得不得了，后任云南省社科联主席、民族历史文化专家的范建华，满嘴"文明的黄话"、永远板着脸孔说笑话的民委干部、书法家和丽峰，曾被名满华夏的舞蹈家暗恋多年的摄影家欧燕生，你们一旦聚在一起，那场面便会沸反盈天，笑声几可掀翻屋顶。你这几个朋友个个性格旷达乐天，风趣幽默，生活态度积极向上，一阵阵笑声中，我的拘谨荡然无存，我也像换了个人似的，融入了欢乐中。

从此，云南成了我特别向往的地方，也是此后我跑得最多的省份。我们联袂采访边防部队，亲眼目睹了边防战士与毒贩的搏击；1995年中秋之夜，我们共同经历了中缅边境与缅甸游击队正面遭遇的惊险；我们深入苦聪族山寨捕捉文明的曙光，为少数民族村干部"白天有酒喝，晚上有奶摸"的小康生活目标忍俊不禁，我们的足迹踏遍了金平、河口、屏边、蒙自、瑞丽以及南滚河、大围山自然保护区，共同感受南国边寨的美丽风光。

你是一个非常敬业的人。2000年元月，你邀我再赴云南。此次活动实为摄影安排，赴屏边大围山自然保护区做生态保护考察采访，一起的还有摄影家罗小韵等人。我们进蒙自，入屏边，访河口，深入大围山采访生态。那次采访我文字，你摄影。你因为胖，平时不愿爬山，但为了拍到理想的图片，你不但爬山，而且还上树，当你移动着熊一样笨重的身躯在树干上艰难攀爬时，我真担心你的安全。出身高干的女摄影家罗小韵干起工作来也不要命，她爬在树上用镜头俯视森林的情景我至今仍记忆犹新。

摄影是一个需要付出体力的职业。为了摄影，你的足迹遍及云南全省129个县市，还几乎走遍了大西南的西藏、四川、贵州和广西诸省。摄影需要冒险，有时甚至要冒生命危险。你是一个富有冒险精神的探险家，你曾与原武汉记者夏斐、青海记者刘鹏一起到长江源头探源，在生命罕至的荒原，你们车陷泥潭，不得不弃车步行，结果在茫茫荒原上迷路，差一点成为摄影界的彭加木。在云南，在西藏，你多次遭遇车祸，幸喜你福大命大，最后都平安无事。你还冒着巨大的风险潜入金三角地区拍摄毒品交易，险被发现，结果都被你逃脱，后来你的一组金三角毒品交易的图片被联合国教科文组织重金购买。

如今你已出版的作品有《南方陆上丝绸之路》《神秘的金三角》《壮丽三江》《诞生王国的福地》《边走边看边拍》《横断山的眼睛——镜头下的西南边地人家》等，你也因此跻身中国著名摄影家的行列。

你是一个可爱的人。如果一段时间不见，我便会不由自主地想你。我曾在一篇文章里调侃你：

与记者部主任宋言荣相比，徐冶更显得快乐。这个白面无须两脚圆脐灵长类动物，圆圆的脑袋，圆圆的眼睛，圆圆的脸，使人一见就会产生亲近的愿望。此君原是驻云南记者，自从调到北京当了摄美部主任，笑更浓，胸更挺，一天到晚腆着个怀胎六月的大肚子，倒背着手在光明日报社长长的走廊上自在地踱着方步。

他常拍着圆圆挺起的肚子笑嘻嘻地说：“有本事的男人把别人的肚子搞大，没本事的男人把自己的肚子搞大！”

笑意在他的光洁无纹的圆脸上汪洋恣肆。

他是没本事的男人？

1992年，光明日报云南站招聘记者，人选不少，他叨陪末座。经常笑嘻嘻的那张弥勒佛样的脸第一次变得凝重了。

他喜欢这张知识分子的报纸，渴望加盟。

考试前，他认真研究本报。

结果，“没本事的男人”得了第一名。那张弥勒佛一样的脸又恢复如初。

说你是“弥勒佛”一点也不过分，你心宽体胖，肚子圆圆。你那个传承了你的基因的小弥勒佛，狡黠可人。一次问及小弥勒佛长大后的志向，回答斩钉截铁：“像爸爸一样，当记者！”真是龙生龙，凤生凤，老鼠的儿子好打洞。你谈及此是何等的得意。可是问及原因，却使你大跌眼镜：“爸爸一天到晚夹个皮包，不干活，拿工资，还经常有人请吃饭！”呜呼，你恨不能立马堵住小弥勒佛的嘴。

而今你的小弥勒佛已经长成制型奇伟的男子汉，不但个头高出你这个大弥勒佛，而且英俊更赛老子，如今已是加拿大的洋硕士。

到云南记者站后，你一边握笔写文章，一边拍照走四方，到处捕捉美的瞬间。但不管怎么说，摄影于你毕竟是业余，你的专业还是文字。可是干着干着，一不小心你竟把业余干成了专业，最终被调进光明日报摄美部当主任，友人戏称你是"二奶扶正"，一个文字记者终于脱胎换骨成为摄影专家。

当了主任的你除了继续"游山玩水"拍回大量精美图片外，更多的精力则投放到管理上。

一次，你在报社附近的一个小饭馆和属下众啰啰欢聚，热腾腾一桌人鏖战正酣。摄美部干将、美男子郭红松津津有味地啃着一只肥嘟嘟的猪脚，脸上更是流光溢彩。这家伙以人物素描出名，曾为台湾星云大师和泰国诗琳通公主画肖像，因此声名鹊起。文化部等部门常邀请他为世界政要名流画像，以当国礼赠送。

"猪八戒啃猪蹄，自己啃自己！"坐在主席位置上的弥勒佛一样的你调侃自己的部下。

轰的一声，满桌哗然。

这样的聚餐在摄美部隔三差五——聚餐是你管理摄美部的经典动作。

且慢，八项规定之后你还敢公款吃喝——没有的事，你们的聚餐还真是"猪八戒啃猪蹄——自己吃自己"。

你对自己治下的部门，管理上完全是放羊式的：不必每天坐班，只要完成任务。完成得好有奖，干不好的要罚。

"把他们统统赶出去！摄影记者每天坐办公室里能拍出什么作品？"你说。

放羊式管理给了"羊们"充分的自由。但你规定，每周二上午的部务会议不许迟到，迟到一次罚款若干，迟到两次罚款若干。而所罚的款项则用来给大家解馋。

啃猪蹄的名画家被罚了款，他成了当日的猪八戒。用自己的罚款和大家一起聚餐，被罚者啃得开心，大家也一起开心。让受罚者开心地接受处罚，并且在处罚时达到大家共同开心，这正是你管理上的高超之处。

摄美部是一个业务氛围很好的部，你还搞了个摄美部小课堂，鼓励大家读书，你用部里的稿费给大家买书，要求每人每周起码必须读一本书。没有人敢阳奉阴违不读书，因为精明的你每周要在部里讲一次读书心得，每次一个人主讲，老记者和新来的大学生一视同仁。这一做法已坚持多年。

你要求部里的人出差回去必须讲采访的经历，感触最深的是什么，大家一起帮助分析作品，总结经验，共同进步。你还每周一次组织大家评版面评作品。这些举措无疑都推动业务提高，使年轻人尽快成长。

在你的领导下，光明日报摄美部进入辉煌期，书法家雒三桂，画家郭红松、王林，还有一批工作敬业成绩突出的编辑记者赵洪波、蒋新军、马列、田呢、于园媛等，人才济济，把光明日报的摄影报道推向了极致，摄影报道经常受到中央领导的表扬。你开辟"中华民族大家庭巡礼"栏目，连发56个专版，每个民族都有一张"全家福"；你重视民俗，推出了"人文地理"版；你钟情于祖国的大江大河，又推出了"中国文化江河"系列图文报道；你喜欢山，又推出"家乡的名山"……光明日报摄影美术版经常花样翻新，越来越受到读者的关注和好评。

2014年，我的职业生涯终结。退休的日子有点难，有点烦，有点闲。今年5月，忽闻你到浙江苍南拍摄人文地理专版，我心头痒痒。很快你来电邀请，我乐颠颠地赶到苍南作陪——我想你啊！

此时的你正处在事业的辉煌期，而我的职业生涯已经谢幕。你对我热情依旧，亲情依旧，玩笑依旧，没有因为我已退休而有丝毫的轻慢、冷落。那几天的时光弥足珍贵，那是我退休后最开心的几天。

那天晚上在苍南渔寮海边临海而居，本准备次日早上到海滩上拍海景，但台风来袭，一夜风雨，至晨未息，我们便坐在阳台上观景聊天。你谈你的远大目标，希望能编一套中国人文地理丛书，选一批名画家，一批名摄影家，为每个人出专集；你希望为光明日报社培养一批摄影名记者，把光明日报的摄影报道再提高一个层次；你也谈到退休后你将回云南，再拿起相机，填补还没能实现的缺憾。你还帮我出点子，希望我的退休生活更加丰富多彩，并邀请我今后经常参加摄美部的摄影活动。外表大大咧咧的你，其实内心非常细腻，极富人文关怀，好使我感动。去年，你和情谊满满的湖南记者站龙军策划了一个退休老记者观光活动，薛昌词、苗家生、宋言荣我们这些已退出职业舞台的老记在人间仙境张家界聚首。一路上畅游，你童心未泯，爱玩笑之心不改，观光车里，你故意把镜头对准我和一个并不认识的黑衣女子，用你娴熟的技巧拉郎配，硬是将两个毫不相干的人凑成合影，逗得大家开怀大笑；你让老宋和一只母猴合影，偷拍老苗撅着屁股拍美女的姿势。每造出一幅奇妙的"客里空"，你便孩子似的兴奋，乐颠颠地向大家炫耀，引得大家一阵欢笑。

你关心老同志。苗家生，忠厚长者，喜摄影，退休后你常邀他一起采风，你逮住机会为老苗制造虚拟的桃色新闻供朋友们消遣，什么苗书记新婚照，苗老爷子追美女，把个老苗乐得忘了自己的年龄；夏公是公认的道德楷模，但跟你出去一趟，便有了"夏公搂着美女跳舞"的新闻在坊间流布，还有照片佐证。每当造谣成功大家津津乐道时，你便会得意地偷着乐。宋言荣与你先后加盟光明大家庭，你们俩意气相投一拍即合，在开记者会时你们常夜半装神弄鬼，捏着鼻子装女声给弟兄们打骚扰电话："需要服务吗？"老宋奉调晋京升任记者部主任后，你步其后尘，出任光明日报摄美部主任。两人的办公室居然仅一板之隔，于是笑话便日复一日地从这两个办公室向外流布。

表面上，你乐天知命、嘻嘻哈哈，脸上从来难见云霓，骨子里，你却是一个非常严肃的人。曾一度分管摄美部的春林副总编辑对你的评价是：徐冶其实是一个职业上追求完美，工作上严谨负责，品格上坚守底线，生活上极端认真的理想主义者，一个外表粗粝而内心细腻的完美主义者。的确，每次出差，你的工作日程表永远安排得满满的。你喜欢拍日出，每次跟你出差，第一个起床的都是你，不管到何地，你都要拍日出，你的名言是"早起的鸟儿有虫吃"，你写稿字斟句酌，拍照精益求精，追求完美。

男人嘴大吃四方。你酷爱美食，惜乎太胖，近年来你开始节食。但对你来说美食如美女，你常常意志不够坚强。一如漫画家丁聪所言："宁可居无竹，不可食无肉。"你亦然，每逢盘中有肉，你就会情不自禁："就这一块，不相信就胖了！"后来你发誓不吃晚饭，但云南的范建华、和丽峰之流，光明日报社的邓海云、宋言荣之辈早已摸准了你的脾性，只要一个电话，你就乐颠颠地去了。"胖就胖了，就差这一顿？"你为自己经不起诱惑解嘲。

2008年10月，你到宁波采访，我陪你到奉化，当你看到奉化新建成的30多米高的弥勒佛，兴奋地拍着圆圆的肚子说："哈，与弥勒佛比，我还可以放开肚皮吃！"那天，那个年轻的导游小姑娘忍不住摸摸你的肚子说："叔叔，你的肚子真好玩！"

现在想来，是这"真好玩"的肚子害了你，是美食害了你，是太胖害了你！

但是，话说回来，生命的意义在于质量而非长度。你55岁的生命不算长，但却是优质高质。你爱工作，爱事业，爱旅游，爱摄影，爱美食，诸多的爱造就了快乐的你。人生的最高追求是幸福，而快乐是幸福的外化。你无疑是快乐的。你爱笑，不但自己笑，也带给别人笑，你是笑的永动机啊，源源不断地向世界播送着欢乐的笑声。你留给朋友的是你永远健康快乐的形象，再不会有人能看到一个佝偻着腰、蹒跚着腿、满脸皱纹、颤巍巍地用拐杖敲打着人生的路走向七十三、八十四的你。

面对爱笑的你，我不应该哭。但听到你走了的消息，我还是一次次忍不住泪流满面，泣不成声。自从认识你，只要和你在一起，我这个寡言少语不善欢笑的人也常常忍不住开怀大笑。你这张终年阳光朗照的脸从来没有阴天，你是笑着来的，我们也应该笑着送你走。徐冶，我的好兄弟！让我们用笑送别你吧，我相信，天堂里，你的笑声依然爽朗！

11月17日凌晨

作者系徐冶同事，光明日报领衔记者，浙江记者站原站长

宋言荣

徐冶与地方记者站的摄影情

　　徐冶走了，走的竟那样突然，连个招呼也没打。光明日报驻地方的记者们闻此噩耗都不相信这是真的，继而大家深陷悲恸，十分不舍。

　　2015年11月19日，阴雨霏霏。北京八宝山徐冶遗体告别仪式，没有相约，也没有串联，许多地方记者提前一天从全国四面八方赶到北京，向他们的好朋友，好兄弟，好同事做最后的告别。还有许多人通过微信、短信、电话等各种方式，表达他们对徐冶的怀念之情。告别大厅，哀乐低回。大家红红的眼圈，禁不住泪水流淌，我在记者部工作十年，从未见过记者站

2011年5月作者与徐冶在野三关采风

的弟兄们如此动情。

与徐冶初识还应从20多年前说起。这里摘录徐冶在《光明日报记者站30年——岁月》一书写的《在云南记者站的10年杂忆》中的一段："一个单位好不好在，除了事业上的追求，有良师有朋友是最为重要的因素。1993年初夏，我回报社参加重点报道组，从记者站来的还有宋言荣和戴自更，我们同住七楼招待所的三人间。戴自更年龄最小，才情横溢，勤于思考，写稿快手，他与我和宋言荣的作息习惯不同，每天精力旺盛，半夜回来睡不着还要做俯卧撑。他对别人说，我旁边住了两个农民，日出而作，日落而息。当时，重点报道组先出策划题目，集体论证可操作性，报社领导最后拍板定稿，宋言荣写的《知识升值了》、戴自更写的系列金融改革问题，以及我写的《社科界：迎接挑战》，分别在头版头条刊发后都引起读者的广泛好评。"

2001年，2002年，我与徐冶相隔一年分别从大连和云南两个地方记者站调回报社任职。我在记者部，徐冶在摄美部，又一起过起了单身的日子。宿舍、办公室相邻，一锅饭同吃。朝夕相处，情同手足。清晨一起到老报社附近的陶然亭公园晨练。

那时徐冶常拿一个小相机，在晨练的路上拍来拍去。他见水拍水，见树拍树。旧民居上一个大大的"拆"字他拍，居民委里的非典疫情公告他拍，荷塘边的残枝败叶他也拍。不久一幅取名"婆娑陶然"水中倒映柳的照片摆在了报社一楼大厅的图片廊上。跟着他渐渐地我也端起了相机。几乎每个周六、日我们都要来一个说走就走的旅行。春天拍过京郊古村落爨底下，夏天拍过大兴县《观刈麦》，秋天拍过野长城的红叶，冬天拍过雪后陶然亭。去过河北塞罕坝，登过山西五台山……每次照片冲洗出来徐冶一一点评，我偶有作品见报他就像自己的作品发表了一样，一脸招牌笑："请客！请客！"他称之为"好吃好在，快乐成长"。

在徐冶的引导下，记者站有了更多的摄影爱好者。浙江站长叶辉文字强势精彩，拍摄照片则启蒙较晚。徐冶常单独点拨，加之本人对事物通一晓十，进步很快。一次下乡采访偶遇农民用上手机，便以农家门框为前景，从屋外向屋内拍摄，光影构图都不错，发表于本报。徐冶在摄美部的业务学习会上以此为案例讲明"自身的学养体现在构图里"的道理。地方记者们也受此鼓舞。

徐冶在地方记者中的"粉丝"多了，作品也多了，他的办公室常成为各地记者回京聚集闲聊摄影之地。

2004年，徐冶提议摄美部和记者部联合举办地方记者摄影展，征稿通知一发，响应者众多，30多幅作品寄回报社，徐冶带领摄美部的同事，选片、布展、评选。2006年，又举办了第二届地方记者摄影展，这一次参展的作品更多，为了扩大影响，徐冶把影展从室内移到编辑部走廊上。编委会的领导、各部门的同志当观众，评头品足，地方记者们好有面子。

以后摄影美术部又策划了一系列的重大摄影采访活动，比如"中华民族大家庭巡礼"专刊、"家乡的名山"、"中国文化江河"等，无一不拽上地方记者站。专版既成为本报的文化品牌，又成为记者加强与地方联系、扩大本报影响力的阵地，徐冶乐此不疲。

2015年11月11日，摄美部又开辟了新栏目"我眼中的家乡"，约请县区宣传部的领导通过照片、绘画、书法讲述自己眼中的家乡，通知刚一发出，地方记者的微信群好评如潮，有夸赞这是主动配合地方记者工作的好创意，有说摄美部是服务地方记者站的标兵……

然而，这些夸赞徐冶再也听不到了。但他对地方记者站的弟兄们的这份情、这份意，会永驻大家心间。他对光明报业的执着，对摄影专业的热爱，对人生的豁达乐观，对同事对家人的一往情深，会深深铭记我们心间。

作者系徐冶同事，光明日报记者部原主任

刘昆

叫我如何不想你

那一年，我一口气买了两台 G11 相机，一台留着自己用，一台给你用。我的心思是，拿着一样的相机，与你去采风，跟你学摄影。

你一个大摄影家，对这样有点业余有点傻瓜气的相机，一点都不嫌弃，就像苗老师在《宝贝相机何人使》里描述的，无论是在边寨山村，还是高楼林立的都市，甚至出国访问，你的胸前总是挂着这台宝贝相机。你总是说，好作品不是靠器材，而是靠心灵去拍摄。当你的作品被人们由衷赞叹时，你常常会指着手里的 G11，乐呵呵地说："我使的可是刘昆给的宝贝啰。"这时，我心里也会乐开了花：宝贝相机徐冶使，真值！

担任光明日报摄影美术部主任的这些年，你和你手下那些优秀的可爱的年轻人，数不清多少次来到广西采撷八桂大地的美。每一回，都是人文之旅发现之旅，留下无数欢声笑语的回忆。你将镜头里的精彩和美好，在光明日报版面上浓墨重彩地呈现。你以这样的方式，支持记者站兄弟姐妹的工作，为光明的事业增光添彩。

这是我们兄弟间的默契。

好多年前的一天，你往我家里打来电话，一听到我的声音，你即以特有的幽默朗声大喊："好啦，你还活着，我就放心了！"原来，当天广西发生一起重大交通事故，乘车采访的几位广西媒体同仁由此魂归西去，你在昆明，却早于我知道，就焦急地打来电话询问我的情况。那时，我们都在光明日报记者站工作，你在彩云之南，我在广西，因为志趣相近，我们彼此在乎和牵挂，当然，更多的是你给予我兄长般的关爱。每周，我们至少

2012年5月，徐冶和刘昆一人一个G11，在广西贺州采访。小笑侠/摄

会通一次电话吧。你告诉我，如果几天没有通电话了，连你的爱人都会感到有些不正常呢。

这是我们兄弟间的默契。

今年7月，报社调我回编辑部工作，我们离得近了。你自然格外高兴，对嫂子罗姐说，刘昆回来好啊，这下我们兄弟可以经常在一起了。那天，我们去参观你新家路上，你兴致勃勃地买了一张北京地铁"一卡通"送给我，说是作为我来京的礼物。在同一个楼里上班，我习惯了每天都要上楼上你的部门去转一圈，有时实在太忙没时间，也要赶在下班前去一趟你那里，简单聊几句再离开报社。如此每一天都要见面聊天，每一回聊天都兴味盎然。你的经验和智慧，对于我做好新岗位的工作非常宝贵；摄美部伙伴们灿烂的笑脸贴心的话语，对我充满了吸引力，让我无比地欢喜。难怪有人说，摄美部是报社的世外桃源。

我丝毫都没怀疑过，这样平凡的好日子会一直持续下去，因为，这是我们兄弟间的默契。

11月16日凌晨，晴天一霹雳，你不打任何招呼就走了，永远地走了。

昨天，在八宝山公墓，人们从各地赶来送你最后一程。我看到，每个人的眼里都噙着泪水，脸上写满悲伤。你分明还活着啊，活在大家的心里。从八宝山出来，你的老同事，也是你的亲密战友，岳老师、叶老师、老宋、老白，还有我，我们一众大男人一整天就在一起絮絮叨叨，关于你的趣事说了一件件，一堆堆，眼泪却没断过线。

晚上吃饭，从不沾酒的老宋从家里拿来珍藏多年的冰酒。苗老师小心地斟了一杯，恭敬地放在他和老宋中间。他说："这是为徐冶留的座，他现在就和我们一起吃饭。"老宋提议大家向你敬酒："祝徐冶好兄弟走好，祝他在天堂开心！"酒喝下去，苗老师掩面而泣，叶老师失声恸哭，老宋一边说着"我们不哭，徐冶希望大家都开心呢"，一边潸然泪下，泣不成声。你不辞而别的这

2015年3月徐冶在广西金秀县，打电话恶搞老友，把自己逗得不行。蒋新军/摄

些天，老宋的血压一直高得吓人，他嘴里不停地宽慰大家，可是，他能找到的所有话题里都有你。期间，苗老师接到沈阳家里来的电话，他的二女儿已经特地去当地寺庙为你做了超度。我宽慰苗老师说："像您家人这样相亲相爱，这一辈子很幸福很完美了！"他沉默良久，说："要是徐冶不走，我的余生就会很开心！"

你离开的这些日子里，大家以各种方式表达着对你的怀念，寄托着对你的哀思，你的遗作遗言和遗像，在亲友间频繁地广泛地传播。你知道的，很长很长的时间里，大家都无法把你忘怀。遗作如诉，遗言如闻，遗像如生，每一分，每一秒，我都能真真切切地感受到你。可是，可是，我再也不能与你坐到一起，我再也无法拉到你的手，我再也没有机会随你一起去采风。你说，我怎么能够不伤心？你说呢？我的徐冶兄弟！

作者系徐冶同事，文摘报总编辑

夏桂廉

难忘的滇西北采访

徐冶走了，他离开的如此突然，以致使我从震惊、痛苦中久久不能摆脱出来。我与徐冶相识、相知20多年，他的真诚为人，执着敬业，豁达开朗，风趣幽默，令我敬佩，令我难忘！回望我们的友情之路，原点可说是1995年秋那次难忘的滇西北采访。

我是1994年初到记者部工作的，此前与徐冶并不熟悉。到记者部工作一年多后，与在云南任记者的他也仅是一般工作关系。那时，他给我的印象只是稳重、能干。1995年秋，徐冶打来电话说："云南搞了18项生物资源开发工程（简称18工程）已取得初步成效，省里很重视，想请首都新闻单位来采访，你能不能来？"云南美丽的风光，我很是向往，况且我当时还没有去过，征得领导同意后，我答应下来。

云南的18工程，是一项充分利用地方优势，保护生态环境，帮助农民脱贫的重要举措，很值得宣传。18工程采取公司＋基地＋农户的方式，开发花卉、饮料、药材、食品等项目。这些项目的原料资源多分布在山区、田野、湖泊，采访自然要去那些地方。当时，云南的交通还很落后，地区市多数不通火车，公路也很一般，加上全省多山，尤其我们要去的滇西北更是待开发的地区，要得到鲜活的第一手材料自然不易。我们的采访路线除了在昆明的几家公司外，大多数是分布在滇西北的迪庆、丽江、楚雄等地区。交通工具是两辆面包车。

我们一行有人民日报、新华社、光明日报、中国青年报等十多家单位，由于路途遥远，采访首先要过乘车关。长途坐车，有个靠前的位置，会少吃些苦。对当地的路况，徐冶是很清楚的，当大家顺序上车时，徐冶和省里几位带队的年轻同志却总是排在队尾，等大家都上车后，他们才上，到最后一排坐下。省里的同志这样可以理解，徐冶作为采访记者为什么要坐后边呢？我曾几次叫过他，而他总是笑着回答："我们几人是好朋友，要坐在一起。"还调侃道，自己壮实，能帮助压车。其实，那时他并不胖。

我们的采访常是早晨出发，一路颠簸，晚上才到目的地。记得在去宁蒗的路上，车在山中行走，人在车中摇晃，不少人难受得不行，昏昏欲睡。坐在后边的徐冶和他的朋友们却神态自若，开始兴致勃勃地讲起笑话。记得他们说起时任省长到苹果园视察，夸赞那里的苹果长得好。省长用土话说："这里的大苹果可以出口，小苹果可以自己吃！"徐冶在学那位领导讲话时，惟妙惟肖，将苹果说成普通话类似"屁股"的读音，让大家听了笑得前仰后合，晕车的感觉也忘了许多。印象尤深的是到迪庆的路上，一边是高山，一边是峡谷，有时山上落下成堆的石块，挡住路，车只好停下来。这时，徐冶等则会跑出车厢招呼大家："来，看看风景！"等养路工人清理后，我们的车才能斗折蛇行，勉强通过。

迪庆是我们那次去的路途最远海拔最高的地区。初入迪庆，我感觉还可以，谁知听到有人说起，这里的海拔高度与拉萨是一样的时，我的头即感到有些晕了。徐冶知道后安慰说："你不要想海拔，只专心看车外的风景就行了！"住下后，他仍跑来看望，生怕我不适应。

晚上，我们应邀到州长家喝酥油茶。热腾腾的酥油茶端上桌后，我和一些同志对酥油茶的味道有些喝不惯。徐冶则端起碗来，像主人一样招呼道："这茶好喝呵！还治胃病呢！"随后，还叮嘱我说："你不是有胃病吗？要多喝点啊！"在他的招呼下，大家都高兴地喝下了主人送上的一大碗酥油茶。

我们采访到了高原湖泊澄海螺旋藻生产基地，永仁县山区的滇橄榄种植区，藏在深山，不通公路的迪庆碧塔海。到这些地方，路远、偏僻、难行，如去碧塔海，其中有20里路为羊肠小道，需骑马而行。我从未骑过马，虽有当地青年陪同，但上坡下坎时也不免险象环生，自是辛苦。但徐冶只

2007年4月作者和徐冶在浙江合影

要一到采访地，立即精神百倍，他认真采访记录，爬坡上岗，寻找最佳摄影位置，每逢抢拍到一个满意的镜头，他都会兴奋地笑起来，有时还会拿着相机向我展示一下。他的敬业精神让我记忆犹新。

为了能得到更多的新闻素材，我们要尽量多的采访一些当事人。有些人健谈，有些人则不太健谈，采访一些先进典型时，有的人谦虚还不愿谈。我嘴笨，不善于打交道。这时，徐冶则发挥出对当地熟悉，风趣幽默的特长，经他的联络邀请，我们想采访的人都能见到。迪庆州副州长王树芬是位年轻的藏族女干部，毕业于昆明工学院，在发展地方经济，支持18工程中，做了很多工作。我们很想采访她，但她很谦虚，开始谢绝了我们的请求。徐冶亲自出马，一番说服动员，王树芬终于接受了我们的采访。

那次采访，我们辗转滇西北地区近半个月，这期间，我与徐冶朝夕相处，精心合作，共写了6篇稿件，较好地完成了任务，从而也结下了很深的友情。

2002年，已在新闻报道、人文地理摄影领域取得出色成果的徐冶，调任报社摄影美术部主任。上任不久，报纸的摄影美术版就出现了全新的局面，部门里，编辑记者团结合作，佳作迭出。徐冶也被青年记者送上了"徐大爷"的雅号。记者部与摄美部一墙之隔，我成为了他办公室的常客。

徐冶很愿下基层，他认为好作品不是在办公室想出来的。他不但要求记者要常下去，他自己也会带头到一线。工作安排好后，我常和他一起采访，我们到过贵州的赤水河畔，内蒙古的呼伦贝尔草原，吉林的长白山，江西婺源的乡村——如今回想起来，最难忘的还是那次滇西北的采访，正是那次合作，使我得到了一位挚友。

徐冶走了，我国摄影界失去了一位杰出的人文地理摄影家，光明日报摄美部失去了一位大家爱戴的领军人，我们失去了一位诚挚的朋友，但他才华横溢，真诚大度的风范将长留我们的心中！

作者系徐冶同事，光明日报记者部原副主任

任维东

爱"抖照片"的二台兄去哪儿了

11月16日一大早，我家里的电话忽然响了。北京总社的老朋友顾军来电说："任兄，徐冶没了！"我吓了一跳，以为听错了。当他简述了徐冶突发急病去世的情况后，我仍然感到难以置信和悲伤。不过，谁能拿一个朋友的生死开玩笑呢？

由于身体的原因，远在昆明的我，特意给正在北京中国人民大学读博士的儿子打去电话，交代他一定代表我到北京八宝山公墓送徐冶兄最后一程。

故友已经远去，然而往事却历历在目。想来让我记忆尤深的是二台兄"抖照片"的趣事。关于徐冶的这一别号，这里顺便交代一下来历。一次，他到云南省某县参加一次采访活动，因为在签到时，徐冶将自己名字中的

1994年10月，在丽江采访电影《兰陵王》后的合影,左二为徐冶,右一为作者。

"冶"，写得有点分家，看起来像"二台"两字，当地官员在介绍时就叫他"徐二台"。他从此便被朋友们戏称为"二台"。

我与徐冶相识于上世纪90年代中期，那时我已经在人民日报云南记者站工作五六年了，而徐冶则刚从云南省社科院调入光明日报云南记者站成为职业记者不久。

因为当时光明日报云南记者站还没有采访汽车，我便邀请徐冶来我这搭车一起参加当地组织的一些采访活动，一来二去我们就熟悉了。特别是，当我发现徐冶也喜欢摄影以后，我俩的共同语言就多了起来。

说起文字记者要兼顾摄影、也要搞好摄影，这一点我与二台兄的确是不谋而合。当时，作为人民日报驻地方的文字记者，我是较早地一手拿笔、一手拍照而且时有摄影作品见诸于报刊的一个。这得益于我1986年在中国社科院研究生院新闻系读研究生时老师讲过"一图胜千言"的那句话，它让我警醒并牢记至今。1989年底，人民日报派我驻云南记者站时，给我配发了一台日本产理光 XR7胶片相机和一个35毫米的标准镜头，这在当时进口相机中与著名的尼康等品牌相比属于物美价廉。

虽然原来我并不认识徐冶，但我们各自早就在不约而同地文字与摄影一把抓。一想到我工作的驻地云南省国土面积近40万平方公里，拥有4000多公里的国境线，面积在全国各省、自制区、直辖市中排名第八，同越南、缅甸、老挝接壤，报社不可能再派一个专职的摄影记者，我就更加坚信自己必须做一个能写会摄的"双枪将"。真正让我对摄影兴趣大增的是人民日报社的《大地》杂志，1992年发表了我的长篇纪实报告文学《云南大扫毒》，同时配发了我实地拍摄的十多幅云南禁毒、公开烧毁鸦片及昆明戒毒所的新闻照片，让我充分感受到纪实图片的威力。所以，此后我每次采访都是走到哪里、就拍到哪里，随时准备给文章配图片，这和结缘徐冶后他说的"边走边拍"相吻合。

而此时的徐冶，也已是颇具水平的摄影发烧友了。他悄悄告诉我，他能调进光明日报社，要感谢摄影。因为当时负责招考的光明日报社的一位老同志也喜欢摄影，所以，他在竞争中胜出。也正因为如此，他后来能够担负光明日报摄影美术部主任一职。

　　巧的是，他经常使用的同样是一台理光胶片相机。我发现，徐冶有个习惯，每次与朋友聚会，都要带上一个宽大的黑色挎包，里面装着冲洗放大出来的他拍摄的各类摄影图片。一落座，他便要把自己新近的摄影作品拿出来"抖"给朋友们看，分享自己摄影的快乐，顺便给自己的照片找出路。这已经成了他和朋友聚会的一个保留节目。以至于，我们每次见面都要先问："徐冶，又要抖照片了？"

　　那个年代，还没有数码相机、手机，发烧友们和专业摄影者用的都是胶片相机，好的照相机、胶卷都是进口的，而且胶卷、冲扩费都比较贵。我原来只会用负片拍摄，还没有使用过正片（反转片）。因为一卷从美国、日本进口的彩色反转片胶卷要三四十元，太贵。徐冶那时已经是正负片"兼修"，颇有心得。他教我如何使用反转片拍摄，例如比正常曝光减曝一点，还把他摄影界朋友送给他的反转片胶卷匀上一两个给我。

　　由于我俩对摄影的共同爱好，所以每次参加集体采访，我们都要交流对摄影的心得以及各自了解的摄影器材的新进展。我们相约购买了日产尼康FM2相机，我又利用到北京参加人民日报社的全国"两会"报道之机，借钱帮他从北京汇丰照相机器材店买回了一支适马15—35毫米的大广角镜头。

　　在那些共同驻站的年代里，我们一起去泸沽湖拍摩梭人，一起去迪庆拍香格里拉，一起去怒江拍摄大峡谷，一起去元阳拍哈尼梯田，一起去大理拍洱海渔民，一起去澜沧江湄公河拍金三角，一起去中缅边境探秘神秘的佤邦，一起策划出版图文并茂的《神秘的金三角》……从徐冶身上，我真切地感受到了他对摄影特别是人文地理纪实摄影的热爱和执着，也学习了他的现实主义的摄影理念，深为他对生活、对故乡风土人情之热爱所感染。

　　岂料，如今这一切都已成为只能从往事中追寻的难忘回忆！再也见不到那个爱"抖照片"、笑呵呵的徐二台了……

　　愿徐冶兄一路走好、在天堂更快乐地摄影！

2015年12月1日

作者系徐冶同事，光明日报云南记者站站长

毕玉才

我们是一群假装有故乡的流浪汉

城市是一片片云，游子是一只只风筝。尽管五颜六色地风光，终归漂浮不定。只有当夜幕降临，放风筝的人轻舒猿臂，把风筝拉回来，凄惶的心才算落地。

大地之于风筝，就是故乡；故乡之于游子，就像大地之于风筝。

11月21日下午1点零6分，春城昆明阳光灿烂，CZ3901航班缓缓降落在长水机场，徐冶到家了，从此日日夜夜守望着家乡。

曾经和李娜同台演出的姜昆，对李娜出家一直耿耿于怀。终于，在洛杉矶，二人不期而遇，李娜告诉他："我不是出家，我是回家了！"

"徐冶回家了！"或许，只有这样想，我们才能原谅一个朋友的不辞而别，才能缓释内心的悲痛和绝望，才能饶恕阎王这个混蛋的乱改生死簿和一本糊涂账。

（一）

"手把手教我做报人的亲师父……到极乐世界出长差去了，我只有祝您在那也能吃好喝好，继续嘻嘻哈哈把快乐传递给所有人，做个无忧无虑的大肚罗汉……"

11月16日4点20分，微信里突然跳出"小笑侠"蒋新军这样一段文字。

"手把手教我做报人的亲师父"？这不是……这个念头一闪出，我忽然感觉自己很邪恶，不会的、不可能、我不相信！何况，小蒋还在大西北挂职哪。

一丝侥幸在黑暗的夜里东躲西藏，不祥的预感像蚊子一样在耳边嗡嗡

2014年11月作者（左）和徐冶在凌河第一湾采风

乱响，时远时近，挥之不去。

6点12分，蚊子终于落到了脸上，毒针深深地锥入心中。海云证实："徐冶今凌晨不幸逝世，我们现在都在他家里。"

无数只蚊子在我眼前乱晃，遮天蔽日，横冲直撞。

9月8日到13日，徐冶带小郭来辽宁，从葫芦岛、到盘锦、到营口、到大连、到丹东，从"辽宁西大门"绥中到"辽东半岛最南端"大连老铁山，一直走到中朝边境鸭绿江大桥。一路马不停蹄，一路欢声笑语。

11月3日，徐冶结束上海崇明岛采访返回北京后，发来微信"聊闲"。我说："徐大爷，朝阳的'人文地理'版出来了，还有盘锦呢？"他回："我的版都成《辽宁日报》了。""不对，是《辽宁画报》。"我逗他，他回"呵呵"，透过手机屏幕，我能想象到他既顽皮又无奈的样子。

11月15日早晨，在重庆古剑山画家村，徐冶继续发微信调侃："出早工，呼鲜气……""晚上11时06分，从新房子回来，都见到小区车库栏杆了，他突然说后背疼，意识到可能是心脏问题，我赶紧掏出速效救心丸塞到他嘴里。勉强把车开进车库，还不及归位，人就跟跟跄跄地瘫软下去。"在徐冶的灵堂前，嫂子罗静纯再一次泣不成声，"我就这么眼瞅着他一点点瘫下去，喊都喊不回来！"

（二）

早晨6点半，网上网下已经哭声一片。人们不理解、不信、不接受！尤其是摄美部的"小朋友们"，更是痛不欲生。

徐冶是来辽宁最多的，我们在一起拍过许许多多被采访对象的照片，却很少拍过他的照片，以至于想做一个怀念他的视频时，竟找不到一张合适的封面照片。"谁有徐大爷的照片，最好是笑容最灿烂的。"徐冶天生豁达、乐观、幽默、敦厚，我不想给人太压抑的感觉。上海的颜维琦同学立即给我上传了很多张徐冶在崇明拍摄扁担戏时的照片，照片中的徐冶顽皮、开心、活泼。不料，摄美部的"小朋友们"一致要求赶紧删掉。眼见着照片像烛火一样一个一个熄灭，我才意识到伤害了"小朋友们"的情感——抚平创伤需要时间，何况还在小朋友们最悲痛的时刻。

徐冶，一个从大西南走到京城的"北漂"，位不高，权不重，为啥得到了这么多人的爱戴？《道德经》中有句话说，江海为什么能够汇纳百川，而且辽阔无比？那是因为它的姿态摆得比谁都低啊。

对部下，他严格，却不苛刻；对同事，他热情，但绝不虚伪；对工作，他认真，又不咬牙切齿地"恨活"。一个人说话办事让人舒服的程度，决定着一个人能够抵达的高度。能够让自己快乐是一种能力，能够让周围的人都快乐是一种修行。

辽宁有14个地级市，徐冶走过的有11个。多少次陪徐冶走辽宁，一走就是五六天，从来没有累的感觉，现在想起来，其实不是不累而是内心轻松愉悦。

（三）

苗家生老师的爱人说："你们总是和徐冶开玩笑，咋就不知道提醒一下他注意身体？"

旁观者清。我们都太专注于朋友带给我们的幸福和快乐，却忽视了朋友也会给我们带来痛苦和自责——当我们突然失去朋友的时候。

2015年5月，徐冶和作者(右一)在一起。

听徐冶爱人说，有一次她感到头晕，告诉徐冶好像高血压犯了。徐冶问："血压多少？""低压96"，妻子答，徐冶满不在乎地说，"这哪里算什么高血压，我低压128哪。"

在采访西南丝绸之路时，徐冶乘坐的吉普车左后轮飞掉，差点翻车；在采访马可波罗足迹时，徐冶在滇西遭遇地震、车祸，险成"三明治"；在中缅边境采访时，徐冶曾与缅甸游击队近距离遭遇；在人迹罕至的长江源头，徐冶乘坐的车曾深陷泥潭，不得不弃车步行，结果在茫茫荒原上迷路，差一点成为"摄影界的彭加木"。或许，我们都太相信了徐冶的福相和好运气，却没有想过他的生命会止步于一次突如其来的"梗塞"。

弟弟徐航在徐冶去世后，发现他的身份证上最后一组11221116数字，正是他的生辰和忌日。弟弟说，"哥哥是菩萨，来去天定"。我们也只好以此麻醉自己，聊以自慰。

"树长高了要掉叶子。"在傈尼山寨采访时，徐冶记下了一位父亲的这句话，他的女儿刚刚14岁，到山里找猪草，跑着跑着就死了。大山的儿女们果真是看穿了生与死？

（四）

徐冶出生在云南昆明，1992年到光明日报云南记者站，2002年奉旨进京。可是，他的心、他的目光、他的足迹从来也没有离开西南那块七彩的土地。今年1月份刚刚出版的摄影作品集《远去的田野》，囊括了徐冶对故土、对田野、对乡情的所有记忆。

在徐冶家，嫂子罗静纯给我们讲了这样一个细节。在徐冶倒下后，救护车赶来时，医护人员发现他的心电图已成了一条直线。于是大喊："家里有没有其他亲属，赶紧叫过来！"嫂子当时茫然四顾，手足无措，"我们都是外地人，身边哪里还有什么亲属？"

在这个钢筋水泥搭成的大城市里，我们虽然拥有自己的房子，却一步一步地失去了自己的家园，我们都是一群假装自己有故乡的流浪汉。

哈尼族民歌中说，"闻着树花的香气来认节气，听着雀鸟的叫声来认节气，不认节气找不着岁月的根。认了，带着月份回去，背着喜欢回去。"相信，这一次，徐冶是"背着喜欢回去"。只是，苦了他的高堂老母。

辽宁熊岳有一个望儿山，山下很久以前是一片汪洋大海，海边有一户人家，只有母子二人相依为命。为了供儿子读书，母亲昼耕夜织，苦熬了十几年，这年朝廷举行大考，儿子乘船而去，却迟迟没有归来。母亲日日登山，年复一年，头发等白，眼泪哭干，最终化为一尊石像伫立在山巅。

今年8月份，徐冶来鲅鱼圈采访"母爱圣地望儿山"，听了这个故事不胜唏嘘。一隔数月，这个悲惨的故事竟然发生在他和母亲身上。

唉，多少慈亲如此山，叮叮庭训锦衣还。岂知一去无归日，悔不当初学种田。

作者系徐冶同事，光明日报辽宁记者站站长

颜维琦

游来为乐一方石

徐大爷出远门了，这一走，一声不响，看到好玩的东西也不发来逗我们乐，这可不像他的风格。我们都爱叫他徐大爷。大爷，总是有大爷的范儿才能成为大爷。徐大爷率直、幽默、顽皮，时有智慧的金句从那光明的头顶迸出，也常有令人捧腹的段子从那能容的大肚冒出。

进报社不久，就常在报社三楼那长得看不到头的走廊上见到徐大爷。记忆的画面里，他常踱着步从摄美部南边的屋到北边的屋，再从北边的屋到南边的屋。那时我还只敢毕恭毕敬叫他一声徐主任。有时他也会停下来问我，那个字是你写的？真不错。和徐大爷相熟起来，是在调到上海记者站工作后，也是摄美部有了"艺萃"之后。

先是2011年临近年底，那时我到上海刚一年，有一天突然接到徐大爷电话，电话里说，报社正在酝酿推出"光明文化周末"，一块是文艺部主持的"文荟"周刊，一块是摄美部承担的"艺萃"周刊，让我写刊头的几个字。我一下就"怵"了：我哪里写得好啊，刊头这么重要的位置，我又是无名晚辈，还是请书法家写比较合适。"你就写嘛，写好了寄过来，元旦就要出第一期了，好几个书法家也写了，你也抓紧写一个让领导选。我们这个版要办得年轻、时尚、好看，办给年轻人看，年轻人写刊头最好了。"徐大爷不由分说就下了任务。

我忐忐忑忑交了"作业"。没想到，元旦刚过，就看到自己的字印在报纸上了。"看到了吧，用了你的'文荟'和'艺萃'，'光明文化周末'用的是另一位书法家的。第一期'艺萃'两个字比较小，第二期把你的'艺萃'

2012年徐冶携"上海小分队"采访

放大了。"电话里，徐大爷乐呵呵地一口气说了好多，那高兴劲儿简直比我还要足。

这一下，我算是跟摄美部、跟"艺萃"结下缘了。但和徐大爷熟到可以因地制宜开他的玩笑，是在"上海小分队"的第一次金山行。

2012年3月，因为辽宁站老站长苗家生（我们爱叫他苗老爷）的热情推荐，徐大爷率部下田呢和蒋新军到了上海金山。苗老爷是上海人，熟稔上海本地风物人情，说起金山的农民画不错，徐大爷就兴致勃勃地来了。

徐大爷出门，包里一定揣着"艺萃"的报纸，而且一定是他根据每次采访地和采访对象的特点，挑选的有参照意义的几期。刚到金山，徐大爷就拿出报纸跟当地宣传部的同志介绍起"艺萃"的办刊理念。第一次陪徐大爷采访，我还觉得这是创刊的热情，接着三年里又陪着徐大爷有了两次上海行，每次都是如此，"艺萃"报纸一定是行李标配，我才意识到，那是发自内心的专注、投入和热爱。在徐大爷的眼里，"艺萃"就像是他的孩子，办"艺萃"的年轻编辑们也是他的孩子。

可不，逢人就自卖自夸，夸好"艺萃"就开始夸他的"大将"。"田呢，漆画家，出身美术世家，清华美院（原中国工艺美院）毕业，我们的美术视界版主编；蒋新军，中国传媒大学毕业，今年刚进报社，极聪明，我们的人文地理版主编。"徐大爷挨个介绍过来。因为采访主题是农民画，徐大爷特意这般点了将，田呢负责美术部分，新入社的蒋新军要带出来"遛遛"。这也是徐大爷的习惯，尽量多带年轻人一起出差，一路走一路教。

几天的金山行愉快而充实，回京不久，精心打磨的图文报道《有个金山在上海》《心头庄稼笔头花》就出炉了。新鲜的视角、细致的观察、独特的构图，让人眼前一亮。每张照片背后，都是一个活泼泼的故事。有了这次合作，"上海小分队"的队伍就算是建起来了。

2014年12月，"上海小分队"又有了一次浦江行，为"中国文化江河·黄浦江篇"组稿。成员不变，徐大爷也还是老样子，一到了就开始琢磨大标题、题图，构思版面元素。"去拍下轮渡吧，可以把江两岸串起来，你们上去拍开船人。""海关钟楼的守钟人，这个好，一定要多点人的故事。""这个资料要收好，正好给我们上次采访的'关文化'做补充，积累多了可以做个主题。"……跟着徐大爷采访，拍到几张满意的重头照片，徐大爷就放松了起来，开始"寓教于乐"，逗逗同行的苗老爷，互相做模特练人像摄影。拍到一张得意的片子，他就念叨着"这个好，这个好"，等着我们看他显摆，好片子真的让他快乐。要是走了一小时都不见他举起相机，负责"地陪"带路的我就要担心起来了。

陪徐大爷有了几次采访，我自觉比较了解徐大爷的喜好，也熟悉"艺萃"的风格了，定采访路线也更有把握了。2015年10月29日，小分队做崇明岛行，这是一年前结束黄浦江文化江河的采访后，在上海余庆路的一家小面馆里和徐大爷的约定。我知道，徐大爷一定会喜欢上那里。生活在都市，他的根还是在泥土里，一切质朴的、结实的、日常的、自然的，总是能打动他。有烟火气、有生活味的地方，他才自在。

"橘黄蟹肥稻谷香，就叫这个题目嘛，多好！"在崇明岛最西边的绿华镇宝岛蟹庄，拍好蟹塘晨光，再拍套着靴筒的捕蟹人。在乡间小路，看到橘树掩映下的民居，他兴冲冲地找好角度蹲守，等着骑三轮的村民缓缓骑进他的画面。车行至北沿公路，路边大片大片丰收的稻田，又让他雀跃了起来，抱着他的 G11 相机就跑了下去。同行的新入社记者周官正也跟着跑了下去。田野里两个撒腿奔跑的背影，完全看不出年龄的距离。追着收割机拍，跳上行驶的收割机拍，拍劳作的人们，拍田野的喜悦，拍得心满意足，徐大爷就爬上草垛，快活地喊："地都是我的！"跳下草垛，合上相机，徐大爷美滋滋地收工，"看，多好，要什么有什么，最近要做一组'家乡的金秋'，这里全有了。"

第二天早起去拍菜场。崇明最大的三沙洪路菜市场，六点刚过，早已人声鼎沸。一扎进菜场，徐大爷就跟鱼儿入了水一样。"我不漂亮，螃蟹好看。"寻常的叫卖声、吆喝声经了徐大爷的耳朵，马上给提炼成了"金句"。抱着早市摊上的大饼油条，徐大爷吃得乐不可支。灶头画、扁担戏、车轮渡、还有小分队成员的意外寻亲……崇明几日拍摄，每天都惊喜不断。天公也格外作美，从上海市区去崇明的路上还大雨滂沱，到了崇明就天朗气清，还有变化万千的迷人云彩。

没想到，完美的崇明行，竟成了徐大爷的绝笔。他亲自拍摄、指导、改定的《崇明：橘黄蟹肥稻谷香》在2015年11月8日的"艺萃"周刊刊发。11月16日晚，刚从重庆出差回来的他，就不辞而别，云游去了。

得知消息的那个早晨，我哭了很久。开车在路上，开着开着，泪水就止不住流下来。想起他每天早晨在小分队的微信群里吆喝，"鸟叫了，出工了"，"早起的鸟儿有虫吃"，想起他的笑声和那独特口音的"好嘛"，想起那个大雨滂沱的夜晚开了三个小时的车从虹桥火车站到崇明，坐在副驾驶位置的徐大爷开心地说："今天我是两渡长江喽！"那一路，大约是怕我开夜车疲劳，徐大爷说了一路，说好玩的人好玩的事，说起摄美部的部训"不失其所，如如不动"……

奇怪的是，想着想着，我的悲伤就被一点点湮没了。看到办公室摆着的他拍的照片，路过他在上海吃的最后一顿饭的小馆，翻看手机里他发来的最后一条约稿消息……每当想起他的时候，我的嘴角便会浅浅一笑。那些时刻，他或是迎面走来，或是转身回头，也总是带着笑的。

这或许就是徐大爷的力量。于他，生命是一种修行，他是为传递快乐而来的。想起他常爱写的"录汉代瓦当句：游来为乐"。

他的心永远是年轻的、自由的。他是一位不知疲倦的游方行者，在路上，才是他最舒服的状态。如今，徐大爷已经走了一个多月了。我猜，他大约是往山中行了，要是有一天，他走得累了，也许会坐在一块大石头上歇脚，也许会化身一块石头。就像他最喜欢的那两句话，"不失其所，如如不动"，山和石，宽厚沉着，是他喜欢的安静而恒久的力量。

这八个字刻在他的墓碑上，墓碑就在滇池旁，依山面水好风光。墓碑下方，有他钟爱的"艺萃"，还有他喜欢的《金刚经》里的一段文字。好开心，那几行字是我写的，能够以这样的方式，在彩云之南陪伴徐大爷，听他谈天说地，真好。要是有一天，徐大爷走到他的墓碑前，看到这样的设计，也一定会笑着说，"好嘛好嘛，这样多好。"

作者系徐冶同事，光明日报上海记者站副站长

苗家生

一张刻骨铭心的照片

　　这是一张让我刻骨铭心的照片：在刚刚收割的稻田里，徐冶和他的好友、文摘报总编辑刘昆坐在草垛上，望着为他们拍照的三位同事颜维琦、田呢、周官正，笑逐颜开。今年10月末，徐冶带领摄影美术部二位年轻的编辑、记者来上海崇明岛采访，30日下午，他们路过一片正在收割的稻田，看到一台绿色收割机在金黄色的稻田里作业，成片的稻子瞬间割倒整齐铺在一边。徐冶如获至宝，对司机说：停车！车停在路边，他领

着大家迅速跑进稻田，拿起他的宝贝 G11 相机不停地按动快门。拍了一会儿，他翻开相机显示屏观看刚才的意外收获，高兴地说："金秋时节，崇明岛橘黄蟹肥稻米香，这个场景可以象征稻米香吧！"也许是拍累了，他和刘昆爬上草垛休息片刻。这时，一旁的同事迅速拿起相机和手机，拍摄徐冶在草垛上得意扬扬的神态，我站在离他们较远的田梗上，用长焦把他们全部囊括进镜头。如今，照片上那个慈眉善目的摄影家走了，走得那样急，竟然来不及和我们打个招呼。睹物思人，这张照片也成了我对徐冶无尽哀思的寄托，脑海中不时显现和徐冶在崇明一起度过难忘 4 天的情景。

2014年12月初，徐冶带领田呢和蒋新军来上海，为"中国文化江河"的"黄浦江篇"拍摄、组稿，喝黄浦江水长大的我有幸参与。当时，新军为大家在微信中建了一个群，名为"上海小分队"。采访结束的那天晚上，上海记者站曹继军、颜维琦请大家在"上海早晨"面馆吃面条，提议"小分队"2015年去崇明岛采访。今年国庆节，维琦在微信群中邀请徐大爷（这是光明日报社年轻人对他的尊称）带领小分队来崇明岛，新军正在青海省玉树藏族自治州囊谦县挂职锻炼，徐冶让田呢和摄美部另一位年轻记者周官正参加。文摘报新任总编辑刘昆要去上海解放日报社考察《报刊文摘》，也一同前往。我是摄影发烧友，退休之后常随徐冶到各地采风，崇明虽是上海的一个县，我却从未去过，维琦邀我同行。

徐冶原定10月27日去上海，临行前接到通知，28日上午中宣部领导来光明日报社调研，摄美部要参加汇报。他推迟行程，汇报一结束就乘坐火车赶赴上海。晚上7点多抵达上海虹桥车站后，他不顾旅途疲劳，乘坐维琦驾驶的汽车驰骋在前往崇明的越江通道上。雨一直下个不停，徐冶饶有兴趣地用手机拍下透过风挡玻璃看到的雨景，发到小分队微信群里。不一会儿，他又发来微信："你们睡大觉吧。我们在长江大桥上，我今天是过来过去走长江了。"我随即回复："你们不到，我们能睡吗？"他又通过刘昆发来通知："现在睡觉，明早拍日出。"午夜11时许，我听到汽车声，果然是徐冶和维琦到了，我来到他住的房间，他要我早点休息，明天早起拍日出。

我说：雨这么大，明天能晴吗？他笑眯眯地说：不怕，你等着明天晴天吧。

第二天早晨，我朦胧中听到手机发出几声信息提示音，打开一看，微信中有徐冶发来的几张照片，他已经在用手机搞创作了，有我们下榻的"宝岛蟹庄"园林小品，还有一张日出照片。我拉开窗帘一看，太阳已经升起来了。等我拿起相机来到庭院中，徐冶正在让他的年轻同事们看相机的显示屏，比比画画讲些什么。看到我走过来，他得意扬扬地说："我说今天能晴，怎么样？日出你是拍不了啦！"

崇明岛是我国第三大岛，积沙成陆，是世界最大冲积沙岛。围绕如何反映崇明的生态文明这一主题，徐冶带领大家考察西沙湿地和东滩鸟类自然保护区，寻访民间艺人，拍摄农贸市场，确定了以《崇明：橘黄蟹肥稻米香》为题，在《艺萃》的人文地理版发一组图文。短短四天中，崇明岛从东到西都留下了光明日报记者的足迹。

在参观崇明博物馆时，崇明扁担戏引起了徐冶的浓厚兴趣。听说扁担戏传人朱雪山住在中兴镇，他请县外宣办领导调整行程，直接驱车去采访。途中巧遇中兴镇举办庙会，徐冶急忙拿出相机拍摄庙会的盛况，在摩肩接踵的人群中穿梭，摄下一个个满意的场景。朱雪山家是一栋三层小楼，房后是一片菜地，典型的上海郊县农舍。我们来到他家时，他已将扁担戏的家当搬到庭院里，边介绍边给我们演示。扁担戏是一种类似木偶戏的民间艺术，艺人用一根扁担，一端挑着小舞台，一端挑着高脚凳，走村串户为乡亲们演出，一个人就能演一台戏。朱雪山躲到小舞台后边，坐在用布幔围起来的高脚凳子上，双脚踩响凳面下横档上的锣钹，给我们表演了一出，徐冶指挥田呢和官正抓紧时机拍摄。也许是因为捕捉到好题材的兴奋，徐冶学着艺人的腔调，在小舞台的前面摆出一副顽皮的样子，逗得大家直乐，我也不失时机地用相机记录他的怪态。

徐冶对拍摄集市情有独钟，崇明的人文地理摄影报道当然也少不了市场的元素。10月31日，我们特意起了个大早，6点多钟就来到三沙洪农贸市场拍个新鲜。市场的海鲜水产摊位上崇明清水蟹、各种鱼虾应有尽有，空气中弥漫着咸咸的海腥味。徐冶一会儿用相机拍，一会儿用手机拍，忙得不亦乐乎。"我不漂亮，螃蟹才好看，30块钱一袋"。朴实的老汉拎起自己手中的蟹兜，腼腆地对着徐冶的镜头说，逗得徐冶哈哈直乐。此后，他一直把"我不漂亮，螃蟹才好看"这句话挂在嘴边。

11月1日上午离开崇明岛之前，维琦安排大家到东滩鸟类自然保护区拍摄，她说，我们的采访从西沙起步，到东滩收官，看到的崇明岛就全了。秋雨淅淅沥沥下个不停，给拍摄带来不少麻烦。尽管天公不作美，但是来这里的游人兴致不减，打着伞在雨中留影。官正顾不得雨淋，抓紧在崇明采访的最后时机争取多拍一些照片，徐冶举着雨伞过来为小周挡雨，自己却被雨淋湿了。

10月初，徐冶从微信中看到世界知名的纪实摄影师塞巴斯提奥·萨尔加多中国首展亮相上海的消息，在"小分队"微信群里转发了这个帖子，并嘱咐说："小颜，若有可能请安排我们去看看。"维琦随即回复："好的，没问题，还有心愿单一起发来。"从崇明回到市区后，我们直奔上海自然博物馆，参观塞巴斯提奥·萨尔加多纪实摄影作品展，这竟然成了徐冶为摄美部编辑记者安排的最后一次业务学习活动。

11月2日早上5点多，徐冶和刘昆、田呢、官正离开虹桥云峰宾馆去火车站，我把他们送上出租车，挥手告别，谁知竟成了我和徐冶的永诀！他们走后，我在微信群里看到徐冶在9：57发的一条微信：

田呢：1. 发明天部门开会通知；2. 千字文最好明后天完稿。周官正：1. 明天交（崇明）15个场景图片；2. 拼此版面（此周停美术视界）。此时，坐在火车上的徐冶还在思考着"人文地理"版的崇明图文报道。

听到徐冶突发心梗病逝的噩耗，我一直不敢相信！这些日子，我常常拿起11月8日《光明日报·艺萃》，看《崇明：橘黄蟹肥稻谷香》那篇徐冶的绝唱，打开电脑回放他和小分队同事们在一起的难忘画面。我总感到，徐冶其实没有走，他还在我们中间，徐冶的精神永生！

作者系徐冶同事，光明日报辽宁记者站原站长

高平

额尔古纳河记得

　　第一次认识徐冶是2003年8月，我刚刚调入光明日报社不到半年。徐冶在云南承办报社工作会议，白胖白胖的徐冶热情地握住我的手，"欢迎欢迎，热烈欢迎！"和善至亲的感觉便成为我们之间友谊的开始。

　　光明日报社记者站的同仁愿意把资格老有造诣的记者称为"大爷"，在几个大爷中，徐冶估计是最年轻的。不久他调入北京执导颇有影响的摄影美术部。在人文地理和少数民族影像记录方面由于联系密切，使我们成为无话不谈的好朋友。

　　2008年8月的一天，我接到徐冶的电话："有三个大爷要去呼伦贝尔，我、夏桂廉、朱庆，赶快制定采访路线。"于是我激动地屁颠屁颠去迎接三个大爷。在一周的采访中，我们从满洲里开始，沿着额尔古纳河，在中俄边境上采掘新闻富矿。满洲里是俄式城市，大街上到处可见高高窕窕的俄罗斯美女，徐冶、朱庆来了兴致，开始不停地拍照。晚上吃饭在蒙古包里，激动的徐冶破例喝了两杯酒。在额尔古纳市二河回族乡采访，徐冶更是不知疲倦，他高兴地大叫"我终于见到闻名天下的三河马了！"

　　在恩和俄罗斯民族乡、在蒙古族发源地室韦镇，我们望着额尔古纳河对岸的俄罗斯，在中国的境内感受着俄罗斯的风情。这里的俄罗斯族普遍开设家庭旅馆，现场制作面包和火腿，美食家徐冶绝不会错过。不过，他突然有诡异的发现，那就是当地朋友请喝酒，总是第一个先敬朱庆。徐冶悄悄对我说，不要点破，他们把光明日报出版社社长看作是光明日报社社长了，喝酒有先锋了。果不其然，几天下来，满酒大肉，朱庆就有点招架不住，开始跑肚拉稀。这时候，徐冶开始给我们上课。到一个地方，要想尽快适应当地的水土，就必须喝当地的茶。自带茶叶的朱庆有点服了，喝不惯蒙古奶茶的他硬着脖子往里喝。

以后在成吉思汗迎亲的巴尔虎草原采访，在鄂温克族自治旗采访，朱庆喝酒开始退让，而徐冶竟对美食不感兴趣，追着羊群、马群、牛群在草原上跑。一周的马不停蹄，等到了海拉尔，我们4人像刚刚从前线撤退回来的战士，已经是残兵败将。我送他们三人到机场，看着他们飞回北京，我突然觉得很孤独。好在细心的徐冶临走时，把他的4卷反转片胶卷送给我，说不够了找他，让我倍感"咱北京有人"的温暖。

此后不几天《天边的呼伦贝尔》人文地理摄影版在《光明日报》刊出，独特的摄影视角，让人人都是摄影家的呼伦贝尔人赞不绝口。徐冶也谈了他的创作心语：呼伦贝尔是个美丽的地方，这里有世界上最肥美的天然大牧场，茫茫草原上有数不清的湖泉和牛羊。在这里，再广的镜头也拍不全蓝天下的云朵，再快的速度也追不上牧场上的风物，定格的只是辽阔大草原夏天的旅途所见。

此后徐冶策划的"中华民族大家庭巡礼"，呼伦贝尔境内的四个民族——鄂伦春、鄂温克、达斡尔、俄罗斯先后亮相。2014年"中国文化江河"活动，徐冶又派手下高腾、郭冠东、闫汇芳三员大将再走额尔古纳，《拨动天边的琴弦：额尔古纳河》成为光明日报为这片草原所做的又一大贡献。

徐冶不只牵挂大草原的美丽风光，他更关注没有草的内蒙古农村。2014年7月，徐冶应摄影家协会邀请，赴内蒙古西部中蒙边境的达茂旗农村采访。这里是"草原英雄小姐妹"与风雪搏斗的地方。徐冶把视角放在这里家家户户种植的土豆上。土豆大家司空见惯，但你见过土豆花吗？说实话，对于从小吃土豆长大的我，见过土豆花，但至今没有拍过土豆花的一张照片。徐冶《达茂旗——土豆花开》摄影，让我突然觉得他的才情是何等敏感和深厚。徐冶的文字也非常幽默：这里的人离了土豆不会做饭，几乎一年四季有土豆相伴。如"炒土豆丝""炖山药""烤马铃薯"，但当地人自豪地说，这"三大产业"就是一个小土豆。

　　我忽然觉得徐冶的品格和性情像土豆，他的果实生脉于地下，有无限的营养。地上，他开着不起眼的花，而且还结果。地上地下都结果，同时兼有泥土与花的芬芳。

　　就在我追忆徐冶的文章快收尾时，记者部的温暖小窝来了微信：12月4日上午，徐冶在滇池边回归故里。翻出他送给我的4卷胶卷，我默默发呆。但我坚信，徐冶老兄是老天爷另有任用。呼伦贝尔一直是"天堂草原"，为"天堂草原"做过莫大贡献的徐冶兄，长生天会保佑你的灵魂永远安息！

2015年12月4日上午

作者系徐冶同事，光明日报内蒙古记者站站长

曾毅

缺席

没有谁相信，却也没有谁能改变，你就以这样的方式与人间挥手，从此缺席一切的邀请。

不是兔死狐悲的反射，也不是同事情面强说愁的假惺惺，我第一次在成年之后感受到对死亡的恐惧。一个30天前还和你相伴三天共同采访、一周前还和你微信互动聊天的人，或者说一个你从来没把他和死亡联系在一起的人，就突然间如此地打击了你，叫你无法质问、无从对话直至无能为力。对，这感觉到最后就是无能为力。

我到记者站工作始于2001年。彼时的同事早已经相识相知自成一体，只留我一个在外围默默地观察。记不清何时和你第一面相识。拼命地回忆，似乎最初的印记还是在云南开会的那一年，你作为东道主忙前忙后，一脸笑容一脸无怨。

和你接触多反而是你到摄美部以后的事情了。2007年的夏秋之交，你和苗老师、夏公"组团"来到吉林省。长春、延吉、长白山、吉林市，那几天我们在天高云淡中看过吉林美景。

今年国庆节刚过，你就带着属下和同行来到宁波。你是我调到这里工作后第一个来的同事，所以我戏称你对我"有恩"。见报后的那一版《宁波，相约江之北》厚重而灿烂、大气而多彩。我们说，以后见面就问："约吗？"还记得你在宁波老外滩跟着拍婚纱照的新娘拍照片的身影、还记得你把霓虹爵士酒吧与醒目的五星红旗装在一个画面里的强烈冲击、还记得在保国寺茶歇时的合影、更记得你拍到每一张好照片时那映在脸上的满足。"多好啊！"你这一句云南普通话总也挥之不去。

我们俩的最后一段对话结束于11月11日晚。微信上，你说："与你合作，快乐多多。"我说："那是因为我们都是好人。"你回了一个大拇指点赞一个抱拳，那是你留给我的最后的印记。

对了，还有一年的"两会"期间，我和你、还有老宋趁着一段空隙去看电影。看的什么早忘了，却记得散场后我们一路走回老报社，你和老宋一贬一损的笑声。

真怕时间会吞噬所有的细节，把一段哀伤也如沙般吹散。

北京的那天，正如所有告别的日子，灰蒙蒙的。满眼都是为你送行的人，无一不是震惊和悲伤。每个人都和你有无数的故事和友情。可你的妻儿那用平静或者说茫然来压制住的悲伤更让我心颤。我们的痛总还有喘息的时候，可他们的却是深入骨髓、无可替代、无从释放，正如那首歌，从来不需要想起，永远也不会忘记。

最后的最后，送你一句话吧：人间温暖留不住，天堂美景任你拍。

作者系徐冶同事，光明日报宁波记者站站长

张国圣

温情的山水温暖的人

2015年11月16日凌晨以前，徐冶一直是一个让我想起来心里就很暖和的人。

这不是我对徐冶的第一印象，我甚至想不起来怎么开始和这个徐大爷交往的了。我也想不起来到底是从什么时候开始，在这个原本有些畏惧的人面前变得越来越肆无忌惮的了。

在自己也能参加报社每年两次的会议之前，我真正接触过的光明人只有两个。

一个是1999年到重庆驻站的陈篷，他是背着几大包英语书来到重庆的。陈篷在重庆的时间不长，我们碰面的次数不多。每次见到他，他都在背英语单词，开会时在背，采访间隙在背，甚至采访途中在颠簸的车上也在背。这让我钦佩、让我汗颜，有时也会让我紧张。

一个是夏公。我调到重庆站后，他还留在重庆带了我几个月。这个50多岁的北京人，那时正因为"挖"了我而被我的原单位从招待所"扫地出门"，正冒着重庆40多度的高温四处奔波，到处找地方租房子。我们第一次见面前，夏公差不多已经在重庆待了1年，但仍然不能沾麻不能吃辣。第一次见面是夏公请客，3个菜中两个比较辣，看得出是给我准备的，还有一道西芹炒百合，那是他自己存的私心。

吃得清淡的夏公有着让人惊讶的平和。他聊起自己被从招待所赶出来时的难受，讲到最屈辱处不由得稍微加重了语气说："这个人怎么能这样！"我以为后面至少还会有几句斥责甚至咒骂的话。但是没有，这件事就这样说完了。从那时起到今天差不多15年的时间，这是我听到的夏公对一个人"最狠"的评议。有时我都觉得应该跳起来了，他却只有一句话："真是不像话！"

我以为所有的光明人都像夏公和陈篷这样，不仅有文化，还都那么文文静静，文质彬彬。驻站一年多后第一次有机会到报社开会，和山西站老站长杨荣老师住同一个房间。这加深了我的这个印象。

记不起是什么时候第一次见到徐大爷的了，但是记得一见之下给我的震撼。我没有想到一个光明日报的摄影美术部主任，竟然能那么横冲着一样地大踏步走过来，竟然会那么高声武气地调度人做这做那，竟然还那么乐此不彼地说着各种段子那么乐不可支地哈哈大笑。即便是沉浸在神侃之中时，那间或一扫的眼光也像要一眼把人看透，那样的神情真的让人有点畏惧。这跟我最初对光明人的印象反差太大了，我觉得自己应付不了这样的场面，所以总是规规矩矩的不去凑热闹。我不敢主动去结识这个罗汉一样精气迸露的摄影美术部主任。后来接触了几次，才知道这个"罗汉"其实是一个真正的智者。

2009年底2010年初，记者站所在地开始不断催问一个由编辑部门根据指令组稿的版面。我一遍一遍转述这些询问，每一次都无功而返。也是从这个时候开始，我陆续在午夜时分接到了几个撤稿电话，接着又有几篇事先报送过选题的稿件泥牛入海。后来，消息简讯也很难用出来了，再后来，连布置的任务稿也出不来了。我的驻站工作突然陷入无边的污淖，而找不儿乎毫无办法。当年跑困难企业和卜岗职工跑出的严重的焦虑症复发了，我不知道该做什么、能做什么，也不知道该怎么回复驻地越来越频繁、越来越严厉的催问。我又开始在半夜惊醒，又开始整夜整夜睡不着觉。发行季开始了，我却不得不想出各种各样的理由躲避那些送上门来的区县宣传部长。

我就是在这个时候接到了徐大爷的电话："我们要和中央文明办搞一个村规民约的栏目，你赶紧在重庆挑一个吧！"我想这个大大咧咧的徐大爷肯定没有注意到已经发生的微妙变化，所以有点怀疑地问："能出来吗？"

电话那头的声音更大了："这都是要先报中央文明办的，怎么不能出来？搞好了，他们还能得一个基层文明先进单位，你的发行也好做了嘛！"

2010年最热的时候，徐大爷来重庆拍摄重庆市江津区白沙镇恒和村，他还特别邀请了夏公重返驻地。11月24日，《元帅故里新农家》成为中央文明办与本报主办的《文明中国·乡村新览》专栏图文并茂报道的第一个村。徐大爷在这组报道前写了《开栏的话》。似乎觉得还没过足瘾，《元帅故里新农家》刚见报，他又来电话："上次挑的那个村子真不错，你再找一个吧！"虽然驻站的工作这时几乎已经完全停下来了，但我对这个徐大爷已经有了信心，这次就选了主城区建胜镇的一个城中村。他很快和他的好朋友、时任云南省文化厅副厅长范建华重返重庆。2011年1月26日，《"五送农户"迎新城》见报，两组报道见报只间隔了两个月零两天。

在建胜采访时，有人组织了10多个女子交巡警过来。我担心到时会妨碍上稿，又不能明说，只能提醒徐大爷："这些好像和村规民约没什么关系吧？""来了就拍吧！"他满不在乎，一边指挥一边兴高采烈地拍。拍几张，拿给我们看："看看，效果多好！照出来多漂亮！"再拍几张，又拿给我看："他怎么摆我不管，我就管自己怎么拍就是了。你怕什么？"《"五送农户"迎新城》里用了这样一张照片，说明是："交通法规进校园"。

这一段时间看到这么多人在纪念群里给天堂里的徐大爷献蜡烛，我常常就会想起当年他如此频繁地往返折腾，在重庆做的这两组报道。我在想徐大爷那时是不是其实已经知道了一些情况，只是故意揣着明白装糊涂。也许那是他在无边的黑暗里，特意为重庆站举起的两炷烛光？

从那以后，我在这个徐大爷面前就慢慢放肆起来了。我曾把他一车拉到离机场300公里以外渝鄂黔交界处的黔江，把他带到资源枯绝正谋求转型发展的万盛。每次把拍摄地点报给徐大爷，他就搬出两本地图册在上面找。找着找着就喊："你来你来，这上面怎么找不到你说的这个阿蓬江？""万盛在重庆的哪一边？"

他要事先问一些关于拍摄对象的背景："'阿蓬'这个词是什么意思？是土家族的话还是苗语？""阿蓬江有多长？流经哪些地方？"有时我实在

答不上来，只好耍耍赖。徐大爷虽然嗓门大，常常也很无奈："好了好了，你怎么说都行。到了你的地盘，什么都听你的。"

2015年初夏徐大爷又一次到重庆，行前他打电话："我这个'家乡的名山'要收尾了，最后在你这儿拍一座吧。那个万佛山怎么样？"我告诉他，是"金佛山"，不是"万佛山"。过两天，又来电话："万佛山联系得怎么样了？"我又告诉他，是世界自然遗产"金佛山"。"金佛山金佛山！怎么样？"

"家乡的名山"要有历史底蕴和文化掌故，所以后来还是选定了歌乐山。这座留下了那么多文化巨匠足迹、传颂着那么多名流先辈故事的英雄山，最终成了徐大爷"家乡的名山"的收山之作。现在回过头来想，当时如果就选了他一再提到的"万佛山"，后面所有的事情都会改变轨迹？可惜过去的事情，没有一件能重新再来一遍。

就是在那一次，徐大爷敲定等到秋天凉快点了再来拍乌江。约定的时间从9月底改到10月初，从10月初改到10月中旬，又从中旬改到月底。11月初的时候，他再次打来电话，这一次不是商量改时间，他想带今年刚毕业的荣池来。"我这儿今年刚来了两个大学生，我得多带他们到你们这些站长这儿长长见识。这个小伙子就是你这儿毕业的，学漫画，拍照可能差点，素描漫画都好。到时做一个动漫和素描，多漂亮！"都夸成这样了，哪里还是"商量"？

几天后回京送别徐大爷，在摄美部见荣池正在编乌江的版。我向他道辛苦，小伙子说："我现在只能给主任做这些了。"我心里一动，忽然间有特别多的感慨。

回想一下还真是，摄影美术部这些小伙子小姑娘，真是个个都被徐大爷人前人后夸得跟花儿似的。徐大爷这些年夸下来，这些小伙子小姑娘，还真的都成长得跟花儿似的。从这一段时间就可以很深地体会到，徐大爷没有白夸他们。他们没有辜负徐大爷。这个徐大爷该多有眼光，多有智慧，多么通达！

拍乌江的时候，徐大爷有一天说起当年拍恒和村。四五辆车"搞得像鬼子进村"，到了村口大家都扛着长枪短炮，等着参观光明日报摄影美术部主任的高档设备，"我就从屁股兜里摸出了这个G11。"他咧着嘴笑，"别搞那么多虚的，来了就是拍照。关键是想着版面，心里要有数。"

像每个拍过的地方一样，恒和村的拍摄经历也成了徐大爷口中有趣的掌故和笑料。他从没有解释当初为什么要把"第一村"放在重庆，我也没有问，总以为今后有的是机会感谢。但是今天再也找不到答案了。

全长1037公里的乌江在涪陵注入长江，两江滋养了江上明珠涪陵城，我们于是商定用"千里集萃润涪陵"作主题。"好！这就圆满了。"离开重庆前夜，徐大爷见到了全国寺庙门票联展，回京后仍然忍不住在朋友圈与人分享。兴致极高的他，还一连设想了来年要再来做的四个主题。谁能料到，他这么快就要永远地回归自己钟情的山水？

徐冶呀！有着那么多温暖笑容的你，为什么那一天要让人浑身冰凉？徐大爷呀！你到底还是回到了温暖的云南。这个冰凉的冬天过后，你还会回来，在我们的记忆里变得越来越厚重和温暖。

作者系徐冶同事，光明日报重庆记者站站长

杨连成

一份遗憾　一片真情

——怀念徐冶

　　徐冶走了，走得匆忙。年仅55岁的人文地理摄影家，竟未留下只言片语！

　　虽然我和徐冶算不上深交，人生相逢相遇稀疏而短暂，但徐冶留给我的印象却具体而深刻。

人文地理摄影家徐冶　杨连成摄于2012年5月29日

12月4日，从光明日报记者圈的微信中看到，我的同事徐冶已魂归云南故里。抬头遥望云之南，稍一回眸，却从我书柜上的照片框里看见这样一幅情景：弥勒佛似的徐冶，轻轻放下手中茶杯，展开一张光明画刊，转过身来对我微笑着，讲解着。

"当下中国摄影，尤其是新闻摄影，最缺少什么？不是美景、美女、美图，不是光影技巧、器材装备、后期修饰，而是思考，是感动，是温暖，是共鸣！我总觉得，新闻纸上的摄影作品，更应该鲜明生动、别具一格地去记录时代、记录历史、记录真善美的心灵。"

"从新闻摄影的文化属性和思想内涵的深刻性上来说，当下大多数专职摄影记者欠缺的，正是我们这些文字记者们所擅长的。所以，像我们光明日报驻各地记者站的朋友们，大家都是新闻内容方面生产的高手，都善于在平常的现实生活中发现感动，挖掘深刻，提炼主题，记录永恒。能不能把这种文字传播效应移植或嫁接到摄影作品上来？我看，可以尝试，可以提倡，可以朝这个方向努力。今后，光明日报的摄影美术版可以提供舞台。"

徐冶跟我说这番话的时间是在2005年冬天召开的光明日报全国记者会上，那时他刚从云南记者站调进报社摄美部工作。我之所以引起他的注意，是因为我在会上会下偶尔举起新买的单反相机，显得有点与众不同，他觉得新鲜而好奇，就在会间休息时、在饭桌上、在散步聊天时，主动找我聊摄影，聊人生，聊记者站的生活。

我还清楚地记得，那一次见面是我们聊摄影聊得最开心的一次，他在征得我的同意后，一张张翻看我5D相机储存卡里的照片。我知道，徐冶一直是我们记者站同行中文字摄影双栖记者，我请他指教，他对我说："玩摄影，都有个摸索过程，我是靠专题摄影走出迷茫的，没别的，就是选好专题，拍好专题。"

第二年9月召开光明日报全国记者会时，这位比我年轻5岁的摄影美术部主任，在报社编辑部"小字辈"中就有了"徐大爷"的美誉，令我们记者站同事们好不羡慕，似乎平台一高，身份就高了。会议结束前的那天下午，他应邀上台给我们做了不足10分钟的"部主任讲话"，大意是，报社要创办一个名叫"咔嚓"的摄影画刊，专门刊发"人文地理"摄影作品，请兄弟们帮忙，多多赐稿。我也知道，大家写稿有笔记本电脑了，可摄影咋办？报社决定给驻地记者每人配备一台佳能G11相机，轻便，好使，普通型傻瓜机的外形，具有专业单反机的效果，会后就发！

真不愧是记者站出来的新闻官，一上任就给大家添装备，好！那次记者会后，摄美部主任徐冶在记者部兄弟姐妹中一下声名鹊起，朋友众多。

为了不负徐主任的重托和手中崭新的相机，我利用一次珠海市新闻考察团出访北欧的机会，精心拍摄了一组阿尔卑斯山风光的专题照片，整理成一个邮件包，悄悄地发到了徐冶的个人邮箱，看看这个"徐大爷"有何反应。一个星期后，徐冶给我打来电话，鼓励我说，不错，动作快，出手准，希望今后多拍各种有意思的人文地理照片，最好能兼顾一下专题照片的新闻性。

本人小试牛刀，他主持的画刊版是选用还是不选用？徐冶不说，我也不问。又过了两个月，徐冶给我发来短信，说我的《阿尔卑斯山风光》一组五幅摄影作品已排上"咔嚓"画刊头条，版面大样正等待领导审查批准。

胸有成竹的等待之中，我意外地收到一封来自报社的挂号信，打开一看，是2007年4月29日光明日报画刊"异国风采"大样，其中头条果然是我的《阿尔卑斯山风光》组照，同一版面上还有本报记者齐柳明的《日本掠影》和通讯员杜京的《近看印度》，另有一封信夹在大样中。徐冶在信上说："老杨您好！我要十分遗憾地告诉你，这个大样没能通过审核，毙了！上级的意思是，人文地理摄影要多发我们国内的，国外的暂不发。不过，遗憾归遗憾，友情忘不了，非常感谢老兄对我工作的支持！随信寄来报纸大样，蒙兄不弃，谨作留念。不过，我相信，这类来自世界各地的人文地理照片，今后本报会有机会刊发的！会的！"

此情可待成追忆，留作念想在我心。后来徐冶和他部里的"孩子们"为我编发了海岛渔女、西藏南迦巴瓦雪山、德行珠海等若干组照片。今年3月，我去报社办退休手续，专程到他办公室再续摄影缘，未遇，而这几个月，徐冶和摄美部编辑朋友们编发了大量来自"一带一路"国家和地区的人文地理照片。这些照片激励我继续整理自己积累的新闻摄影库，重新拟定我退休后的人文地理专题摄影计划。万万没想到，正雄心勃勃、大干一番的徐冶，竟然这样匆忙地告别了由他开创的光明日报人文地理摄影事业，告别了他恋恋不舍的"光明人"群体。

呜呼，长歌当哭，徐冶安息！

2015年12月5日于珠海

作者系徐冶同事，光明日报珠海记者站原站长

崔志坚

欠

想不起你有啥特别的，可是，就觉得欠些什么！

徐冶今天凌晨心梗去世。这是2015年11月16日8点零1分，江西站胡晓军发来的短信。适逢周一，等我得空打开短信，已是9点42分。

"啊"

瞬间，只回复了一个字，没有标点符号。瞬间，人也悬到了空中，四视无物，欲哭无泪：咋会这样？！

好远！——1998年，汕头记者工作会。有缘与你同乘车从机场到会议驻地，却没有像胡晓军与你在书店偶遇，结识更深。云南，河南，我们真的隔得好远。

好近！——与驻站记者的家邻居，想起你的摄美部，就不自觉要选路过你门口的道走，听听你在不在。哪怕是你，最最平常的笑声：哈！哈！哈——！

没缘？有缘！

"一家人吃什么饭！""多给我们拍几个专题比吃饭重要！"一次又一次约饭，约来的是，近十年里北京会议间隙唯一一顿饺子："点什么菜，听你们几个斗嘴就是最好的菜！"

真的感到欠你！

你来了！到济源拍《家乡的名山》。理直气壮，倒似你欠我：栏目方案刚出来，你把稿子都写好了，不来能行吗！

你也太较真！

摄影家漫天飞的时代，照片多的是。土馍、药师、根雕，一个个内容拍完，还要蹶着屁股爬山。末了，庙会，一定要看看庙会。四处联络，还真有庙会等你来！

你来了，又匆匆走了。

你真的没什么特别，不欠什么，只欠跟世间美景一个告别！

作者为光明日报河南记者站副站长

成静平

凝聚人心的徐冶

徐冶的不幸过世，带给大家的是无法形容的悲痛和沉重。追忆的文章已发表了很多，我作为老同志只想回忆一下和徐冶相处时的切身感受。

第一，我感受到自从徐冶担任摄美部主任后，摄美部在报社的地位明显提高了，宣传报道的作用明显增大了。以前的摄美部，除了节假日或大

2013年徐冶组织部门同事到退休职工成静平家包饺子过周末

型活动能有版面出画刊，日常的摄影报道多数是刊登单幅照片，用来美化调配版面。而现在每周四个整版的《光明文化周末·艺萃》，用于刊登摄影美术作品，极大地发挥了摄美部在报社宣传工作中的重要作用。

第二，感受到了在徐冶主任的领导下，整个部门不仅凝聚力很强，而且非常温暖。我们每个老同志到退休年龄，徐冶都召集全部门同志开欢送会，送礼物买蛋糕，这种大家庭的浓浓深情，令我们这些老同志既依依不舍又非常感动。

第三，在徐冶主任的精心安排下，为编辑记者出版了摄影美术作品集，其中为我出了一本名为《开放暗盒——成静平黑白摄影作品集》的画册。对此，我非常感谢他。因为我从事几十年的新闻摄影工作，积累了大量的记录历史、社会名家、新闻事件的新闻照片，但从没想过整理出来印本画册。画册出来后，不仅增强了我的自信心和成就感，而且不少人看后还认为很有保存价值。可以说没有徐冶就没有这本画册的出版。

与徐冶主任相处也十几年了，值得回忆的往事太多了。总之，在我的心目中，徐冶是个热爱事业、热爱家庭、热爱生活、热爱朋友和同事的好同志。

安息吧！徐冶，我们永远怀念你！

作者系徐冶同事，光明日报摄影美术部主任编辑

蒋新军

笑逐艳阳天

　　去囊谦之前，我外婆走了。从囊谦回来，徐大爷走了。我总觉得2015年过得很长很长。

　　我想写一写那些很短的日子里，和徐大爷一起出过的差。

　　连续三天，北京已经在阳光的沐浴下过了三天，很难得，和徐大爷出差的日子里，大太阳天是常态。我们记者站的同事纷纷叹服：徐大爷的脑门亮，走到哪里哪里亮。他就说，那当然，搞摄影的，没有点阳光怎么行。

2014年徐冶在辽宁朝阳采访农民

于是他就这样把"阳光"洒到每一个去过的地方，从大西南，到全国各地。

与他接触过的人都被这种阳光感染，变得轻松自如，笑声也就时常伴随着我们出差之路。一群人笑逐颜开，在艳阳天里完成一次次采访。

我的同学们都非常羡慕我工作以后的状态，说你有个好领导，跟你性格那么搭。我说这位领导的性格是海纳百川，跟谁都比较搭，主要是因为，他是个心态松弛的人，许多事，他不计较；许多烦恼，他不挂在心上。由此，打一开始进入摄美部，我就对这里的工作氛围特别喜欢，我总向朋友们介绍，说摄美部的摄影家和美术家因为脚步走得远，心就放得宽，不会拘泥于一时一地。搞得他们一个个问："你们部门还招人吗？"

我们部门当然还招人，《艺萃》创刊之初，我们迎来了编辑马列、郭冠东，之后的几年里，我们迎来了大学生闫汇芳、周官正和荣池，也迎来了资深前辈雒三桂、王小琪和梁若冰几位老师。摄美部人丁兴旺，兵强马壮的同时，徐大爷的系列策划就可以更好地落实，他走进田野的心愿，也就越来越强烈了。他说："要加强策划，搞原创精品！"他总拿我们摄美部的好邻居碧涌的那句话来激励我们："过去你们是小马车拉东西，现在是动车组了。"没有系列专题，没有积淀怎么行，一趟就给你拉空了！就这样，从2012年开始，我和像装上了新马达一样的徐大爷，一车一车地到基层"拉货"去了。

在走基层的路上，你能认识到更立体的一个徐主任。

2012年3月，是我第一次和徐主任出差，我们的目的地是上海金山区。已经退休的苗家生老前辈是上海人，他向我们推荐说，他的家乡有一个地方这个季节开满了油菜花，有古镇，有农民画，一定能出不少好作品。于是徐主任带着我和田呢，在上海站曹继军和颜维琦的安排下，来到了金山区。到了上海，我们走进了田间地头，徐主任的第一句话就是："我跑遍了中国，就是没来过大名鼎鼎的大上海，结果十里洋场没看到，一下就到这农田里来了。"逗得我们哈哈大笑，几天采访结束后，我们抽时间在上海市区走了走，徐大爷又说："哎呀，这高楼大厦看得我真是晕头转向，老汉真是不适应这样洋气的地方。"当时他不过50出头，苗老师说你们徐大爷在我面前可不能称老汉啊。从此我们就一直放心地叫他们苗老爷、徐大爷了。回到北京，《艺萃》迅速刊发了两个专版，我和田呢一人完成了一个，分别是人文地理专版《有个金山在上海》和美术专版《心头庄稼笔头花——上海金山农民画》，在这一趟的行程中，我们拍摄、写作、排版，包括起标题，几个环节一点没落，全都自己完成，感觉得到了一次综合能力的提升。

后来蔡森老师跟我说，像你们主任这样认真带你们，在过去，那叫传帮带，非常宝贵的学习机会。部门的每一个年轻人都由徐主任这样带过，换句话说，徐主任培养年轻人的一个重要课堂，就是在基层采访的路上。上过这堂课的人，都会从中获益良多，尤其是作为一个新的从业者建立起来的心理自信，对于未来的工作至关重要。在他生命最后一个月，他带着刚入社的周官正去了上海，带着荣池去了重庆，一个都没错过，简直就像是在抢时间，要把他们培养成独当一面的编辑记者。

"当好一个编辑，你在拍照的时候更会心里有数，不是乱拍一气。"这句话，就是徐大爷在出差时告诉我的。2012年5月，我们与时任广西站站长刘昆一起，来到了贺州黄姚古镇采访。在拍摄的时候，我发现徐大爷有个习惯——老往人少的地方去，目的就是为了避开同行的人群，取得独特的视角。走了一阵，只见他汗湿了衬衣，捧着个小相机，乐呵呵地走回人群中，打开相机的翻转屏，"你看，你看，多好……"——向众人展示他的成果。这就是他的好处，从来不会藏着掖着，有了好东西一定要拿出来分享，对于我这个学生，他更是迫切地希望我赶紧学会他的思路和技巧。展示完毕后，他对我说，你看，这张图可以用来做大开篇，这张可以放在右下角，有了这几张，版面就有底气了。有了底气之后，他的心态就放松下来，开始给刘站长和我们找场景、设计pose，进行各种摆拍，把一些拘谨的人也调节得活泼大方，一路笑声。

还是在上海金山采访的时候，他就向我展示了一张满墙农民画的老房子照片，说这个角度很好，回去做版用它做压题图片，说完就往前走了。我看图中房子的倒影有点残缺，就请正在拍摄的颜维琦调整角度，重拍了一张，回去后，我用了颜维琦这张图片做压题大图。徐大爷看到了，逢人就说，蒋新军这小子标准严得很，上来就把我的图给毙了。我从这话里听不到一点责怪，而是满满的鼓励。

在采访中，徐大爷最喜农田，最怕会场。2013年，我们策划了"城市之眼"栏目，在全国范围内梳理十大名湖。8月，我们到安徽采访巢湖，李陈续站长为我们安排了一场汇报会，几位园林局、环保局的领导带着资料，正襟危坐，为我们讲述近几年巢湖的治理和环境的改善。徐大爷欲言又止，终于听完了汇报，然后他带着歉意对站长和几位局长说，感谢你们花时间和我们分享了这么多，但我们是搞摄影的，不是你们的领导，我们最重要的是沉下去，接触一线的劳动者，你们说的这些信息，把文字给到我们手上，我们自然会看，实在不必耽误时间向我们再说一遍。之后他又对好友李站长说，以后啊，你可别给我老人家安排些汇报啊什么的了。后来我们走进巢湖边的生态果园，他就连声说好好好，这湖水养人，都在一串串葡萄里了，他还自愿给葡萄做起了代言人，手捧葡萄让我给他拍"宣传照"，恨不得广告词都帮他们想好。

徐大爷是从记者站出来的主任，他对记者站有深厚的感情，这一点毋庸赘言。具体到我身上，是每一次做《人文地理》的版面策划时，他都会告诉我，记者站的工作不容易，要充分依靠记者站，调动各地记者的积极性，帮助他们做好地方宣传工作。从《艺萃》创刊时，我们就是这样做的，我参与策划的几个大型专题，从"城市之眼"到"中国文化江河"，再到"家乡的名山"，每一个策划我都会请摄美部的好邻居记者部的同志，帮我们通知到每一个记者站，把我们的策划与他们的工作结合起来。在这个过程中我们也积累了很多经验，好的不好的都有，做到"家乡的名山"时，我们从第一期起就已经有了成熟的框架，我和徐大爷达成了一致意见：第一，专做原创，必须由摄美部记者亲自到现场采访组稿，拒绝远程约稿；第二，每次采访必须有一名最了解情况的固定组员。

这两点，我们做到了，而徐大爷也成了事实上坚持采完几乎所有山的"固定组长"。整个2014年到2015年我去囊谦之前，是我和徐大爷共同出差次数最多的一年。河南济源王屋山、陕西陇县关山、山西吉县人祖山、江西上饶三清山、安徽安庆天柱山、浙江柯桥会稽山、黑龙江牡丹江威虎山、辽宁朝阳凤凰山、宁波奉化雪窦山、广西金秀大瑶山、河南永城芒砀山、重庆沙坪坝歌乐山，12座山，12段故事，那段时间我们有时一个月要采好几个地方，频度虽高，却乐此不疲，徐大爷说，今年一不小心就爬了这么多山，作品也有了，身体也锻炼了，多好！我就说，您到一座山还是得坚持爬到最上面，效果更好。他说你年轻人爬吧，我在下面搞创作等你们。在采访过程中，遇到具体问题我们就赶紧解决，每当有了新的思考和感悟，就融会到下一个版里，许多新思路都是在路上形成的。我们坚信，版面不是终点，我们一定能做一本书出来。这本书现在已经出版了，就叫《家乡的名山》，而我们摄美部参与过其中历程的人，都会因此而自豪，这是在徐大爷引领下的智慧与汗水浇灌的成果。

徐大爷到了田野里就有灵感，有了灵感就会分享，随时想办法，出实招，这一点让地方的宣传工作者非常受用，他们开玩笑说，咱免费请了个专家，真是沾了中央媒体的光。在陇县关山，他和县委书记深入交流了"关文化"的打造方式；在大瑶山，他为金秀建立清凉瑶都献计献策。陇县宣传部长刘方斌被徐大爷朴素扎实的作风打动，感念至今，11月19日那天，他委托同事到八宝山寄托哀思，凌晨到，下午回；这两天，他又写下纪念徐主任的文章，专门送给摄美部。他写道："因事敬人，因人爱报。"我想，光明日报的金字招牌不是凭空得来的，也不能靠啃历史，而是一代代普普通通的光明人通过自己的努力累积起来的。仅仅有过一面之缘和不多交集的人，就能做到这个程度，这难道不能说明徐大爷的感召力吗？

从我入社那天起，徐大爷就一直在念叨要沿着"胡焕庸线"走一趟，梳理中国各地发展的脉络，那才叫过瘾！我一直放在心上，却未找到合适的机会实施。我有时没事还会遐想，等到徐大爷以后退休了，肯定也是闲不住，那时我就再拉着他继续走乡串户，到边寨农村去采风。徐大爷突然离世，他的这个心愿也将成为我的心结，他年轻的时候穿山越岭，游历边地，我多希望他能与我们一起再完成一趟壮行！

我是从桂北的小乡村走出来的，关于走基层，徐大爷有句名言——回家就是最大的走基层。我觉得很有道理，家乡浓缩了人的情感，也是远行者力量的源泉。带着思考回家乡，我每年竟也积累了最朴实无华的摄影素材，假以时日，它们也是最好的作品。徐大爷还常说，连家人都照顾不好，谈什么国家社稷？他每到一地，看到对老人有好处的东西，都会买一些，打包寄回去给年迈的父母，让他们随着自己的脚步，感受祖国各地的新鲜。

他说的话简洁，充满哲思，都是他从泥土中吸取的营养，在基层训练出来的能力，而我只能在成长的岁月中，不断体味其中的奥妙。他时而憨实，时而狡黠，可留给身边人的，总是难忘的笑声和欢快的一片阳光。

相逢四年多，只恨时间短。2011年的某夜，我还在校对科实习，徐主任从云南边防发来短信，说山高月小，月凉如水，明天凌晨登顶。一个富有诗意的行者印象就此留在我的脑海里。回顾一起出差的那些年，我只想说一声：谢谢你，徐大爷！

2015年12月4日

作者系徐冶同事，光明日报摄影美术部编辑

于园媛

一颗红石榴

我常想起主任给我的那个红石榴，又大又甜。

11月10日，周二，照常的工作日，我来得早些，办公室还没有人。他走进来，手里抱着四五个石榴，挨个桌子放一个，说："昨天带来的少，只给你了，今天每人给一个！"

作为孕妇，我现在是"重点关爱对象"。我从工位里探出头，说："你这是清晨的圣诞老人啊，还悄悄发礼物！"

他哈哈笑，转而去对面办公室，又满满塞着两手拿过来，继续发。一转眼，发到部门群里一篇石榴美容养颜的微信，一副不动声色又按捺不住的模样，我心里窃笑。

2015年5月在辽宁省鲅鱼圈采访间隙为作者留影

周二是例行开部务会的时间。会上，部门的高腾老师领了退休证，快散会时候，大家忽然忆起当年岁月。高老师讲起已经工作了十余年的赵老师，说那时候感觉就是个刚毕业的农村小孩子，一晃眼就成家立业开上小汽车了。徐主任开始讲起自己2002年刚来报社当摄美部主任的时候，和同事三个"单身汉"一屋住在报社楼上宿舍里。老报社的大平台，这头说话那头完全听得到，"单身汉"徐主任还有记者部的宋主任爱好美食，常常缩在大平台的办公室角落，用一个电饭煲煮菜吃，饭香飘过整整一个楼层。"那时候小赵刚毕业，我还给他买了一套钢盆钢碗，我自己一套，天天一块吃饭。"他说。

大家一齐笑，说饿了饿了，该吃午饭了！

这是无数个日子里平常的一天。

接下来他去重庆出差，去了五天。周一照例上班，该见到他风风火火拿来一堆照片，然后坐在办公室拼版电脑前，细细地指挥同事拼版，说这张真好那张可以放大，顺带捎来一堆重庆美食，以及许多采风时的趣段子……然而，每个人都没有等到。凌晨，我在梦中忽然醒来，看见了同事刚刚发来的消息：我们敬爱的徐主任突发心梗去世。

怎么可能！怎么回事？当噩耗证明是真的时候，泪水喷涌。北京初冬的凌晨真冷，令人浑身发抖。泪水漫过，天却迟迟不亮。

天边终于出现了白色，夜色褪去，依然阴沉。原来夜里下过一场雨，凄冷。同事们一起应对突如其来的状况，分头去准备后事用品。我拿了家里的香炉，带着一盒香，把打火机藏在袖口里进了地铁。走进办公室，还是熟悉的模样。点上三炷香，我在办公室给主任磕了三个头，说一句"主任一路走好"，泪如雨下。旁边高腾老师进来，合掌作揖，眼眶红着，我看不清他的眼泪。他说：我在徐冶座位上再坐一会儿。

还是那间普通的办公室，堆满了书，历史、民族、摄影、美术、人文类，应有尽有，常有宝贝，我也常常趁徐主任不在时过去瞄几眼，看见了感兴趣的，就等他来了蹭过去跟他说：主任，借我这本看看，借我那本看看。他就非常乐意地拿给我，有一次特意把外面书柜打开让我选，还拿出那本《横断山的眼睛》，说这是当年走西部的所拍所得。从书里，能看出一位记者的修养，一位学人的严谨，照片之精彩，采访之细致，文字之翔实凝练简洁，让我佩服。办公室的墙上挂着他的几幅经典摄影作品，犹如一个小小的展室。站在座位前，仿佛还能看到他读书的身影，他在稿纸上一字一句写文章的认真样子，他把眼镜推到额上、严肃审版的神情，还有那和同事们聊起天来爽朗的笑声。

大学毕业后，考到光明日报社，报社把我分配到摄美部。对我这个对摄影和美术觉得点滴不通的一个新人来说，到达部门，满心的诚惶诚恐。刚到部门，就看到了这个乐呵呵的主任，一脸的热情和气，引领我们到了部门，还开玩笑般地说："呀，来了两个新人，我怎么都不知道，抱错了孩子就既来之则安之吧！"然后拉着我们看墙边贴着的一张手写的字条，大概是说什么会忘记去参加了，说：你们看我还刚刚写了个检讨书。呵！这个主任好亲民！这是我的第一想法。

进入部门，了解部门，对摄影和美术渐渐接触、学习、参与采访报道和进行版面编辑，就在我的局促不安和徐主任的一片笑声中开启了。他逢人就夸我和同事蒋新军学习快、能力强，令我们汗颜，也令我们增强了信心。刚刚大学毕业的我们，租住得离报社都不远，常常早来晚走，赖在报社里如同家一样。徐主任来得早，据说每天5点钟就起床，六七点钟就来到部门了。他常说，摄影记者就应该抓住晨光暮晖，要做起得最早的那个人。他也常冷不丁地问我们，早上长安街的路灯几点熄？我们赧然地摇头。等大家陆续来到部门，办公室的两壶水已经开得满满的，报眼亮灯了，信们都分发到各人的信箱里。他有时候戏称自己是最为大家服务的主任，确实是！来到办公室，还常能看到留在桌子上的字条，是他写给我的一些工作要领和提示，本周要寄的稿费地址，或者洗好的要寄给各地的照片，工整的字迹，一丝不苟。版面他也又仔仔细细看了一遍，错别字和要调整的地方，标注得清清楚楚，放在了桌上。每天，徐主任就这样比我们提前好几个小时，开始他的工作。

晚上下班之后，我们在报社食堂吃了饭，经常逗留在办公室，学习和琢磨本周的版面，或者看看书，或者只是闲聊一会儿。徐主任也经常不走，这是我们的快乐时光。他手把手教我们怎么在编辑版面时候挑片子，在版面布局上要有全景、中景、近景；拍摄照片时要有人，这样才能体现时代的特色；版面编辑时不要头重脚轻，注意右下角最好有一张大图，可以稳住版面，用他的话说叫"绳得住"；整个版面的两组稿子可以增强对比，如此可有视觉冲击力，比如上面一组是新鲜时尚的专题，下一组就可选用民俗乡土的题材，"白天鹅配糖鸡屎"才吸引人……

徐主任常教育我们，有了版面意识的记者才是一个好的报纸记者，拍摄照片的时候就要考虑哪一张压题，哪一张守底，哪些元素是版面需要的，心中了然才能使快门按得有价值。他还说，摄影记者不仅要会拍片子，还要增强文字修养，多读书才能使照片有思想，能留得下来。他最反对"四季歌"，春天拍花开、夏天拍戏水、秋天拍丰收、冬天拍下雪，没有想法、仅是应景的照片，他也教育我们不要总是"三张请柬一张照片"，上午拍学校，下午拍展览，晚上拍个演出……就在这样的一点一滴中，我们慢慢领会一个记者和编辑应该有的专业素养。

最开心的是徐主任给我们讲当年采访的经历。从他妙趣横生的故事里，我们知道了滇藏文化带考察，知道了长江上游生态行，也知道了他跟着武警战士徒步独龙江，走在路上要靠打一声枪来驱散浓雾，继续往前走，险些掉进深谷，也听他讲在无人区翻车，差点走不出雪山的惊险奇遇。他讲起拍摄班禅大师摩顶的经历，在少数民族村寨喝了一碗当地的浓茶就醉倒，在藏区喝酥油茶最扛高原反应，"要喝到小便里都有一股酥油味，走起路来才胆气壮"，给少数民族带去面粉包饺子，送床给他们住，以改变长期睡地上的习惯，治好了许多人的腰颈疼痛……各种各样的经历，令人捧腹也让人开阔视野。他讲起老朋友来惟妙惟肖，比如同走西藏的刘鹏老师侠肝义胆，夏斐老师风流倜傥，还有云南的摄影家、学者，如何进到村子里和纳西族、哈尼族、彝族、藏族人打交道。他每次采访回来，总会把自己相机里的片子导出来，然后一个个妙趣横生的段子就出来，记得在内蒙古达茂旗他拍摄土豆专题，有一张漫天彩霞、下面站着一只小毛驴的照片，还有一张狗舔镜头的照片，他觉得满意极了；还记得他去新疆拍摄棉花收获，有一张小男孩和父母在田头棉花堆里的照片，生动自然，他说"只有我这种小相机才让他们不怕镜头，才拍得到"，还记得他从非洲采访回来，兴致勃勃地给大伙讲拍到了两只巨龟"谈恋爱"，当作段子讲给好多人，每次还未开讲就把自己乐得收不住……

办公室的时钟嘀嘀嗒嗒，仿佛是青春最好的模样。

接下来，我们创办了《艺萃》。摄美部的版面多了，人员也越来越热闹。光影天地、人文地理、时尚彩虹、图像笔记、美术视界，各个版面风生水起，以崭新的面貌呈现给读者一个全新的《光明日报·周末副刊》。年轻人多起来，他关心着我们的工作能力培养，也关心我们的房租一个月要交多少钱。

2013年时候，他饶有兴致地说，有时间要去年轻人家里走走，挨个去！还笑称要"去乡下杀猪吃肉"！我说好啊，先去我家吧。经过和国内政治部的老乡、徐州人李可我们一起策划，在五月底六月初，徐主任带着文明杂志社的娄晓琪社长、报社的蔡森老师、本部门的赵洪波、蒋新军、马列一行组成一个采风团，去了徐州走了三四天。我家在邳州农村，从县城过去开车也要一个多小时，徐主任说不怕远，咱去家里吃饺子，还特意嘱咐书法家蔡森老师为我年过八旬的爷爷写了一个大大的"寿"字。在家里，他像往常一样，一点不摆架子，说家常菜最好吃，饺子就着田里刚拔出的新蒜，真是香！

正是麦田阔野的季节，偶尔会飘起蒙蒙细雨，我们之后进行了大运河和徐州汉文化专题的采访，还刊发了《大运河畔立邳州》《沛县水韵汉风》两个人文地理专题。

他把部门的年轻人当自己的孩子一般，称呼田呢为"田小二"，称呼马列叫"马小弟"。我们都没结婚的时候，徐主任说：不着急，好肉在锅底！田小二结婚了，徐主任高兴得恨不得多问小田要两盒喜糖。马小弟说要回家办婚礼，徐主任听到消息，笑声直接从对面办公室灌进来，那个高兴劲儿，真像自家娶儿媳妇。我和蒋新军谈恋爱、结婚，徐主任总是给予最大的关怀和支持。

2015年是我工作的第五个年头。这一年，我结了婚，怀孕了。前段时间，徐主任总是对我说："于园媛你现在这个老气横秋的！"他指的是我编辑标题，因为他说《艺萃》的标题要"好看、时尚、高雅，要能体现是一份年轻人办的报纸"。我记在心头，其实内心里听着心安理得地高兴，因为那是父亲般的，督促话，玩笑话，更是关怀话，似乎还是一种不久以后我的宝宝的爷爷的口气说的。我觉得他自己说着高兴极了，所以我也很高兴。因为新军去青海挂职，徐主任就兴致勃勃地给孩子起名叫"蒋牦牛""蒋青稞"，然后我就说您不是前阵子给起名叫"蒋大局""蒋政治"吗？他就哈哈大笑，说都好都好！

我爸妈把他当自家人一般，甚至不介意自家的农物"寒碜"，家里产了新蒜，假期回来我带来一些给他，第二天徐主任就说：我早上起来用你家的新蒜炒鸡蛋，真好吃！前几天，我妈从家来，给他带一包自家树上的银杏。徐主任正好不在，我放在桌上，不一会儿他从对面走过来，说：我就知道该是你放的！

他说那句"我就知道"的时候，我的心里暖暖的。现在想来，大学毕业参加工作，一路走来，在他指导下的工作，都含在那一句"我就知道"里。马列常说，和主任在编辑版面时，有时候也会争执起来，也没觉得有什么不敢不敬或者不合适，因为他总教育我们专业是第一位的，而这种争执和探讨，也都包含在那种"我就知道"的默契里。不管是工作和生活，他都用宽厚的胸腔和满腔的热情，关爱着我们，如同亲人。

如今，一个对我说着"我就知道"的那个人走了，写到这里，再次泪湿眼眶。11月19日的时候，天空飘着雨，众人去参加他的追悼会。我凝望乌沉沉的天空，西边的天空云雾迷茫，不知道会不会有一位大肚罗汉走过，往地上看一眼，看到那个仰望天空的女孩，对她说"我就知道"。

我爱看徐主任的书，醇厚简洁，字句里都是泥土里拔节的精气神，他在赠予我的那本《远去的田野》上题字：养心若水，用智如珠。而今见字如面，回想斯人斯事，如同走过青春一般。

2015.12.4，北京，难得晴蓝

作者系徐冶同事，光明日报摄影美术部编辑

田呢

十年太短

是谁说了一句，能遇到这样的人不容易。对，没错，能遇到徐大爷是福分。来报社的这十年，都有徐大爷在，说真的心里踏实。

记得刚来报社的时候，您说过，有很多年轻人来了都说自己的五年计划是如何如何，可是您唯独记住了一个男孩说自己的兴趣爱好是做饭。您说，这样的人有前途。

那时候部门要做特刊，我完全没经验，您就会轻描淡写地说"怕什么"！然后拿个椅子坐在我后面看我拼版。这三个字，在当时给了我特别大的信心，总觉得有您把关着呢。

"你也是的，人还能让尿给憋死？"经常为了版面上一个什么稿子或者版式，我没了主意，您就会这么说，话糙理不糙，灵活得很。

去年一起去江浙出差，一走就是十天，我感冒了，您敲开门把药递给我，嘱咐我注意休息多喝热水。临走还不忘说一句"抓紧写采访手记啊，你别以为的，回去再写就都忘了！"嘿，我说徐大爷……那次没带电脑的我坐在桌子前一边流鼻涕一边手写稿子写到深夜，记住了很多细节。

出去采访，您会在我们旁边不停地问采访对象各种问题："你最远去过哪里啊？家里都什么人啊？收成怎么样啊……"拍完采访对象，您会让我们记下人家的地址，嘱咐我们回去洗了照片一定给人家寄过去。饭桌上您会让我们轮流把菜夹到自己碗里，光盘行动，绝不浪费。我常常惊讶这么多年了您对摄影的热情未减，从来没有说累了不去拍了的时候，都是起早贪黑得乐此不疲。

我羡慕您生活的那个年代，羡慕您走遍了大江南北，羡慕您一招一式的灵性，也羡慕您拥有的最乡土的智慧。这十年，自认为朝夕相处挺了解您，有时候我都能猜到您下一句要说什么，要做什么。可是这一次我真没想到。

十年的青春，有您十年的关爱。

我其实还没意识到您走了。那天进了报社的大门，在三楼没看到您的大肚，我难过了。昨天抬眼看了看天上的云，我想您又在哪云游呢，估计拍完得意的片子又去找好吃的去了。徐大爷，您不在，真的不习惯。

11月18日

作者系徐冶同事，光明日报摄影美术部编辑

马列

再次出发

2011年2月，我到光明日报社实习，走进摄美部狭长的办公室，只有一个隔间亮着灯，那是我第一次见到徐大爷。他眯着眼笑着说：哟，我们还有实习生呢，那你先坐吧，看看报纸，咱们部门人不多，一般我每天都在，你以后也不用来太早，10点就行。

2015年11月10日下班前，徐大爷交给我两幅反转片，说：抽时间帮我把这两幅扫描，冲洗出来，不着急啊，你去洗别的照片时一块就行，要是我们有个底片扫描仪就好了。这是我最后一次见到徐大爷。

2015年11月11日，我拿到了徐大爷最喜欢的摄影师萨尔加多的画册，我把画册放到徐大爷的桌上，等他出差回来看，没想到他却再没能看到。

听部门许多人说，好像初进摄美部的小同志对徐大爷的第一印象都是不怒自威的，但一旦你与他共处个一天半晌，就会觉得徐大爷是个再好相处不过的人。

不过，徐大爷有时确实有易牌气急躁。我跟他经常因为版面的一些问题争论得脸红脖子粗，徐大爷吵我不讲政治，我反驳只有做的专业才能得到认可。园媛说只有我敢跟主任这么对着争执，我却知道，只有相互待为家人才能放肆如此。不止一次，我从旁人那里得知主任在外维护我的版面和工作的专业性，挡掉一批又一批不靠谱的指手画脚。他就像是家里的长辈，只许得自己恨铁不成钢，却容不得外人说自己孩子半点不好。

想说的话太多，该听的人却已不在了。昨天送走了徐大爷，晚上在单位收拾第二天出差的东西，突然就想起了，若是徐大爷看到，一定再三叮嘱要带样报去给别人看。我默默抽出前几期还是他批改过的版面装进包里。以后这样的话再也听不到了，但我会记在心里。

大四时我到光明日报社实习，第一个认识的就是徐大爷。他不只是一个领导，更是摄美部的灵魂与支柱。徐大爷的离去是摄美部的重大损失，也是光明日报的重大损失。

人已逝去，不得已说再见。虽然我相信那边会是一个更美好的世界，但思念依然。祝大爷一切安好。

作者系徐冶同事，光明日报摄影美术部编辑

郭冠东

再访陈鸡公

我在摄美部这几年，跟随徐大爷出差的次数并不多，今年3月（正好是全国两会召开期间），徐大爷带着田呢和我赴四川采风算是我第一次正儿八经的跟主任出差，在乐山3天多的行程里有不少趣事，体会与收获颇多。其中徐大爷与他当年采访过的老朋友陈鸡公再次相会，称得上一段佳话，回忆过程，写篇短文，作为纪念。

来到乐山后，徐大爷反复提及他25年前在五通桥采访过的一个人，希望乐山方面能帮他找到这个人。这个人是谁？徐大爷为啥对他念念不忘呢？我们来看看他当年一本著作，1999年出版的《边地手记》里怎么写的：

"坐落在乐山市南20多公里处的五通桥，自古就是交通发达的地方，这里水多桥多，颇有'小西湖'的清韵。

在五通桥，我们结识了一个诨名叫'陈鸡公'的人，他以画鸡出名，雄鸡、母鸡、雏鸡，只只鲜活纸上，而他的主业是厨师，炒的一手好川菜，鸡肴让人吃了久久难忘。他的餐馆和画铺就在岷江边，没挂任何招牌，生意却十分好，当地人都知道那是'陈鸡公'的店，至于他的真实名字叫什么，仿佛被人遗忘了。"

在乐山行的第三天，我们终于得到了消息：找到这位"陈鸡公"了！于是我们午饭后来到了他家中。原来"陈鸡公"本名陈玉书，这位今年已经75岁的老人身材不高，但是耳聪目明，精神矍铄，占据了大半个客厅的大长条桌成了陈鸡公家里最醒目的家具，上边铺着尺幅巨大的宣纸，旁边的砚台里墨迹未干。

创作中的陈玉书。徐冶/摄

　　"我这个年纪就是画巨画的时候。"见到我们，陈玉书的第一句话就令人印象深刻。"赶紧把这句话记下来！"这时，徐大爷立刻对我说："多鲜活的句子啊，一定要写到采访手记里边！"

　　"当年你的饭馆就开在公路边上，紧挨着岷江。一楼是饭馆，二楼是画室。"当年的采访细节徐大爷记的丝毫不差，陈玉书和他的老伴钟素清也明白了这支由乐山市委宣传部和五通桥区委宣传部带领着的浩浩荡荡的采访队伍来访的原因。

　　徐大爷书中记载的当年的川菜馆如今已经不开了，让他印象深刻的鸡席也不再做了。但是从岷江边的饭馆搬到了市区里的楼房，陈玉书画鸡的本领却是愈加炉火纯青，只见寥寥数笔落下，几只栩栩如生的公鸡就出现在纸上。安静的客厅里，陈玉书专注作画，徐大爷则开始了自己摄影师的本职工作，在旁边构图取景，一次次地按着快门。

徐冶和陈玉书合影

　　"快刀手，复印机，他画一幅巨画只用半天就好。"钟素清跟她老伴一样是豪爽好客的性格，介绍起自己的丈夫，用词也是风趣直白。而重逢故人更是让陈玉书豪情大发，一口气画了七八张作品，除了赠送给徐大爷，其他来宾也是有求必应，连我也获赠一幅。

　　陈玉书又画完一幅，歇一口气的时候，徐大爷跟我说："拿我的书来。"我从书包里拿出这次采访特地带来的徐大爷新作，春节前才刚印好的《远去的田野》，徐大爷工工整整签好名字，将自己的著作赠送给老朋友"陈鸡公"。与我们一同前来采访的本报四川记者站记者雷建拍下了这张很有纪念意义的照片。

　　　　　　　　　　　　　　作者系徐冶同事，光明日报摄影美术部编辑

周官正

第一次出差

　　这是我人生中第一次和徐大爷出差，也是最后一次和徐大爷出差了。作为刚入报社的年轻人，同届的小伙伴们总是羡慕我这么一个轻松的工作方式，有这么一个好的主任带。"要是我去摄美部多好"这是他们经常所说的话。没错，我就是这个幸运儿。

　　今年我和荣池一起来到了摄美部，两只菜鸟没来几天就接受到了徐大爷的任务，"你，和我去上海崇明岛！你，和我去重庆！"这是徐大爷中午在食堂吃着饭突然说起的，给我俩吓了一愣。那几天总是追着办公室的前辈问，和主任出差需要注意什么需要带什么，既紧张害怕又充满兴奋，生怕出一点差错。但谁又知道，能和徐大爷一起出差却会变成奢望。

　　同行的有文摘报的总编辑刘昆老师，原辽宁记者站站长苗家生老前辈，还有上海站的颜维琦副站长和田呢姐。在路上老前辈就说到，徐大爷这是手把手的带新人啊，这放到前些年，就是和老师傅带新学徒性质一样。

　　轻松愉快却不失严谨，细微之中学到采访经验，日常生活中感受亲人般照顾，这是和徐大爷第一次出差的感觉。之前假想的紧张感丝毫没有，有的只是"愉悦"的工作方式。所谓的"愉悦"，指的更多是摄影人、新闻工作者在工作中获取好的作品或素材时的那种痛快舒畅满足的感觉。到崇明岛的第二天，徐大爷说："有螃蟹了，有橘子了，就差稻田了。"真是巧，下午开车路上，我们就遇到一片正在收割的稻田，徐大爷二话没说，拿起相机，下车奔向田野，我自然也拿起相机跟上。于是田姐就站在了远处拍摄了这张我和徐大爷行走于田野的照片，这是唯一一张我和徐大爷两人的

徐冶和周官正在崇明采访拿起相机奔向田野

合影，也是我最喜欢的一张照片。那种活力，那种对拍照的热爱与激情，还有那步伐，不像是一个55岁的人。这个时候，就是一个年富力强的小伙子。而且徐大爷有种神秘的个人能力，出差到哪里，哪里就天晴，想拍到什么素材，那就一定会拍到。所以跟着徐大爷拍摄、采访，总会有体验到那种愉悦感。

　　除此之外，"愉悦"还有徐大爷给人平易近人的轻松感，了解他的人都知道，徐大爷有个爱好，拍摄采访之余，喜欢导戏。和他同行的人，无论年长年幼，都会被他安排在各种有意思的地方，做出有意思的表情动作，被他拍个够，然后笑嘻嘻地发送到各个微信群里。主任出差，我们的微信群里总是热闹。10月30日的早上，徐大爷带我们起了个大早，逛了崇明岛上最大的农贸市场，新鲜的河海货，结实饱满的鲜蔬果，淳朴憨厚的岛上民，让徐大爷拍了个够。农贸市场的萝卜丝饼和豆腐脑，让我们精神物质双丰收。我们一边说着："这回拍舒服了，吃舒服了，多好啊。"一边往住处走。岛上的人力三轮车很多，我们看到一辆停在路边无人看管的三轮车，徐大爷立马喊道，"我要坐上去，你也骑上去，你们，给我拍！"于是，就

"假祥子拉车"

有了这张"假祥子拉车"的照片，我们还不禁做出表情、说出台词："五块？""不行！两块！""走！"

崇明之行有张弥足珍贵的照片——"领导给小兵打伞"。在崇明岛的最后一天，下起来蒙蒙细雨，我们转完鸟类博物馆，突然发现了一处景致，徐大爷说到："别打伞了！快去拍！"我顶着雨举起相机，按了几张，心里还想着：下着雨还拍，有啥可拍的。耳后就传来徐大爷的声音"高一点高一点，往下压，草和地多多的，天少少的。"我听着徐大爷的指导继续拍，丝毫没有觉察到徐大爷在为我打着伞。当我正给他看相机接受作业检查的时候，颜站长举着手机把这张"领导给小兵打伞"给我们看，全场人都笑得合不拢嘴，之后这张照片就被同事之间传阅，"两位资深高级记者给一个小毛孩打伞"成为了当天朋友圈的热闻，我既感受到了丝丝压力，也感受到了徐大爷的温暖。

想和徐大爷说的话还有很多，前一段时间和主任的爱人罗老师说的最多的感受，应该就是主任对我们就像自己的孩子一样，他走了，我们就像是没了家的孩子。我刚入社的那段时间，感觉徐大爷总是很心急，做什么都是在赶着，带我和荣池出差也似乎是很急着带我们去锻炼，把我们训练成能独当一面的记者。可是我们多不想这么急，多想再和您一起吃吃喝喝，让您给我们派饭，让您带我们吃不爱吃的鱼腥草，让您再带着我们去出次差啊！

作者系徐冶同事，光明日报摄影美术部记者

4

镜头中的徐冶

青春岁月·基层足迹·难忘瞬间

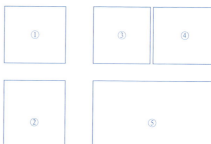

① 1960 年11月，徐冶出生于云南昆明，父亲是一位老八路，母亲大学中文系毕业。良好的家庭环境使这个孩子快乐健康地成长。（摄于1961年）

② 摄于1964年

③ 小学时代的红小兵，快乐、聪慧、阳光。即使父母在干校劳动，他也总是充满快乐自信。（摄于1970年）

④ 中学时代，徐冶开始接触摄影、篆刻、书法，为他日后的成长奠定了良好的素质基础。（摄于1975年）

⑤ 徐冶少年时和父母、弟弟的全家福。

① 在《民族工作》（今《今日民族》）、云南省社科院工作期间，徐冶走遍了云南100多个县市，在新闻采访中积累和成长，逐渐形成了他走基层拿一手资料、独到细致的采访风格，养成了他人文关怀的情愫。（摄于1984年）

② 大学时代，学校组织到大理实习，同学们都惊讶地发现，徐冶是一个南诏大理历史通。面对大理的许多历史古迹他都如数家珍，远远走在了同学们的前面。（摄于1982年）

③ 知青时代，他下乡到了昆明的山区—勤劳公社，在那里艰苦的劳动，没有磨灭他快乐的本性。伴随着高高的的谷堆，他勤学好思就了大学的梦想。（摄于1978年）

④ 1986年9月于香格里拉（右三为徐冶）

① 徐冶在傣族小乘佛教地区调研（摄于1984年）

② 80年代末，徐冶参加了湄公河、金三角等地区的社会调查。（摄于1987年）

③ 摄于1987年

④ 在西南丝绸之路的考察、研究中，徐冶走遍了秦五尺道沿途和大小凉山地区，收集了大量珍贵的资料，撰写了《南方陆上丝绸路》，这是国内早期西南丝绸路的研究专著。（摄于1985年）

⑤ 徐冶边地采访照

⑥ 大学毕业后，他分配到云南省委民族工作部工作，一头扎进了云南边地少数民族的社会调查中，拍摄了大量的社会学图片，整理了大量的调查资料，为日后的研究工作准备了坚实的基础。（摄于1983年）

⑦ 徐冶边地采访照

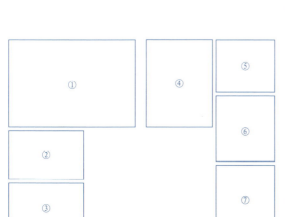

① 摄于1988年

② 徐冶和时任光明日报副总编辑齐志文、记者部主任王茂修。

③ 1986年9月于香格里拉（左三为徐冶）

④ 摄于1984年

⑤ 徐冶采访云南红土高原派画家（摄于1987年）

⑥ 摄于1986年

⑦ 摄于1987年

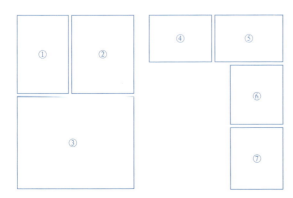

①	②
③	

④	⑤
	⑥
	⑦

① 2001年12月于丽江玉龙雪山（右一为徐冶）
② 2001年9月于巍山县当年茶马道上的赶马人
③ 2009年采访京族独弦琴艺术传承人代表苏春发
④ 2001年于西藏大昭寺（右一为徐冶）
⑤ 2001年5月四川稻城途中（左二为徐冶）

①		④
②		⑤
③		

① 2014年12月徐冶在江苏省昆山市锦溪镇采访宣卷传承人王丽娟

② 2009年在广西罗城县东门镇仫佬族农民潘观忠家采访

③ 2014年5月徐冶到长沙和记者站同事研究中国文化江河湘江篇组稿和拍摄

④ 2015年10月在上海崇明县采访扁担戏艺人

⑤ 2007年3月于巍山县大仓镇新胜村公所琢木郎村（前排右三为徐冶）

⑥ 2001年8月于邱北县（右一为徐冶）

⑦ 2003年在鞍山钢铁公司采访

⑧ 2014年5月在湖南省采访中国村落文化研究中心主任、中南大学教授胡彬彬（左三）。

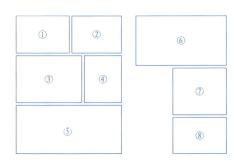

① 2015年5月在辽宁鲅鱼圈，拿着相机拍小
  贩，菜市场上鞠躬90度。（于园媛摄）

② 在苍南一个葡萄园内拍摄摘葡萄

③ 2014年12月在上海海关钟楼采访

④ 1999年"长江上游生态行"，6月7日在格拉
  丹东雪峰下拍摄，左起徐治、刘鹏、夏斐。

⑤ 与杨欣率领的"绿色江河"源头考察队以
  及保护我们考察的玉树治多县西部工委
  "野牦牛队"队员在格拉丹东合影。（左
  一为徐治）

①	④
②	
③	⑤

① 大顽童带着摄美部的娃儿们走四方。2012年3月摄于上海金山区枫泾镇。

② 2011年5月在湖北省巴东县野山关采风喜得佳作

③ 2015年5月，辽宁本溪铁刹山，徐主任说红墙倒影犹如龙头，可扶龙而上也！（于园娓摄）

④ 看见有人举着相机对着他，本来好好走路的徐大爷开始凹姿势了。这是2015年7月8日在扬州瘦西湖所拍。

⑤ 刚拍摄到一组难得的好照片徐大爷高兴得萌了

⑥ 2015年10月在上海崇明县长兴岛指导同事摄影

① 我们的书棒棒哒（于园媛摄）
② 徐大爷"打莲湘"
③ 一把雨伞。2015年11月1日颜维琦摄于上海崇明东滩。
④ 2014年5月在长沙，徐大爷向同事展示他刚拍摄的得意作品。
⑤ 大导演和群众演员。2014年12月5日蒋新军摄于上海浦东。
⑥ 徐大爷从来不摆架子。2015年7月7日，扬州长乐客栈的丛书楼里，徐大爷面对陌生人的要求，二话不说，蹲下来帮他们拍照。
⑦ 2015年3月20日，在广西采访大瑶山的徐大爷，正把刚拍完的照片发到微信群里分享。

①		③
②	④	⑤
	⑥	⑦

后 记

本书编写组

这是一本不该在现在出版的追思集，至少应当推迟到几十年后。编辑者也不该是我们这些比追思集主人公年长的人，应当是他的学生和晚辈。然而，这些不该发生的事还是发生了。2015年11月16日，一个让我们刻骨铭心的日子，这天凌晨，徐冶不辞而别，悄悄地远行了。直到11月19日上午，当他的亲人、好友、同事在八宝山殡仪馆竹厅送别他的时候，大家还是难以接受这个事实。正如光明日报老领导王晨同志所说："徐冶走得很突然，让人震惊，心痛之极！"送别徐冶之后，徐冶的好友们酝酿为他编辑出版一本追思集，我们受大家的重托，承担了追思集的编辑任务。

徐冶的夫人罗静纯，儿子徐思唱，胞弟徐航，为纪念文集提供了珍贵的资料和照片，罗静纯承受失去亲人的巨大悲痛，料理完后事即为追思集撰写回忆文章。徐冶生前朝夕相处、并肩奋斗的光明日报摄影美术部王小琪、雒三桂等老同事，以及徐冶悉心培养的一批年轻编辑、记者，为追思集的策划、图文征集做了大量工作。徐冶在云南的挚友，惊悉徐冶离世的噩耗后迅速赶赴北京吊唁，并帮助家属料理后事，让徐冶在养育他的彩云之南安息。光明日报领导，报社各部门及驻各地记者站的同事，徐冶的老师、同学、好友，或撰写饱含深情、震撼心灵的纪念文章和诗词，或提供珍藏的徐冶照片。光明日报出版社的领导和编辑对追思集的编辑出版工作给予了大力支持。

我们力图使这本追思集能承载徐冶的亲人、好友、同事对他的哀思和对他光辉一生的缅怀，体现徐冶的人格魅力和崇高的精神境界，但限于我们的能力和水平，难免有不能尽如人意的地方，敬请大家指正。

图书在版编目（CIP）数据

徐冶这个人呢 ／《徐冶这个人呢》编写组编． —— 北京 ： 光明日报出版社，2016.4

ISBN 978-7-5194-0238-9

Ⅰ．①徐… Ⅱ．①徐… Ⅲ．①回忆录－作品集－中国－当代 Ⅳ．①I251

中国版本图书馆CIP数据核字(2016)第054514号

徐冶这个人呢

编　　著：本书编写组

责任编辑：谢　香　　　　　　　　　　　责任校对：傅泉泽

封面设计：谭　锴　　　　　　　　　　　责任印制：曹　诤

出版发行：光明日报出版社

地　　址：北京市东城区珠市口东大街5号，100062

电　　话：010-67078248（咨询），67078870（发行），67019571（邮购）

传　　真：010-67078227，67078255

网　　址：http://book.gmw.cn

E-mail：gmcbs@gmw.cn

法律顾问：北京德恒律师事务所龚柳方律师

印　　刷：北京华联印刷有限公司

装　　订：北京华联印刷有限公司

本书如有破损、缺页、装订错误，请与本社联系调换

开　　本：787×1092　1/16

字　　数：200 千字　　　　　　　　　　印　　张：20

版　　次：2016年4月第1版　　　　　　　印　　次：2016年4月第1次印刷

书　　号：ISBN 978-7-5194-0238-9

定　　价：68.00元